华业 —— 编著

诗苑

中华千年文萃

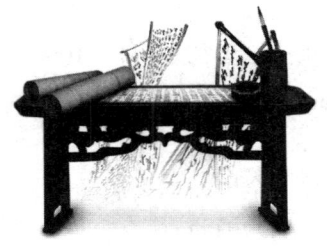

中国长安出版社

图书在版编目（CIP）数据

诗苑／华业编著．—北京：中国长安出版社，2007.4
（中华千年文萃）
ISBN 978-7-80175-620-6

Ⅰ．诗…　Ⅱ．华…　Ⅲ．唐诗—文学欣赏　Ⅳ．I207.22

中国版本图书馆 CIP 数据核字（2007）第 043922 号

诗苑

华业　编著

出版：**中国长安出版社**
社址：北京市东城区北池子大街 14 号（100006）
网址：**http://www.ccapress.com**
邮箱：**ccapress@yahoo.com.cn**
发行：中国长安出版社　全国新华书店经销
电话：010-65281919　65270433
印刷：三河市华晨印务有限公司
开本：710×1000 毫米　1/16
印张：18.5
字数：300 千字
版本：2007 年 6 月第 1 版　2021 年 9 月第 2 次印刷
印数：1-5000 册

书号：ISBN 978-7-80175-620-6
定价：48.00 元

前言 PREFACE

唐诗是我国古代文化遗产中一颗璀璨的明珠，一千多年之后的今天，仍以其独有的艺术魅力，让一颗又一颗心灵陶醉于艺术的圣殿之中。唐诗对人生的影响是意义深远的，可以说，唐诗已经成为我们生命中不可或缺的一部分。每个人从牙牙学语就会诵读"床前明月光"，就会诵读"离离原上草"……说到唐诗，我们都一定会想起神采飘逸的李白，悲天悯人的杜甫，忧国忧民的白居易；想起"孤帆远影碧空尽，惟见长江天际流。""白日放歌须纵酒，青春作伴好还乡。""同是天涯沦落人，相逢何必曾相识"等脍炙人口的诗句。千百年来，一代又一代的中国人从唐诗这座文化艺术的宝库中获得了无穷的智慧和丰富的审美享受。当我们走进唐诗营造的意境之中，当我们钻进优美词句的字里行间，细细去欣赏，慢慢去品味时，我们不禁要惊叹唐诗的博大精深，赞叹它永恒的艺术魅力。

当然，诗歌在唐代取得如此辉煌的成就，与当时的历史条件和社会背景是密不可分的。唐朝时期经济繁荣，国力强盛，全方位的对外开放交流，使唐代文化贯通古今，融会中外，呈现出独特的风貌。而唐诗正是这一文化高峰时期最为重要的组成部分，它底蕴深厚，气势磅礴，开创了中国古典诗歌的黄金时代。当李白、杜甫等一代天才的诗人涌现之后，用他们题材广博、风格多样的不朽创作，把诗歌这种在当时盛行的文学体裁推到了极高的境界。

唐诗，承前启后，继往开来，对诗歌在中国发展的整个历程起到了举足轻重的作用，对整个中国诗坛产生了极其深远的影响。自《诗经》以来，诗歌发展的一切底蕴、精华，无不被唐诗继承发扬；自宋元明清到近代，各种各样的艺术形式，比如词、曲、戏剧、音乐乃至绘画，无不从唐诗中汲取了丰富的营养。

唐诗，是意象飞腾的星空；唐诗，是情感韵律的海洋。无穷无尽的社会历程，漫漫无涯的人生岁月，都能够在这里找到寄托，获得启迪。在建设社会主义精神文明的今天，在人们为宏伟的目标奋斗之时，唐诗仍然给予我们无限的美感，成为广大人民群众最喜爱的精神食粮。

经过编者的深思熟虑，孜孜以求，本书所选都是唐诗中思想深刻，词句优美、境界高旷、流传广远的经典之作。每首诗歌除了有详尽的注释之外，还附有赏析，且赏析观点独到，见地深刻，提示了鉴赏的角度和层次，引导读者发挥自己活跃的神思，畅游于唐诗这片浩瀚的海洋，无疑为广大唐诗爱好者学习唐诗提供了许多便利之处。

"随风潜入夜，润物细无声。"我们在诵读、鉴赏这些不朽的诗篇时，我们的心灵在有意无意中会受到优美意境的感化；在潜移默化中我们将处处面对诗化的生活、诗化的人生；在不知不觉中唐诗会陶冶我们的情操，培养我们的审美能力，提高我们的艺术修养。品味千古好诗，抒发万种风情。泛一叶扁舟，在唐诗的海洋中畅游。但愿弃舟上岸的时刻，都能有诗一般美好的心灵，诗一般美好的人生！

目 录
CONTENT

虞世南 ··· 1
    蝉 ·· 1
上官仪 ··· 2
    入朝洛堤步月 ·· 2
骆宾王 ··· 3
    在狱咏蝉 ··· 3
杜审言 ··· 5
    和晋陵陆丞早春游望 ·· 5
苏味道 ··· 7
    正月十五日夜 ·· 7
王勃 ··· 9
    送杜少府之任蜀州 ··· 10
宋之问 ··· 11
    题大庾岭北驿 ·· 11
    渡汉江 ·· 12
    新年作 ·· 12
陈子昂 ··· 14
    登幽州台歌 ··· 15
贺知章 ··· 16

回乡偶书 …………………………………… 16
张九龄 …………………………………… 18
　　望月怀远 …………………………………… 18
王翰 …………………………………… 20
　　凉州词 …………………………………… 20
王湾 …………………………………… 21
　　次北固山下 …………………………………… 21
王之涣 …………………………………… 23
　　登鹳雀楼 …………………………………… 23
　　出塞 …………………………………… 24
孟浩然 …………………………………… 26
　　宿建德江 …………………………………… 26
　　春晓 …………………………………… 28
　　临洞庭上张丞相 …………………………………… 29
　　过故人庄 …………………………………… 30
　　留别王维 …………………………………… 31
　　早寒有怀 …………………………………… 32
　　秋登兰山寄张五 …………………………………… 33
　　夏日南亭怀辛大 …………………………………… 34
李颀 …………………………………… 36
　　古从军行 …………………………………… 36
王昌龄 …………………………………… 38
　　芙蓉楼送辛渐 …………………………………… 38
　　闺怨 …………………………………… 40
　　塞上曲 …………………………………… 41
　　塞下曲 …………………………………… 42
　　春宫怨 …………………………………… 43
李白 …………………………………… 45
　　夜思 …………………………………… 45
　　怨情 …………………………………… 46

玉阶怨 ·· 47
  送孟浩然之广陵 ···································· 49
  下江陵 ·· 50
  清平调三首（其一） ······························ 51
  清平调（其二） ···································· 52
  清平调（其三） ···································· 53
  赠孟浩然 ·· 54
  送友人 ·· 55
  听蜀僧濬弹琴 ······································ 56
  夜泊牛渚怀古 ······································ 57
  登金陵凤凰台 ······································ 58
  下终南山过斛斯山人宿置酒 ··············· 59
  月下独酌 ·· 61
  春思 ·· 62
  关山月 ·· 63
  子夜吴歌 ·· 64
  梦游天姥吟留别 ·································· 65
  金陵酒肆留别 ······································ 68
  蜀道难 ·· 69
  长相思二首（其一） ···························· 71
  长相思（其二） ···································· 73
  行路难 ·· 73
  将进酒 ·· 75

王维 ··· 77
  竹里馆 ·· 77
  送别 ·· 78
  相思 ·· 80
  杂诗 ·· 81
  九月九日忆山东兄弟 ·························· 82

渭城曲 …………………………………… 83
　　秋夜曲 …………………………………… 84
　　山居秋暝 ………………………………… 86
　　归嵩山作 ………………………………… 87
　　酬张少府 ………………………………… 88
　　汉江临眺 ………………………………… 89
　　终南别业 ………………………………… 90
　　赠郭给事 ………………………………… 91
　　送别 ……………………………………… 92
　　青溪 ……………………………………… 93
　　渭川田家 ………………………………… 94
　　西施咏 …………………………………… 95
　　洛阳女儿行 ……………………………… 96

高适 ………………………………………… 99
　　送李少府贬峡中王少府贬长沙 ………… 99

卢纶 ………………………………………… 101
　　晚次鄂州 ………………………………… 101

常建 ………………………………………… 102
　　题破山寺后禅院 ………………………… 102
　　宿王昌龄隐居 …………………………… 103
　　塞下曲 …………………………………… 103

祖咏 ………………………………………… 105
　　终南望余雪 ……………………………… 105
　　望蓟门 …………………………………… 106

张旭 ………………………………………… 107
　　桃花溪 …………………………………… 107

崔颢 ………………………………………… 109
　　长干行二首（其一）…………………… 109
　　长干行（其二）………………………… 110

黄鹤楼 ………………………………………………… 112
储光羲
江南曲 ………………………………………………… 113
田家杂兴 ……………………………………………… 114
刘长卿
送灵澈 ………………………………………………… 115
弹琴 …………………………………………………… 116
饯别王十一南游 ……………………………………… 117
自夏口至鹦鹉洲望岳阳寄元中丞 …………………… 118
秋日登吴公台上寺远眺 ……………………………… 119
送李中丞归汉阳别业 ………………………………… 120
寻南溪常道士 ………………………………………… 121
新年作 ………………………………………………… 122
杜甫
江南逢李龟年 ………………………………………… 124
春望 …………………………………………………… 126
月夜 …………………………………………………… 127
天末怀李白 …………………………………………… 128
旅夜书怀 ……………………………………………… 129
登岳阳楼 ……………………………………………… 130
蜀相 …………………………………………………… 131
客至 …………………………………………………… 132
闻官军收河南河北 …………………………………… 133
登高 …………………………………………………… 134
登楼 …………………………………………………… 135
宿府 …………………………………………………… 136
阁夜 …………………………………………………… 138
咏怀古迹五首（其一）……………………………… 139
咏怀古迹（其二）…………………………………… 140

咏怀古迹（其三） …………………………… 141
　　咏怀古迹（其四） …………………………… 143
　　咏怀古迹（其五） …………………………… 143
　　望岳 ………………………………………… 145
　　赠卫八处士 …………………………………… 146
　　佳人 ………………………………………… 148
　　寄韩谏议注 …………………………………… 150
　　古柏行 ……………………………………… 152
　　兵车行 ……………………………………… 154
　　丽人行 ……………………………………… 156
　　哀王孙 ……………………………………… 159

岑参 ………………………………………… 162
　　逢入京使 …………………………………… 163
　　走马川行奉送封大夫出师西征 …………… 164
　　白雪歌送武判官归京 ……………………… 165
　　左省杜拾遗 ………………………………… 167

司空曙 ……………………………………… 169
　　云阳馆韩绅宿别 …………………………… 169

刘方平 ……………………………………… 170
　　月夜 ………………………………………… 170

李绅 ………………………………………… 171
　　悯农 ………………………………………… 172

钱起 ………………………………………… 173
　　赠阙下裴舍人 ……………………………… 173

顾况 ………………………………………… 175
　　过山农家 …………………………………… 175

韩翃 ………………………………………… 176
　　同题仙游观 ………………………………… 176
　　寒食 ………………………………………… 177

张继 — 178
- 枫桥夜泊 — 178

韦应物 — 179
- 滁州西涧 — 180
- 寄李儋元锡 — 180
- 秋夜寄丘员外 — 181

李益 — 182
- 从军北征 — 182
- 喜见外弟又言别 — 183

孟郊 — 184
- 列女操 — 184
- 游子吟 — 185

张籍 — 187
- 野老歌 — 187
- 秋思 — 188

王建 — 189
- 雨过山村 — 190

韩愈 — 191
- 八月十五夜赠张功曹 — 192
- 石鼓歌 — 194
- 山石 — 197

崔护 — 199
- 题都城南庄 — 199

白居易 — 200
- 问刘十九 — 200
- 宫词 — 201
- 草 — 202
- 长恨歌 — 203
- 琵琶行并序 — 208

刘禹锡 ······ 215
　乌衣巷 ······ 216
　蜀先主庙 ······ 216
柳宗元 ······ 218
　江雪 ······ 219
　登柳州城楼寄漳汀封连四州刺史 ······ 220
　渔翁 ······ 221
　晨诣超师院读禅经 ······ 222
　溪居 ······ 224
贾岛 ······ 226
　寻隐者不遇 ······ 226
元稹 ······ 228
　遣悲怀 ······ 228
柳中庸 ······ 231
　征人怨 ······ 231
许浑 ······ 232
　塞下曲 ······ 233
　咸阳城东楼 ······ 233
杜牧 ······ 234
　赠别 ······ 234
　赤壁 ······ 235
　泊秦淮 ······ 237
　寄扬州韩绰判官 ······ 238
　遣怀 ······ 240
　秋夕 ······ 241
　赠别（其二） ······ 242
　金谷园 ······ 243
高骈 ······ 246
　山亭夏日 ······ 246

张祜
　　纵游淮南 …………………………………… 247
徐凝 ………………………………………… 248
　　忆扬州 ……………………………………… 248
李商隐 ……………………………………… 249
　　登乐游原 …………………………………… 250
　　夜雨寄北 …………………………………… 251
　　为有 ………………………………………… 253
　　贾生 ………………………………………… 254
　　蝉 …………………………………………… 255
　　风雨 ………………………………………… 256
　　落花 ………………………………………… 258
　　凉思 ………………………………………… 259
　　锦瑟 ………………………………………… 260
　　无题 ………………………………………… 261
　　无题二首（其一） ………………………… 262
　　无题（其二） ……………………………… 263
　　无题 ………………………………………… 265
　　筹笔驿 ……………………………………… 266
　　春雨 ………………………………………… 267
陈陶 ………………………………………… 269
　　陇西行 ……………………………………… 269
温庭筠 ……………………………………… 270
　　利州南渡 …………………………………… 270
薛能 ………………………………………… 272
　　题逃户 ……………………………………… 272
曹松 ………………………………………… 274
　　己亥岁 ……………………………………… 274
罗隐 ………………………………………… 276
　　雪 …………………………………………… 276

杜荀鹤 ··· 278
   小松 ·· 278
   再经胡城县 ·· 279
郑谷 ·· 280
   菊 ·· 280
王驾 ·· 281
   社日 ·· 281
郑遨 ·· 282
   伤农 ·· 282

虞世南

虞世南（公元558年—638年），字伯施，终年八十一岁，越州余姚（今浙江）人。他在陈、隋二代都做过官，入唐时已上年纪，唐太宗让他当了"参军"。贞观七年封为永兴县子，又一年进封为县公，故后人也称虞永兴。虞世南幼年学书于王羲之七世孙，著名书法家僧智永，受其亲传，妙得"二王"及智永笔法。虞世南为人沉静寡欲，志性刚烈，议论正直，深得唐太宗器重。他的书法，笔势圆融遒劲，外柔而内刚。论者以为如裙带飘扬，而束身矩步，有不可犯之色。他的书法，得到智永的传授，继承了二王的传统，收到很好的效果，称得起接魏晋之绪，启盛唐之作，与欧阳询、褚遂良、薛稷号称初唐四大书法家。他的楷书笔圆体方，外柔内刚，无雕饰气。

虞世南作书不择纸笔，却很注意坐立姿势和运腕方法。他认为，只要姿势正确，手腕轻虚，即使是粗纸，秃笔，信手拈来也能挥洒自如，别出新意。

他的传世书迹刻石楷书有《孔子庙堂碑》；行书有《汝南公主墓志铭》可与《兰亭序》媲美。

蝉

垂緌①饮清露②，流响③出疏桐。居高声自远，非是藉④秋风。

[注释]

①緌（ruí）：帽子上的缨子，此处以比蝉的吸喙。
②饮清露：古人认为蝉以露水为食。
③流响：清脆的鸣声。
④藉（jiè）：凭借，依靠。

[赏析]

蝉的形状和习性，在中华民族审美意识中很早就被积淀入"清高"的特质。这首诗咏蝉，借物象特征寓托并颂扬清高自立、不假攀援的人格美。即物即人，自然贴切。清代沈德潜称它："咏蝉者每咏其声，此独兼其品格。"

上官仪

上官仪（公元608—664年），字游韶，陕州陕县（今河南陕县）人，父弘为隋江都官监，遂移家扬州。贞观初进士，授弘文馆直学士。高宗时官至西台侍郎，同东西台三品。曾参与撰写《晋书》。永徽间（公元650—655年），见恶于武则天。麟德元年（公元664年），被告与废太子忠通谋，下狱死，籍没其家。仪擅长五言诗，多应制、奉和之作，绮错婉媚，人多效之，称为"上官体"。又归纳六朝以来诗歌中之对仗，提出"六对""八对"之说，对律诗的形成颇有影响。原有集，已佚。《全唐诗》中收仪诗一卷，共二十首；《全唐文》收仪文二卷，共二十篇。

入朝洛堤步月

脉脉①广川②流，驱马历长洲③。鹊飞山月曙④，蝉噪野风秋。

[注释]

①脉脉：水流连贯的样子。
②广川：宽阔的河道。
③洲：水中陆地。
④曙：天刚亮。

[赏析]

这首诗作于龙朔元年（公元661年）秋，时唐高宗居洛阳。诗写凌晨早朝，驱马沿洛水堤踏月徐行时所见景象，写景如画，选词凝练，琢语细巧。

骆宾王

骆宾王（约公元640—684年），婺州义乌（今浙江省义乌市）人。唐高宗时供职道王府。历任武功、长安两县主簿，后升任特御史。因上书议论朝政，触怒武后，贬谪为临海丞。郁郁不得志，弃官而去。李敬业起兵扬州，反对武则天，骆宾王参与其谋，替他掌管文书，写了著名的《讨武曌檄》。敬业兵败，不知所终，有《骆临海集》传世。初唐著名诗人，与王勃、杨炯、卢照邻合称"初唐四杰"。在四杰中他的诗作最多。他七岁能赋诗，善属文。传有咏鹅诗："鹅，鹅，鹅，曲颈向天歌，白毛浮绿水，红掌拨清波。"尤擅七言歌行，名作《帝京篇》为初唐罕有的长篇，当时以为绝唱。骆还曾久戍边城，写有不少边塞诗"晚凤迷朔气，新瓜照边秋。灶火通军壁，烽烟上戍楼。"豪情壮志，见闻亲切。唐中宗复位后，诏求骆文，得数百篇。后人收集之骆宾王诗文集颇多，以清陈熙晋之《骆临海集笔注》最为完备。

在狱咏蝉

西陆①蝉声唱，南冠②客思侵。那堪玄鬓③影，来对白头④吟。露重飞难进，风多响易沉。无人信高洁，谁为表予心。

[注释]

①西陆：指秋天。《隋书·天文志中》："日循黄道东行，一日一夜行一度……行西陆谓之秋。"

②南冠：《左传·成公九年》："晋侯观于军府，见钟仪，问之曰：'南冠而系者谁也？'有司对曰：'郑人所献楚囚也。'"杜预注："南冠，楚冠。"后因以南冠作囚楚的代称。

③玄鬓：蝉为黑头，故称。

④白头：作者自谓。又古乐府《楚调》曲名也有《白头吟》，哀婉凄楚。

[赏析]

　　这是一首咏物诗，虽然序中言明有寄托，但这种寄托必须借物来表现，方为咏物佳构。咏物而不囿于物，抒情而不离开物，正是本篇之精妙处。开头用对起法，而且对得工稳。首句写蝉，次句写己，与序言相应，述说情感产生之由来。颔联隔句相承，是诗词中常见之笔法。三句承首句写蝉吟，四句承次句写己悲。而且前两句重在听觉形象，由蝉及人，听"蝉声"而起客思。三、四句重在视觉形象，由人及蝉，见到蝉的"玄鬓"而感伤自己的"白头"。抒情回环往复，笔法细腻精微。

　　后半首纯用比喻体，合写双方，句句在写蝉，也句句在写己。"露重"、"风多"比喻政治环境的险恶。"飞难进"比喻仕途上的不得志，"响易沉"比喻言论上的不自由、受压抑。物亦是我，情借物现，物我融合为一。"谁为表予心"的予字很妙，既可理解为代言体的蝉，又可理解为诗人自谓。而理解为诗人直接出面抒情的"我"更好。这样，读来更感到真实亲切，仿佛诗人在与蝉谈吐心曲，交流感情，增强了抒情的力度。全诗章法谨严，抒情深婉，比喻妥贴，语多双关。实为咏物妙什。

杜审言

杜审言（公元648？—708年），字必简，祖籍襄州襄阳，迁居河南巩县（今河南巩义），晋征南将军预远裔。杜甫的祖父。高宗咸亨元年（公元670年）进士，京洛平阳丞，坐事贬吉州司户参军。武后时，授著作郎。因与武后奉臣张易之有交往，中宗神龙时，流放峰州。不久，复起为国子监主簿，修文馆直学士。卒年六十余。初唐的一位重要诗人，他的诗以浑厚见长，精于律诗，尤工五律，与同时的沈（佺）期、宋之问齐名。他当时与李峤、崔融、苏味道共称"文奉四友"。他对律诗的定型作出了杰出的贡献，由此也奠定了他在诗歌发展史中的地位。杜甫有云："吾祖诗冠古。"史称杜审言有文集十卷，大多散佚不闻。现存最早的《杜审言集》是宋刻一卷本，收诗四十三首。《全唐诗》所收亦此数，并按体裁编次，计有五言古体二，五律二十八，七律三，五言排律七，七绝三。

和晋陵陆丞早春游望

独有宦游①人，偏惊物候新②。云霞出海曙③，梅柳渡江春④。淑气⑤催黄鸟⑥，晴光转⑦绿蘋⑧。忽闻歌古调⑨，归思⑩欲沾巾。

[注释]

①宦游：在外做官。

②新：发生变化。

③曙：初日的光芒。

④渡江春：春由江南到江北。

⑤淑气：春天和暖的气候。

⑥黄鸟：黄鹂。

⑦转：晃动。

⑧蘋：一种水草。
⑨古调：指陆丞的诗，言其风格典雅。
⑩归思：思归之情。

[赏析]

晋陵就是今天江苏的常州市，陆丞是指晋陵县丞（相当于现在的副县长）陆某（名不详）。这首诗和同郡僚友陆丞的《早春游望》。诗人观察细，体会深，以"偏惊物候新"领起全篇，用"出"、"渡"、"催"、"转"等富于动态的词，刻画早春物候的情态，把早春游望中感受到的景物风光，有选择地加以再现。对现实深入细致的描绘和其特有的格律声色之美，使这首诗在初唐文坛上放射出特别的光彩。

苏味道

苏味道（公元648—705年），赵州栾城人。初唐政治家、文学家。九岁能诗文，少与李峤以文辞齐名，号"苏李"。乾封中进士，苏味道死后葬今栾城苏邱村。其一子留四川眉山，宋代"三苏"为其后。弱冠擢进士第，累转咸阳尉。裴行俭引管书记，延载中，历凤阁舍人、检校侍郎。证圣元年，出为集州刺史，俄召拜天官侍郎。圣历初，迁凤阁侍郎同凤阁鸾台三品，前后居相位数载，多识台阁故事。神龙时，坐张易之党贬眉州刺史，还为益州长史卒。诗风清正挺秀，绮而不艳。多咏物诗。代表作为《正月十五夜》、《咏虹》、《和武三思于天中寺寻复礼上人之作》等，其中《正月十五夜》写元宵夜景，火树银花加之秾李游伎，更有明月行歌，令人不禁悠然神往，不愧佳作。另外《咏虹》诗对虹的描写刻画亦颇值得称道。有集十五卷，今编诗一卷（全唐诗上卷第六十五）。

正月十五日夜

火树①银花②合，星桥③铁锁开。暗尘④随马去，明月逐人来。游伎⑤皆秾⑥李，行歌尽落梅⑦。金吾⑧不禁夜⑨，玉漏⑩莫相催。

[注释]

①火树：唐人树形灯架，点燃后状如火树。

②银花：指灯如明艳的花朵。

③星桥：鹊桥，此处借指京师之桥。

④暗尘：马驰过扬起的灰尘。

⑤游伎：出行的歌女。

⑥秾：花木繁盛。

⑦落梅：《梅花落》的曲子。

⑧金吾：本指仪仗棒，此处指掌管京师治安的长官。
⑨不禁夜：解除宵禁。
⑩漏：古代以漏壶滴水计时的装置。

[赏析]

　　这首诗当作于延载元年（公元694年）苏味道在京任中书侍郎时。诗写上元夜京城灯会的繁盛景象。写灯景，取象鲜明，特征突出；写游人，视角新巧，用笔蕴藉；写观灯心态，以简御繁，余音不绝。全诗色彩浓丽，视点多变而音韵流畅。

王勃

　　王勃（约公元649—675年），字子安。绛州龙门（今山西河津）人，唐代诗人。王勃与杨炯、卢照邻、骆宾王以诗文齐名，并称"王杨卢骆"，亦称"初唐四杰"。王勃的祖父王通是隋末著名学者，号文中子。父亲王福畤历任太常博士、雍州司功等职。王勃才华早露，未成年即被司刑太常伯刘祥道赞为神童，向朝廷表荐，对策高第，授朝散郎。乾封初（公元666年）为沛王李贤征为王府侍读，两年后因戏为《檄英王鸡》文，被高宗怒逐出府。随即出游巴蜀。咸亨三年（公元672年）补虢州参军，因擅杀官奴当诛，遇赦除名。其父亦受累贬为交趾令。上元二年（公元675年）或三年（公元676年），王勃南下探亲，渡海溺水，惊悸而死。

　　王勃的诗今存八十多首，多为五言律诗和绝句。著有《王子安集》其中写离别怀乡之作较为著名。《杜少府之任蜀川》写离别之情，以"海内存知己，天涯若比邻"相慰勉，意境开阔，一扫惜别伤离的低沉气息，为唐人送别诗之名作。《别薛华》、《重别薛华》等五律都以感情真挚动人。《山中》、《羁春》、《春游》、《临江二首》等五言绝句，则通过写景抒发深沉的怀乡之情。明代胡应麟认为王勃的五律"兴象婉然，气骨苍然，实首启盛（唐）、中（唐）妙境。五言绝亦舒写悲凉，洗削流调。究其才力，自是唐人开山祖"（《诗薮·内编》卷四）。

　　王勃的赋和序、表、碑、颂等文，今存九十多篇，多为骈体，其中亦不乏佳作。《滕王阁序》在唐代已脍炙人口，被认为"当垂不朽"的"天才"之作（《唐摭言》）。名句如"落霞与孤鹜齐飞，秋水共长天一色"，更为历来论者所激赏。《旧唐书·文苑传》引崔融语云："王勃文章宏逸，固非常流所及。"《四库全书总目》亦谓"勃文为四杰之冠"。

送杜少府之任蜀州

城阙①辅三秦②，风烟望五津③。与君离别意，同是宦游④人。海内存知己，天涯若比邻。无为在歧路⑤，儿女共沾巾。

[注释]

①城阙：指长安的城郭宫阙。
②三秦：承汉初旧称。项羽曾分秦地为雍、塞、翟三国，称为三秦。此泛指长安附近的关中之地。
③五津：岷江从四川灌县以下到犍为的一段，当时有五个渡口，名为白华津、万里津、江首津、涉头津、江南津。此处是泛指蜀地，不必拘泥。
④宦游：离乡而到外地任职或谋职。
⑤歧路：岔道口，此指分手之处。

[赏析]

这是王勃青年时期所作的一首送别诗。因其中的"海内存知己，天涯若比邻"两句一反常人感伤凄楚的情调，表现出一种乐观旷达的胸怀，而使本诗成为高标千古的名篇。

首联以对起，属"工对"中的"地名对"，极壮阔。出句写长安城阙，点明送别之地。对句想象途中之景象，点明友人将去之所。上句为实，下句为虚，用"风烟"、"望"二词把相隔千里的秦、蜀两地联系起来，开阔了诗的境界。次联句式变缓，表达惜别之意。三联奇峰突起，语意转折，格调高昂而且入情入理。天下没有不散的筵席，也很少有人能终生永在一起。离别为人们难以避免之事，所以正确地认识和理解这种现实并乐观地对待它，就显得格外重要。如果心心相印，志同道合，分别又有何妨？如果貌合神离，道异志乖，朝夕厮守又有何益？所以这两句诗充满辩证法，道出了人世间朋友之义的最本质最深刻的思想内涵。它不仅适合于朋友之间，而且适合于其他各种社会关系之间，具有更普遍的社会意义。因此，这联诗为历代的人们所激赏，成为万世不朽的名言警句。

宋之问

宋之问(约公元650至656—712至713年间),一名少连,字延清。汾州(今山西汾阳)人,一说虢州弘农(今河南灵宝)人。唐代诗人。上元二年(公元675年)进士及第。历洛州参军、尚方监丞、左奉宸内供奉。因谄事张易之兄弟,曾贬泷州参军。召为鸿胪主簿,再转考功员外郎,又谄事太平公主。以知贡举时贪贿,贬越州长史。睿宗即位,流钦州,赐死。宋之问与沈佺期齐名,时称"沈宋",为近体律诗定型的代表诗人。长得身材高昂,仪表堂堂的宋之问进士及第,以才名召分直内文学馆,后授洛州参军。武后称帝,他从九品殿中内教跻身五品学士。后转任尚书监丞,迁司礼主簿考功员外郎、修文馆学士等。宋之问"尤善五言诗,其时无能出其右者"。宋之问为文赋诗,讲究比兴,属对精密,点划入微,对诗的声律化有重大贡献,他明确划开了古体诗和近体诗的界限,与沈佺期齐名,时号"沈、宋",写出了《江亭晚望》、《晚泊湘江》、《题大庾岭北驿》、《度大庾岭》等优秀作品。明张燮辑有《宋学士》九卷。

题大庾岭北驿

阳月①南飞雁,传闻至此回②。我行殊③未已④,何日复归来。江静潮初落,林昏瘴⑤不开。明朝望乡处,应见陇头梅⑥。

[注释]

①阳月:夏历十月。
②至此回:传说大雁南飞至大庾岭止宿,等第二年春天始北还。
③殊:实在。
④已:结束。
⑤瘴:南方湿热的空气。

⑥陇头梅：大庾岭上梅树很多，又称"梅岭"。因它地处亚热带，十月梅花已开。陇，此指高地。

[赏析]

大庾岭在江西、广东交界处，古人视为南北分界，唐时为内地通粤要道，诗人因遭贬赴泷州（今广东罗定）而过此地。他于同期写的《度大庾岭》诗云："度岭方辞国，停轺一望家。魂随南翥鸟，泪尽北枝花。山雨初含霁，江云欲变霞。但令归有日，不敢怨长沙。"是这首诗的姊妹篇。这首诗以雁、梅体现地域特征，传闻雁至此北回，反衬人不能北回的悲伤，揣想回望见梅，反照江静林昏凄景下的悲凉。全诗凄婉悲凉，曲尽其乡国之思、迁谪之怨。

渡汉江

岭外①音书断，经冬复历春。近乡情更怯②，不敢问来人③。

[注释]

①岭外：指五岭以南地区。
②怯：害怕。
③来人：指遇到的当地人。

[赏析]

这首诗作于神龙二年（公元706年）初春。诗人因谄附张易之，在神龙元年（公元705年）被贬为泷州（今广东罗定）参军，此时由贬所逃归，途经襄阳而作此诗。汉江，此指襄阳附近的一段汉水，距洛阳已不太远。诗写私自逃归将近洛阳时，思乡、盼乡、近乡而心怯的多种复杂与矛盾的心理，展示了对先前经历的痛苦回忆和对未来命运吉凶难卜的忧虑，真切生动，富于情致。

新年作

乡心新岁切，天畔独潸然①。老至②居人下，③春归在客④先。岭猿同旦暮⑤，江柳共风烟⑥。已似长沙傅⑦，从今又几年？

[注释]

①潸（shān）然：流泪的样子。

②老至：指年老而居下位。

③春归：春天过去。

④客：指自己。

⑤同旦暮：朝夕共处。

⑥共风烟：共同承受风露云烟。

⑦长沙傅：指汉代的贾谊，他曾被贬为长沙王太傅。

[赏析]

  这首诗作于景云二年（公元711年）春，此时诗人被流放在钦州（今广西钦州市北）。诗写晚年流放、凄处蛮荒、天畔思乡、盼归无望的痛苦心态，抒情真切，曲中有达。

陈子昂

陈子昂（约公元659—700年），字伯玉，梓州射洪（今属四川）人。唐代文学家。因曾任右拾遗，后世称为陈拾遗。

生平 陈子昂青少年时家庭较富裕，轻财好施，慷慨任侠。成年后始发愤攻读，博览群书，擅长写作。同时关心国事，要求在政治上有所建树。二十四岁时举进士，官麟台正字，后升右拾遗，直言敢谏。时武则天当政，信用酷吏，滥杀无辜。他不畏迫害，屡次上书谏诤。武则天计划开凿蜀山经雅州道攻击生羌族，他又上书反对，主张与民休息。他的言论切直，常不被采纳，并一度因"逆党"反对武则天的株连而下狱。垂拱二年（公元686年），曾随左补阙乔知之军队到达西北居延海、张掖河一带。万岁通天元年（公元696年），契丹李尽忠、孙万荣叛乱，又随建安王武攸宜大军出征。两次从军，使他对边塞形势和当地人民生活获得较为深刻的认识。圣历元年（公元698年），因父老解官回乡，不久父死。居丧期间，权臣武三思指使射洪县令段简罗织罪名，加以迫害。冤死狱中（沈亚之《上九江郑使君书》）。有《陈子昂集》，诗文合编，共十卷。

文学创作 唐代初期诗歌，沿袭六朝余习，风格绮靡纤弱，陈子昂挺身而出，力图扭转这种倾向。在《与东方左史虬修竹篇序》一文中，他慨叹"汉魏风骨，晋宋莫传"；批评"齐梁间诗，采丽竞繁，而兴寄都绝"。他称美东方虬的《咏孤桐篇》"骨气端翔，音情顿挫，光英朗练，有金石声"；"不图正始之音，复睹于兹，可使建安作者，相视而笑"。这些言论，表明他要求诗歌继承《诗经》"风、雅"的优良传统，有比兴寄托，有政治社会内容；同时要恢复建安、黄初时期的风骨，即思想感情表现明朗，语言顿挫有力，形成一种爽朗刚健的风格，一扫六朝以来的绮靡诗风。他的诗歌创作，即是这种进步主张的具体实践。

登幽州台歌

前不见古人，后不见来者。念天地之悠悠①，独怆然②而涕③下。

[注释]

①悠悠：遥远，无穷无尽。

②怆然：悲伤的样子。

③涕：眼泪。

[赏析]

古幽州台在今北京市北。幽州台即蓟北楼，为燕国所在地，燕昭王曾在此筑黄金台以招揽贤士。这首诗是陈子昂以右拾遗参谋军事，多次献计不被主帅采纳，登幽州台而想到一代明主燕昭王，吊古伤今而作。诗人站在台上，眼观茫茫天地，俯思古今，不禁悲伤流泪。天地、古人、来者衬托出人生的短暂和诗人的孤独无依、生不逢时。无限的言外之意，让读者静静地去品味、去感受。

贺知章

贺知章（公元659—744年），字季真，一字维摩，自号四明狂客。越州永兴（今浙江萧山西）人。又说系会稽（今浙江省绍兴市）人。唐代诗人、书法家。《全唐诗》录存其诗一卷，共十九首。

贺知章年少时就以文辞闻名乡里，武后证圣元年，公元695年中了进士。开元十三年（公元725年）升为礼部侍郎，兼集贤院学士。贺知章性情豪放，喜欢饮酒，善于言谈，当时的社会贤达都仰慕他。陆象先说，一日不见贺知章，就觉得胸怀浅俗了。贺知章晚年更加放纵，不约束自己，自号"四明狂客"，为"吴中四士"之一，官至太子宾客，秘书监。又称"秘书外监"，终日遨游里巷。

贺知章经常在喝醉酒后写诗，他还善于书法，尤其擅长草书隶书，诗兴大发时，立即挥笔书写，字迹潇洒。他爱才若渴，热情提携诗坛后辈。当他身居太子宾客时，李白还是一个平民，诗才也只初露头角。贺知章读了李白写的《蜀道难》后，赞叹不已，称李白是"谪仙"。两人年龄相差四十多岁，但一见如故，对饮畅叙，结为忘年知己。那天，贺知章身上没钱买酒，竟毫不犹豫地解下佩在身上的显示官品级别的金龟，换取酒菜，这就是著名的"金龟换酒"典故的由来。后来，贺知章在皇帝面前推荐了李白，皇帝把李白召进宫中，任为供奉翰林。从此，李白的声名鹊起。

唐玄宗天宝初年，奸相李林甫把持朝政，政治黑暗。贺知章不愿与奸臣共事，就借病请求告老还乡，出家做了道士。回乡后，不久卒。

回乡偶书①

少小离家老大回②，乡音无改③鬓毛④衰⑤。儿童相见不相识，笑问客从何处来。

[注释]

①回乡偶书：原作有二首，这是第一首。
②少小离家老大回：贺知章三十七岁时中进士，在此之前已离开故乡，后一直在外为官，至八十六岁才返回故乡。离家，一作"离乡"。
③无改：一作"难改"。
④鬓毛：面颊两边的头发。
⑤衰（cuī）：稀疏的样子。

[赏析]

　　本诗是作者年老返乡时的感叹之作。由于诗人是长久客居在外，故可以感叹的内容是很多的。能否正确地把握他所要倾诉的感情，便是能否正确理解本诗的关键所在。有人说此诗抒发了诗人"久而愈深、老而弥笃的乡土之情"，也有人说此诗写出诗人"久客他乡之感"，还有人认为是"抒写了岁月流逝、人世沧桑的深沉感情"。

　　全诗抒情重心在第二句"鬓毛衰"三字。首句只是提供了全诗情感抒发的典型环境，二句以"乡音无改"反衬"鬓毛衰"，是说虽然乡音一点儿也没有变化，但人之衰老却是不可避免的，同时也呼应了首句的"老大"两字。有的评析文章在"乡音"二字上大做文章，其实无此必要。后两句则是从侧面写起，说家中后辈孩童不识得这位外来老叟，竟将他当成了远方来访的客人，还笑吟吟地向他问长问短。这对诗人来说，一方面感到这群后辈既天真活泼，又幼稚可爱，同时另一方面也感到自己十分可悲，若不是自己衰老之极，若不是自己久居在外，恐怕他们一个个争着叫自己"爷爷"或"祖爷爷"呢，所以这后两句依然是为二句中的"鬓毛衰"作延伸性的注释用的。更多的评析文章大谈这两句中儿童的天性可爱，却没有指出其作用，这是本末倒置的做法。

　　但是把贺知章的另一首《回乡偶书》列出，读者便能对本诗的主题确为"久客伤老"深信不疑了。其诗曰："离别家乡岁月多，近来人事半消磨。惟有门前镜湖水，春风不改旧时波。"此诗抒情重心也在二句，"半消磨"三字是也。何为"半消磨"，即往事俱去，人亦老矣。这就是诗人《回乡偶书》两首之其二的主旨。一般说来，一首组诗的主题应该是前后一致的，如杜甫的《秋兴》、《羌村三首》等均是，所以若以《回乡偶书》其二证之于其一，更可知其一的主旨亦应为久客伤老。

张九龄

张九龄(公元678—740年),一名博物字子寿。韶州曲江(今广东韶关)人。武后神功元年(公元697年)进士,官秘书省校书郎。唐代诗人。先天元年(公元713年)应"道侔伊吕科"举,得高第,授左拾遗。累官至中书侍郎同平章事,迁中书令。后受李林甫排挤,罢政事,贬为荆州长史。张九龄卒年,新旧《唐书》皆同。惟享年六十八岁之说,据徐浩碑铭载应为六十三岁。张九龄是盛唐前期重要诗人。尤其是他的五言古诗,在唐诗发展中有很高的地位和巨大的影响。著有《张曲江集》二十卷。《全唐诗》编存其诗为三卷,所收较集本为多,但所增者是否张九龄之作,甚可疑。如《答陆澧》五绝一首,即为朱放所作。见何格恩著《张九龄年谱补正》及《曲江年谱拾遗》(《岭南学报》第四卷第一、二期),另外《张曲江诗文事迹编年考》(《广东文物》),可资参考。

望月怀远

海上生①明月,天涯共此时。情人②怨遥夜③,竟夕④起相思。灭烛怜⑤光满,披衣觉露滋⑥。不堪⑦盈手⑧赠,还寝梦佳期⑨。

[注释]

①生:出现、升起的意思。

②情人:有情的人。

③遥夜:长夜。

④竟夕:整夜。

⑤怜:爱。

⑥滋:生。

⑦不堪:不能。

⑧盈手：双手满捧。盈，满。
⑨佳期：指相会之期。

[赏析]

此诗起首两句"海上升明月，天涯共此时"发调高唱，意境雄浑远大，已成思亲怀人的千古名句。写月者前有谢庄《月赋》中"隔千里兮共明月"之语，后有苏轼《水调歌头》中"但愿人长久，千里共婵娟"的名句，其旨意三者大抵相同。一为赋，一为词，张为诗，相许裁衣，各臻其妙。其实从张九龄作此诗之境遇看，此诗不是一般的情诗，而是别有兴寄的政治抒情诗。月华风露，灭烛披衣，我们仿佛看见诗人彷徨的身影。这首诗将无限相思之情托之一轮皓月，以具体鲜明的艺术形象委婉道出，所以十分动人。诗中抒发了作者政治上的强烈渴望与追求，所以前人曾称此诗为"五律中《离骚》"。

王翰

王翰（约公元687—735年），字子羽，晋阳（今山西太原）人。睿宗景云元年（公元710年）进士。任过仙州别驾，后贬道州司马。任侠使酒，恃才不羁。诗多古体，苍凉奔放。唐代诗人，"边塞派"的先驱。王翰少时就聪颖过人，才智超群，举止豪放，不拘礼节。张嘉贞任并州刺史时，十分赞赏王翰的才能，常以很好的礼遇相待，王翰则自做歌并于之舞，神气轩昂，气度不凡。王翰性格豪爽，无拘无束，常与文人志士结交，杜甫诗中以"李邕求识面，王翰愿卜邻"之句赞叹王翰。他的诗多豪放壮丽之句，可惜很多已散失，传世之作中最负盛名的是他的《凉州词》："葡萄美酒夜光杯，欲饮琵琶马上催，醉卧沙场君莫笑，古来征战几人回。"流露出作者厌战的情绪，也表现了一种豪纵的意兴。王翰原有诗集十卷，大都失传。《全唐诗》录其诗一卷，共十四首。

凉州词

葡萄美酒夜光杯①，欲饮琵琶马上催②。醉卧沙场③君莫笑，古来征战几人回？

[注释]

①夜光杯：相传周穆王时西胡所献，由白玉精制而成，光可照夜。
②催：奏乐助兴劝酒。
③沙场：战场。

[赏析]

这是一首脍炙人口的边塞诗，表现将士的一腔豪情。面对葡萄美酒、白玉杯，听着琵琶的催饮声狂饮，男子汉大丈夫战死沙场尚且不惧，还怕什么醉卧沙场！全诗气势昂扬，雄壮豪放，词采绚丽，音调高亢，顿挫中展现强劲，艺术特色十分鲜明。

王湾

　　王湾，生卒年、字号均不详。洛阳（今属河南）人。唐代诗人。玄宗先天年间（公元712—713年）进士及第，授荥阳县主簿。开元五年（公元717年）唐朝政府编次官府所藏图书，九年书成，共二百卷，名为《群书四部录》。王湾由荥阳主簿受荐编书，参与集部的编撰辑集工作，书成之后，因功授任洛阳尉。约在开元十七年，他曾作诗赠当时宰相萧嵩和裴光庭，其后行迹不详。湾"词翰早著"。现存诗十首。其中最出名的是《次北固山下》："客路青山外，行舟绿水前，潮平两岸阔，风正一帆悬。海日生残夜，江春入旧年。乡书何处达，归雁洛阳边。"《河岳英灵集》题作《江南意》，字句颇有不同。这首诗是王湾在先天年间或开元初年游历江南时所作，格调壮美，意境开阔，预示了盛唐诗歌健康发展的前景。据说开元中，宰相张说曾亲自将这首诗题写于政事堂，"每示能文，令为楷式"。明代胡应麟认为诗中的"海日生残夜，江春入旧年"二句，是区别盛唐与初唐、中唐诗界限的标志（《诗薮》）。可见这首诗在当时及后世受到普遍重视。

次北固山下

　　客路①青山②下，行舟绿水③前。潮平两岸阔，风正一帆悬。海日④生残夜，江春⑤入旧年。乡书⑥何处达，归雁⑦洛阳边。

[注释]

①客路：指旅途。

②青山：指北固山，在今江苏镇江市北。

③绿水：指北固山下的长江。

④"海日"句：指江面太阳升起得早。

⑤"江春"：指腊月立春，旧年未尽而春已到。

⑥乡书：家书。

⑦归雁：春天北归的雁群。

[**赏析**]

　　北固山为长江上重要风景点，又是古时交通的要站。这首诗写在北固山泊舟的所见所感，由冬末春初之景而触发了思乡之情。细心慧眼，道人所不能道。当时的宰相兼诗人张说曾将这首诗写于政事堂，作为教人作诗的楷式。这首诗气象高华，境界壮阔，脍炙人口，尤其是"潮平两岸阔，风正一帆悬"一联写得明快雄丽，给人一种"乘长风破万里浪"的豪迈感。

王之涣

王之涣（公元688—742年），字季凌，晋阳（今山西太原市）人，后迁居绛郡（今山本省新绛县）盛唐诗人。以门子调补冀州衡水主簿。因被人诬谤，乃拂衣去官，归乡十五年。后补文安郡文安县尉。在职以清白称，天宝元年卒于官。为人慷慨倜傥，才锐能诗。常击剑悲歌，且与王昌龄、高适交往颇深。

其诗以描写西北风光的最有特色，故"传乎乐章，布在人口"，名动当世。今存诗仅六首，其中三首为送别或宴词，但他却因有《登鹳雀楼》、《凉州词》这两首代表盛诗风的传世名作而成为著名的盛唐边塞诗人。其中《凉州词》共二首，"黄河远上白云间"这一首，近人岑仲勉认为它与高适《塞上听吹笛》（一作《和王七听玉门关吹笛》）是互相唱和之作，唐薛用弱《集异记》记载有与此诗有关的旗亭听歌画壁的故事，可见此诗之负盛名，由来已久。

登鹳①雀楼

白日依山尽，黄河入海流。欲穷②千里目③，更上一层楼。

[注释]

①鹳（guàn）雀楼：一作"鹳鹊楼"，故址位于今山西省永济县西南。楼有三层，前瞻中条山，下瞰黄河，为登临胜地。因楼上时有鹳雀栖息而得名。

②穷：极尽。

③千里目：远眺的目力。

[赏析]

王之涣在《登鹳雀楼》中以如椽的大笔勾描了黄河和中条山的苍茫雄浑气势，表现出他那蓬勃向上的胸襟和孜孜不倦的追求精神，从中也透露了盛唐社会的万千气象，是一首充满着时代气息的优秀作品。

诗的前两句先写登楼所见：白日渐渐与远山相衔，黄河浩浩荡荡向东边大海流去，这是一幅视野开阔、风光迷人的画面。由于有了"山"和"海"的映衬，使得诗人原本的描摹对象"日"和"河"有了更加辽远雄奇的背景，越发使人感到景观的气势磅礴。而且，"依山尽"是实写，"入海流"是虚写，虚实结合，也增加了诗句的时空跨度，自然也就增大了诗作的容量，给读者造成含蕴不尽的感觉。

诗的后两句再写登临所感：眼前的景致已是如此不凡，但诗人并不满足，他还希望能进一步骋目远眺，眼底收进更广范围内的雄奇阔大的景观。所以他要"更上一层楼"，去览尽天下至壮至美之景。实际上，这两句已不仅单纯写出诗人对壮美景色的追求，而应当说已包含着诗人对人生道路和政治理想的探索精神的内容了。

本诗融写景、抒情和哲理三者为一体。前两句写景，后两句抒情，两者互为依存，且意境逐步深化。同时后两句又暗含哲理，使景情的描写又得以升华到理性的高度。而且哲理的阐述又紧密结合着景情描写，使人不感到生涩枯燥，在获取理性教谕的同时又尽情得到形象上的美感享受。所以，本诗的景情理三者是高度统一、密不可分的。

出塞①

黄河远上白云间，一片②孤城③万仞④山。羌笛⑤何须怨杨柳⑥，春风不度⑦玉门⑧关。

[注释]

①出塞：诗题名一作《凉州词》，一作《凉州歌》。首句一作"黄沙直上白云间"，末句一作"春光不度玉门关"。

②一片：一座。

③孤城：指凉州附近的某个城堡。

④仞（rèn）：古时以七尺或八尺为一仞。

⑤羌笛：我国古代西方羌族人所吹的笛子。

⑥杨柳：指羌笛吹奏的《折杨柳》曲。北朝乐府《鼓角横吹曲·折杨柳枝》："上马不捉鞭，反拗杨柳枝。下马吹横笛，愁杀行客儿。"后人诗中

常将折柳，吹笛和离别相联系。

⑦度：过。

⑧玉门关：在今甘肃省敦煌县西，唐时为凉州西境。

[赏析]

这首脍炙人口的边塞诗，生动描绘出旷远荒凉的塞外风光，尽情倾诉了戍边将士的疾苦，同时又委婉批评了朝廷对边关人员不体恤、不关怀的错误做法。

首句"黄河远上白云间"，写得气势宏大，不同凡响。所谓"远上"是说作者的视线由眼前的滔滔黄河水向上游，上溯而渐远渐至天边，只见河身越来越窄，浊浪越来越低，目力所见的黄河从汹涌澎湃竟然化为一线一脉，似从天际白云间隙中垂挂而下。以如此笔力写黄河，真可谓有神力相助，后来李白的"黄河之水天上来"，可以说是逆其意而用之，同臻艺术高峰。

二句"一片孤城万仞山"在写法上明显突出了对比，即以城堡之"孤"同群山之高且广形成强烈比照。"万仞"不仅写山之高，而且也暗示山之连绵不绝，所占地域极广。这是因为山峰越高，山体面积也就越大，所以说它是从"横"的方面绘景。

后两句"羌笛何须怨杨柳，春风不度玉门关"的特色是抒情特别委婉。这是因为羌笛本来正吹奏着的是《折杨柳》曲，而此曲倾诉的是离别之情。诗人本应以同情的口吻对将士们说，羌笛应该尽情地吹奏《折杨柳》曲，从而可将你们的离乡思亲之愁得以尽情地排遣。可现在诗人却着"何须"二字，即谓何必吹奏那哀愁悲怨的《折杨柳》曲子呢？你们不是盼望着排遣离情吗？告诉你们，大可不必如此。因为连那一年一度的春风都过不了玉门关，也就更到不了这荒凉僻远的边关了。因此，这里没有一丝春的气息，又哪来的杨柳，又哪里去折柳以赠亲人呢？

最后要说明的是，本诗中的"春风"有含蓄之意。明人杨慎在《升庵诗话》中说："此诗言恩泽不及于边塞，所谓君门远于万里也"，所以"春风"即为"君恩"的代名词，此论是有一定之理的。但也有论者认为诗人因在三句中用"何须"二字，因此诗人便无怨情可言，而更主要的是抒发了戍边将士抗敌报国之精神。这种观点显然是不懂本诗的情感倾向，尤其不懂"何须"两字作为反语的效用。

孟浩然

孟浩然（公元689—740年），本名浩，字浩然，湖北襄阳（今湖北襄阳）人，年四十，游长安，应进士不第。张九龄镇荆州时，为荆州从事，是唐代一位不甘隐沦却以隐沦终老的诗人。

开元二十八年诗人王昌龄游襄阳，孟浩然背上生了毒疮，和他相聚甚欢。据说是因为"食鲜疾动"，终于故乡南园，年五十二岁。有《孟浩然集》。

孟浩然的诗已摆脱了初唐应制咏物的狭隘境界，更多地抒发了个人怀抱，给开元诗坛带来了新鲜气息，并博得时人的倾慕。李白用礼赞的口吻称他"高山安可仰，彼此揖清芬"王维曾把他的像绘制在郢州刺史亭内，后称之为"孟亭"，无论在生前死后，孟浩然都享有盛名的。

孟浩然的好诗不仅数量不多，而且篇幅也多半很简短，他所擅长的诗体，主要是五古和五律。但是，从艺术的完整、精美来说，他却完全可以和王维并驾齐驱，各标风韵。杜甫说他："赋诗何必多，往往凌鲍谢。"完全合乎事实。他在盛唐诗人中，年辈较高，比李白、王维大十二岁。他诗集里，还残留着从初唐到盛唐过渡的痕迹。如《美人分香》、《同张明府碧溪赠答》等诗，还有宫体影响。他的某些诗句，也有化用鲍照、谢朓、阴铿、薛道衡的地方，但是，他化用前人诗句，往往能青出于蓝，不着痕迹。在创造盛唐诗歌浑融完整的共同风格上，他是有不小贡献的。因此，李白、杜甫、王维等盛唐诗人对他都深怀敬意，并给他的诗以相当高的评价。

宿建德江[①]

移舟泊烟渚[②]，日暮客愁新[③]。野旷[④]天低树[⑤]，江清月近[⑥]人。

[注释]

①建德江：指新安江流经浙江衢县至建德县的一段。

②烟渚：水汽笼罩的小洲。烟，指水汽。

③客愁新：羁旅之情突发而生。

④旷：远。

⑤天低树：开阔的天宇似乎使孤树为之而矮小。低，使……低矮，用作使动。

⑥近：接近。

[赏析]

　　此诗是表达诗人的乡思之愁，全诗抒情重心在二句的"客愁新"三字。由于天近黄昏，此时最易惹动游子的思乡情绪，故诗人以一个"新"字写愁绪之陡生。"新"字在诗中可解为"新生出"、"突然生出"。并不是诗人原本无愁可言，只是由于外界环境的变化，即"泊烟渚"之后，才使诗人体悟到在这里栖息住下，该是多么孤独凄清，这哪能像居住在亲人身边那样充满温暖呀，因此这早就压抑在心头的愁绪就爆发出来了。后两句写景均是由"客愁新"三字生发出来，均为涂抹上诗人主观感情色彩的景物描写，这一点却为许多注家、评家所忽视。如诗人沈德潜《唐诗别裁》卷九谓："下半写景而客愁自见"，虽明言景中有情，但又缺乏具体分析。现代的注本有的说："无际的原野，一眼望去，天与地接，地与树平，故曰'天低树'"。有的说："山野空旷，云天似乎比树还低"，"举目远望，无限空阔，天空低垂，气氛孤寂"。为什么会有这种天使树低的感觉，就在于"野旷"。大家都有这样的生活经验，在窄狭的为高耸之楼群所包围的小院落中，不太高大的树木，会显得相当雄伟峻拔，这是因为上下天地过于逼仄的原因。同样的理由，由于天地开阔，无论是在草原上还是旷野中，纵使是长得异常高大的树木，由于它的背景是如此宽广无垠，因而往往被反衬得特别矮小，好似被天地压扁了似的，这就是"天低树"三字的意境。而前面几种对"天低树"的解析，只把"低"说成"低于"，从中很难体味出有什么感情寄托。至于末句，那是很容易说清楚的。"江清月近人"是谓由于江水净洁，故水中的月亮倒影便显得又大又圆，人在船上看它，只觉得它似乎离人尤近。诗人在此句中同样也赋予深厚的情感，即以月之近人写它的灵性。它似乎很懂得诗人的乡愁不可释，乡思不可绝，故欲近前来为之劝慰，为之解脱，这便是"月近人"三字的意蕴。如此说来，本诗后两句并非纯为写景，而是渗透着诗人强烈感情色彩的景语，为景中含情的名句。

春晓

春眠不觉晓①，处处闻啼鸟②。夜来风雨声，花落知多少？③

[注释]

①不觉晓：不知天明。

②啼鸟：意谓天已晴明。上官仪《奉和初春诗》："晓树流莺满，春堤芳草积。"

③夜来风雨声，花落知多少：一作"欲知昨夜风，花落无多少。"夜来，夜里。来，语助词，无意义。

[赏析]

诗人在此诗中表达了他对春之将逝的惋惜和留恋，虽有惜春之情但无伤春之意，显示了作者在对待时光流转问题上的坦然超脱情怀。

诗作的首句先说诗人春晨时依然深睡不醒，其原因除了大家通常所说的"春困秋乏"这条自然因素在起作用外，恐怕另有缘由。因为按照诗意看，三句有"夜来风雨声"，诗人对昨夜的一场风雨是知晓的。他在当时就明白，这场雨一定会打落许多春花。但他为什么于次日凌晨似无任何牵挂似地一直浓睡不起呢？只能如此解释才能讲通，即他对春花遭风雨陨落一事，虽觉殊为可惜，但也感到须顺其自然，用不着过于悲伤。

次句"处处闻啼鸟"为写诗人的欣喜心情。昨夜的风雨无疑是作者心头上的一团阴影，但早上却被啼鸟催醒，看来又是一个晴朗的好天，所以诗人的心情遂转为轻松。

后两句是诗人的惜春心情的流露。尽管诗人认为春天的脚步来时该来走时该走，但毕竟多少还有点留恋之意，所以他便要发问：昨夜的风雨催落了多少春花呢？"知多少"三字，既可理解为"是不是落得太多了"，也可理解为"大概落得还不太多吧"。

本诗在风格上的主要特点是清新明朗，恬淡娴雅。读来犹如品尝一樽上等美酒，有余味不尽之感，所以深得历来诗评家的赞赏。

临洞庭上张丞相

八月湖水平，涵虚混太清①。气蒸云梦②泽，波撼岳阳城③。欲济无舟楫，端居④耻圣明。坐观垂钓者，徒有羡鱼⑤情。

[注释]

①太清：指天空。《文选》左思《吴都赋》刘渊林注："太清，谓天也。"本句中的"虚"也指天空。

②云梦：古时云、梦为两泽，在湖北省大江南北，江南为梦，江北为云。后世大部分淤成陆地，合称云梦泽。

③波撼岳阳城：宋范致明《岳阳风土记》："孟浩然洞庭诗有'波撼岳阳城'，盖城据湖东北，湖面百里，常多西南风，夏秋水涨，涛声喧如万鼓，昼夜不息。"

④端居：闲居，隐居。

⑤羡鱼：《淮南子·说林训》："临河而羡鱼，不若归家织网。"

[赏析]

这是一首充满比兴意味的诗。作者写此诗呈给当时的张丞相，想求得他的赏识和提拔。为了保留身份，故借景言情，尽量抹去干谒的痕迹。

前四句极力渲染洞庭湖的浩瀚气势，夸饰水面的宽阔，境界恢宏，气象万千，体现了生机勃勃的盛唐气象，并为后半首求仕无门的比喻作好形象上的铺垫。

后四句委婉地向张丞相倾诉衷肠。情由景生，故显得自然而不生涩。面对汪洋无边的湖水，自己"欲济无舟楫"。想到自己的在野之身，自己的处境也是如此。想要入仕，必须有人引荐。布衣与朝官隔着一条如同湖水般的鸿沟，必须解决渡水工具即船的问题方可逾越。而自己正苦于没有这样的舟楫。急于求人引荐的语意甚明而又没有直说，这便是含蓄委婉处。"圣明"一词虽是颂扬皇帝，但也包含着对丞相的赞美之意。汲汲求仕之心也自在其中。尾联翻用典故进一步抒发自己因无官位而不得施展才能的淡淡幽怨，再表急于求仕之心。

全诗气象恢宏，比兴巧妙。虽有干谒之意，但写得得体，措辞不卑不亢，没有丝毫寒乞相，情格并高。

过①故人庄

故人具鸡黍②，邀我至田家。绿树村边合③，青山郭外斜。开轩④面场圃⑤，把酒话桑麻⑥。待到重阳日⑦，还来就菊花。

[注释]

①过：拜访，走访。这里是应邀为客的意思。

②鸡黍：这里泛指精美的饭菜。黍，黄米。

③合：树木稠密，连成一片，环绕村庄。

④轩：一作"筵"。轩，窗户。

⑤：场圃：打谷的地方叫场，俗称场院，种菜的地方叫圃。

⑥桑麻：桑以养蚕，麻以织布，此泛指农事。陶渊明《归园田居》："相见无杂言，但道桑麻长。"

⑦重阳日：农历九月九日为重阳节。古人在这一天有登高饮酒赏菊的习俗。

[赏析]

此诗描写的只是一个普通的田庄，一次普通的农家宴请。但阅后却仿佛是一曲风光旖旎，清幽淡雅的田园交响曲，令人向往，令人陶醉，令人回味不已。

"故人具鸡黍，邀我至田家。"仿佛叙述家常。朋友有"邀"我就"至"，毫无渲染，简单而随便。"鸡黍"二字显出农家的淳朴和热情，不讲虚礼和排场，这才显出主客之间的真情。

"绿树"两句写"故人庄"自然环境的优美。一近一远，把小村青山远映，绿树环绕的景象表现得生动逼真，传达出诗人愉快的心情。正是在这样的自然和社会环境中，宾主的心情才都很畅快。他们在开筵时打开窗户，面对宽敞平坦的场院和菜地谈起农事来。这联诗不仅能使我们领略到浓烈的农村风味，而且可以想象到主客谈话时的欢声笑语。最后一联写走时尚有不舍之意，余兴未尽，而要在明年的重阳节再来饮酒做客。主客间的欢洽和谐之情不言自现，而且也暗示出此次邀饮的时日。

留别王维

寂寂竟何待,朝朝空自归。欲寻芳草①去,惜与故人②违。当路③谁相假?知音世所稀。只应守寂寞,还掩故园扉。

[注释]

①芳草:本义为香草,古诗中常比喻为美好的品德。此处指美好的处所,暗喻隐逸生活。

②故人:老朋友,指王维。

③当路:身居要职的掌权者。《孟子·公孙丑上》:"夫人当路于齐。"朱熹注:"当路,居要地也。"

[赏析]

此诗首联写落第后的景象和心情。在封建社会,科举是读书人步入官场的主要通道。考中者扬眉吐气,落榜者心灰意冷。孟浩然考前非常自信,希望值太高,所以失败对他的打击也就更大。人们的冷落使他难堪,心灵上的空虚更难以忍受。他似乎作过谋职的努力,但结果令他完全失望了,所以他决心返乡。"竟何待"三字中含有怨怼之情,但更多的是辛酸。第二联扣题,写惜别之情。语浅意浓,表现出他与王维友情的深厚。第三联说明归隐的原因,语气沉痛,令人酸鼻。通过落第的打击和滞留京师间生活经历的磨炼,他切身体会到世态的炎凉。并没有人真正赏识人才,光凭才识和德行要进入仕途几乎是不可能的,为此他心灰意冷。在以钱财和权势编织成的无形的关系网统治整个社会的封建时代,这种情况是普遍存在的,故本诗具有典型意义。

尾联表明归隐的决心。"只应"二字,颇有深味。诗人内心很苦,他甚至觉得不该来应考,这是人生道路上的误会,于是他要"还掩故园扉",决心隐居了。事实也是如此,此后孟浩然再也未踏进科举考场半步。

本诗语淡味浓,如话家常,毫无斧凿痕迹,却把落第后的凄苦、辛酸、失望、怨怼的心情表现得淋漓尽致,颇为感人。

早寒有怀

木落雁南度，北风江上寒。我家襄水①曲，遥隔楚云②端。乡泪客中尽，归帆天际看。迷津③欲有问，平海夕漫漫。

[注释]

①襄水：汉水流经襄阳地界的一段称襄水。《清一统志·襄阳府》："汉水……自府城西北三十里白家湾抵城北，稍东而左，会唐、白诸河之水，亦名襄水。"

②楚云：襄阳古属楚国，故云。

③迷津：迷失渡口。用孔子使子路问津之典。《论语·微子》："长沮、桀溺耦而耕：孔子过之，使子路问津焉。长沮曰：'夫执舆者为谁？'子路曰：'为孔丘。'曰：'是鲁孔丘与？'曰：'是也。'曰：'是知津矣。'问于桀溺，桀溺曰：'子为谁？'曰：'为仲由。'曰：'是鲁孔丘之徒与？'对曰：'然。'曰：'滔滔者天下皆是也，而谁以易之？且而与其从辟人之士也，岂若从辟世之士哉？'耰而不辍。子路行以告。夫子怃然曰：'鸟兽不可与同群，吾非斯人之徒与而谁与？天下有道，丘不与易也。'"

[赏析]

若要深刻理解本诗的意蕴，关键在于了解作者当时的处境和尾联用典的深意。孟浩然40岁进京，应举落第。回乡后心情抑郁，次年便漫游吴越以抒忧愤。欲官不能，欲隐不甘，在人生歧路上徘徊，这便是作者当时的心境。

"迷津"之间活用孔子使子路问津的典故。从长沮、桀溺所谈的大道理来看，这两个人确是隐士。孔子则是积极想要从政的人，在人生道路上恰是两种对立的类型。子路所问本是现实生活中的渡口，而长沮、桀溺并未从正面回答，却嘲讽孔子到处周游，凄凄惶惶以求仕进的行为。显然，回答问题的角度已经变了，"渡口"的意义已经虚化，他们所说的乃是人生道路的迷失。孔子完全心领神会，所以发了一番慨叹。孟浩然也正处在归隐与求仕的矛盾中，徘徊彷徨于歧路，内心十分迷惘苦闷。他尚在进行激烈的思想斗争，末联仿佛在自问自答，最后还是没有明确的答案。"平海夕漫漫"的景色烘托出作者的迷惘茫然的心绪。

秋登兰山①寄张五②

北山③白云里,隐者④自怡悦。相望⑤试登高,心随雁飞灭⑥。愁因薄暮⑦起,兴是清秋发。时见归村人,沙行渡头歇。天边树若荠⑧,江畔洲如月。何当⑨载酒来,共醉重阳节⑩。

[注释]

①兰山:一作万山,又作岘山。

②张五:即张子容,行八。"五"应为"八"之误。举进士及第前曾与孟浩然同隐居襄阳。

③北山:即兰山,孟浩然居所。

④隐者:指作者自己。

⑤相望:即望你。

⑥灭:谓看不见。

⑦薄暮:日将落时。

⑧荠(jì):一种野菜。

⑨何当:何时。

⑩重阳节:阴历九月九日。

[赏析]

这是一首登高咏怀诗,表达了诗人对友人的一片深情。

全诗发端即缘物起兴,用萦绕山峦的悠悠白云衬托隐者(诗人自己)超然物外、怡然自得的情怀。接着笔锋一转,由相望引出登高,又由心逐飞雁引出绵绵情思,表达诗人"怡悦"之中犹有淡愁——对友人热切的盼望和不尽的思念,而且一颗驿动的心也早已追随飞雁到了友人的身边。然而无论诗人如何驰目远望都无法看到友人的身影,就连那鸿雁亦消失得无影无踪。诗人方欲收敛情思,夕阳已经沉沉坠去,不禁顿时生发出一种孤独无慰的愁绪。好在时值清秋,天高气爽,忧愁未泯,兴致又生。放眼远眺,只见天边树木,矮小如荠;下临江畔,又见精巧的小岛,宛如一轮弯月。还有那归村的人们,缓缓走过沙滩,歇息于码头上。这是一幅多么淡雅、悠闲、和谐的残阳夕照图呀。但在闲适之中,是否还隐含着诗人一种无以言表的淡淡忧愁呢?最后,诗人由衷期盼"何当载酒来,共醉重阳节",又有如淙淙流淌的泉水,突然卷起一阵浪花，给那和缓的旋律增加了不尽的韵味。

这首诗最大的风格特点就是清淡。无论是飘浮的朵朵白云，还是怡悦的隐居生活；抑或是渡头村民、天边树木、如月江洲，都不用浓重的笔墨渲染，倒好像是一幅完全用白描手法勾勒出来的以山头伫望为中心、蓝天飞雁和远树江洲为背景的登高暮望图。令人读后，如品清茗，淡香满口，回味无穷。

夏日南亭怀辛大

山光①忽西落，池月②渐东上。散发③乘夕凉，开轩④卧闲敞⑤。荷风送香气，竹露滴清响。欲取鸣琴弹，恨无知音⑥赏。感此怀故人，终宵劳梦想。

[注释]

①山光：落山的日光。

②池月：池边月色。

③散发：打开头发。古代男子平日束发于顶，上面加冠。去冠散发是一种不拘礼仪的行为，只有在家里才可以如此。

④开轩：开窗。

⑤闲敞：闲静敞亮。

⑥知音：通晓音律。

[赏析]

这首诗在夏日纳凉的描绘中，表达了诗人对友人的深沉思念。

前两句"山光忽西落，池月渐东上"，即景入诗，点明时间：夏日的傍晚，夕阳沉去，晚霞尽失；皓月东升，辉映池塘。山林中的景色，朦胧而恬淡，凉爽而清幽，静谧而安宁。诗人以"忽"写日落，用"渐"表月升，下语极有分寸，不仅在一快一慢的叙述中准确描述出诗人兴趣的浓厚与感受的细腻，而且巧妙烘托出所居环境的优美。

"散发乘夕凉，开轩卧闲敞"，则用行动描写揭示诗人的悠闲与自得。"散发"表明盛夏季节，诗人因天气炎热尽开亭窗，散发而卧，任晚风吹拂，明月朗照。就在作者心清气爽之时，"荷风送香气，竹露滴清响"，清风徐来，荷动香飘，馨气萦室；竹叶青青，露珠晶莹，滴入池中，叮叮作响。"欲取鸣琴弹，恨无知音赏"，是由景入情之语。在清风拂面、芳香扑鼻、滴露悦耳的清幽环境里,诗人的心情也在恬淡平和之中萌发出操琴弹奏的兴致。然而琴尚未取,怅意已生,因为此时此地知音实在难觅。结尾两句:"感此怀故人,终宵劳梦想"是点睛之笔。不难想见,诗人是多么渴望友人来到身边,携手促膝,纵情畅谈呀!然而,他越是怀念故人,越是梦绕魂牵,愁意越是难以排遣。这就把他对友人的一片深情表达得淋漓尽致了。

　　这首诗,引景入诗,寄情于景,把对友人的真挚思念寄寓在日落月升、池映亭台、风送荷香、竹露滴响的优美环境之中。诗人让一片深情自然生发,渐入佳境,从而把他对友人的一番厚意表达得十分浓重而深远,令人钦服。

李颀

李颀(公元690年—757年？)，唐代诗人。祖籍赵郡(今河北赵县)，长期居住颍阳(今河南登封西)。开元二十三年(公元735年)登进士第。一度任新乡县尉，不久去官。后长期隐居嵩山、少室山一带的"东川别业"，有时来往于洛阳、长安之间。他的交游很广泛，与盛唐时一些著名诗人王维、高适、王昌龄、綦毋潜等，都有诗什往还。他还喜欢炼丹修道，王维有诗相赠说："闻君饵丹砂，甚有好颜色"(《赠李颀》)，约在天宝末去世。《新唐书·艺文志》著录李颀诗集一卷。今存《李颀集》有《唐人小集》本一卷；《唐诗二十六家》本三卷。《全唐诗》编为三卷，但仍有遗漏。如宋代洪迈《容斋随笔》卷四"李颀诗"条提到并加以称许的"远客坐长夜，雨声孤寺秋。请量东海水，看取浅深愁"四句，就不见于《全唐诗》。

古从军行

白日登山望烽火[①]，黄昏饮[②]马傍[③]交河[④]。行人刁斗风沙暗，公主琵琶幽怨多。野营万里无城郭，雨雪纷纷连大漠。胡雁[⑤]哀鸣夜夜飞，胡儿[⑥]眼泪双双落。闻道玉门[⑦]犹被遮[⑧]，应将性命逐轻车[⑨]。年年战骨[⑩]埋荒外，空见[⑪]蒲萄入汉家[⑫]。

[注释]

①烽火：边塞用来报警的烟火。

②饮(yìn)马：给马喝水。

③傍：靠着。

④交河：故城在今新疆吐鲁番市西、公主琵琶：铜质锅，白天用来煮饭，晚上敲击以报更；公主琵琶：汉武帝与乌孙王和亲，以江都王刘建女嫁乌孙王，沿途使人在马上弹奏琵琶，以慰抚其思念家乡的愁情。

⑤胡雁：北方的大雁。
⑥胡儿：泛指西域各族的青年。
⑦玉门：即玉门关，在今甘肃敦煌市西北。
⑧遮：阻绝。汉武帝不准李广胜利班师回朝，派人挡住玉门关，下令说："军有敢入者辄斩之！"
⑨轻车：原指汉武帝时的轻车将军李蔡，这里泛指将军。
⑩战骨：战士的尸骨。
⑪空见：只见。
⑫蒲萄入汉家：蒲萄，即葡萄。汉武帝时从西域引进葡萄种，遍植于行宫四周。

[赏析]

这首诗写边塞而思绪比较复杂。诗的前半极力描写战争的苦况，不仅写了唐朝将士远离家乡奔走沙漠的辛劳，而且从"胡雁哀鸣"和"胡儿眼泪"的描写中，指出了战争也给塞外少数民族带来了灾难。诗的后半借历史事实以托讽，有力地鞭挞、否定了李唐王朝对外轻易用兵的政策和所谓的"战绩"。"年年战骨埋荒外，空见蒲萄入汉家"，寓沉痛于讽刺之中。

王昌龄

王昌龄（约公元698—756年），字少伯，京兆万年（今属西安市）人，一作太原（今山西太原）人，盛唐著名诗人。他家境比较贫寒，开元十五年进士及第，授秘书省校书郎。后改授汜水尉，再迁为江宁丞。一生曾两次被谪蛮荒之地：一次约在开元二十五年秋，他获罪被谪岭南；一次约在天宝六载秋，以所谓"不护细行"被贬为龙标尉，后弃官隐江夏。安史之乱爆发后，他避乱至江淮一带，被濠州刺史闾丘晓杀害，后世称为王江宁或王龙标。原有集，后散佚，明人辑有《王昌龄集》。

王昌龄是盛唐时享有盛誉的一位诗人。殷璠《河岳英灵集》把他举为体现"风骨"的代表，誉其诗为"中兴高作"，选入的数量也为全集之冠。这些都可见他在诗坛上的地位。

《全唐诗》对昌龄诗的评价是"绪密而思清"，他的七绝尤为出色，甚至可与李白媲美，故被冠之以"七绝圣手"的名号有"诗家天子王江宁"之称。尤其是他的边塞诗，流畅高昂，深受后人推崇。

芙蓉楼①送辛渐②

寒雨连江夜入吴③，平明④送客楚山孤。洛阳⑤亲友如相问，一片冰心在玉壶。

[注释]

①芙蓉楼：本诗共二首，这是第一首。芙蓉楼故址在今江苏省镇江市。
②辛渐：王昌龄友人，具体情况不详。
③吴：同下句的"楚"互文，泛指江南镇江一带。
④平明：黎明。
⑤洛阳：诗人是京兆长安（陕西西安）人，此以洛阳代指长安。唐时长

安为西都，洛阳为东都，故可替代使用。

[赏析]

要理解本诗的内容，主要关键须掌握本诗的写作背景。王昌龄此诗的写作是在江宁丞任内，时间在天宝元年（公元742年）后。在此以前，王昌龄曾于开元二十七年（公元739年）从汜水尉任上被贬到岭南。后又贬到江宁为县丞。至天宝七年（公元748年）又被贬到荒远的龙标（今湖南黔阳）一带，可谓屡遭贬谪，仕途乖蹇。与王昌龄同时代的殷璠在《河岳英灵集》中说："昌龄为人，仁有余也。奈何晚节不矜细行，谤议沸腾，再历遐荒，使知音者叹惜"，其意为王昌龄晚年不注重小节，故惹得众人议论纷纷，并两次被贬到荒僻之地。而实际上并非是王昌龄的过错，这只要从王的"犹畏谗口疾"（《为张僓赠阎使臣》）、"世情多是非"（《送东林廉上人归庐山》）诗句中便可知晓，实在是他的傲岸性格不合世俗的缘故。李白在听到王昌龄远贬龙标时有著名诗作《闻王昌龄左迁龙标遥有此寄》："杨花落尽子规啼，闻道龙标过五溪。我寄愁心于明月，随风直到夜郎西。"对王的遭遇深表同情，同时也可知王昌龄是受冤屈的。因此王昌龄这位"孤洁恬澹，与物无伤"（《唐诗纪事》引殷璠语）的正直诗人之遭到毁谤，责任全不在己，自然他要借机会申诉一番了，所以他便借送别友人的机会，请他捎信给自己的故交：务必请大家相信，我王昌龄是清清白白的，千万不要轻信社会上的流言飞语。

其次，本诗前两句中凄风苦雨式的景色描写，可谓诗人险恶处境的形象化表现，这一点恰为古今诗评家所疏忽。他们或者只是着眼于"夜入吴"的主体究竟指何人的讨论，是作者，还是辛渐，或是指寒雨？或者只是对"吴"、"楚"的互文手法感兴趣，有的甚至认为前两句"展现了一种极其高远壮阔的境界"。面对包含着丰富内涵的寒雨孤山的描写，只能说他们抓住的是非主体部分或者说理解有误，而实际上只有将寒雨孤山看作险恶处境的艺术化体现：寒雨即社会上的流言飞语，孤山即自己的势单力薄，才能同下文联系得更为紧密，才能更好表现此刻诗人要求他人理解的心态。

闺怨

闺①中少妇不知愁，春日凝妆②上翠楼③。忽见陌头④杨柳色，悔教⑤夫婿⑥觅封侯⑦。

[注释]

①闺：闺房，女子居室。
②凝妆：盛妆。
③翠楼：装饰华贵的楼宇。
④陌头：街边。
⑤教：让，使。
⑥夫婿：古代妇女称丈夫也可称为婿。
⑦觅封侯：唐代已无封侯，此指求取功名。

[赏析]

这是《王昌龄集》中最为著名的闺怨诗，本诗有以下特色。

首先是本诗构思奇特。细读全诗，原本只需"闺中少妇悔教夫婿觅封侯"数字便能将全部内容包括于中，但诗人却故意兜了一个偌大的圈子。为说少妇之愁却先让她不愁，故引出下句之"凝妆"、"上翠楼"，还见"杨柳色"，未了才显主旨，如此真可谓曲之又曲。这种奇特的构思使本诗具有特别委婉蕴藉的特色。诗评家黄生曰："感时恨别诗人之作多矣，此却以'不知愁'三字翻出。后二句语境一新，情思婉折。闺情之作此为第一"，周埏也说本诗"情致缠绵，语一句一折，波澜横生"，他们的话不是没有道理的。

其次是本诗以极为精炼的笔墨塑造了一位以"情"胜"理"的女子形象，使人读后久久不忘。从末句的"悔教"两字可知这少妇对丈夫"觅封侯"即追逐功名的行为原本是支持的，即她原本也是站在丈夫立场上的，这便是"理"的一面。然而，在那春日陌头杨柳色的感召下，她却幡然悔悟了。因为这春日的美景唤醒了少妇内心深处对青春年华的珍惜以及对夫妇比翼相处的渴望之情，这便是"情"的一面。经过比较，她感到宁可不要丈夫的"封侯"也要获得自己的青春幸福，这便是这位少妇的觉醒。因此我们完全可以大胆地说，这位女子是在封建制度下敢于为自己的人生幸福而否定封建科举制度的巾帼第一人。在"情"和"理"的斗争中她终于以"情"战胜了"理"，成为中国古代妇女中难得的思想解放论者。从某种意义上说，崔莺莺、杜丽娘等都是本诗中这位少妇的后继人。

再次，本诗中的"杨柳色"是少妇思想转变的关键之物，从中足见春色感人之深。从情景的关系上说，这是运用了情随景生的手法。"杨柳色"的含意具有多重性，少妇见之，即可联想到这是春天之色，亦即人的青春年华的象征。树犹有此青春，而我却因夫婿不在而青春虚度，如此岂不枉过一生？此其一。少妇见之，亦可联想到当初送别夫婿时，各执一段柳枝，含意为欲留（柳）而不舍分手。今日再次见柳，当初离情宛然若现，岂不令人生出无穷遐想？此其二。总之，这杨柳色的作用非同小可，所以黄牧邮曰："少妇心情，无端感触，景物撩人，描绘毕现，此天然笔墨"（《唐诗笺注》卷八），俞樾也说："王昌龄'闺中少妇不知愁'云云，以见春色之感人者深也。……盖欲言其感人之深，但言如何相感，则虽深乃浅矣。以无情言情则情深，从无意写意则意真，知此者可以言诗乎"。黄、俞二说均赞扬了"杨柳色"在诗中的运用，并都承认了此为情随景生的笔法，此等情感才为真情、深情。

塞上曲[①]

蝉鸣空桑林，八月萧关[②]道。出塞入塞寒，处处黄芦[③]草。从来幽并[④]客[⑤]，皆共尘沙老。莫学游侠儿[⑥]，矜[⑦]夸紫骝[⑧]好。

[注释]

①塞上曲：一作《塞下曲》，乐府旧题，属横吹曲，多写边塞征战之苦。

②萧关：古关塞名，位于今宁夏固原县东南。

③芦：芦苇。

④幽并：幽州和并州。今属河北、山西等地。

⑤客：指勇武之士。

⑥游侠儿：指仗勇武、逞意气、重信义、轻生死的人。

⑦矜（jīn）：夸耀。

⑧紫骝：骏马名。

[赏析]

在盛唐边塞诗中，王昌龄的诗作堪称一绝，颇为人们称道。这首诗就很有特色。诗人先以"蝉鸣空桑林"强烈渲染悲凉之氛围，写得有声、有境、有情。尤其是著一"空"字，就给人造成一种萧瑟之感，面对叶尽林空，耳听寒蝉悲鸣，行人又将何以堪？"八月萧关道"之句虽未明写征人，但在这八月即寒的偏僻荒凉的萧关古道中谁能不产生一种难以自已的深情呢？眼前是一"出"一"入"的行军匆匆的战士，遍地是芦黄草衰的荒凉景色，这是何等鲜明的对照！"从来幽并客"是由写景转入议论的过渡语。在浓墨铺写边关古道的艰苦行军之后，诗人用"从来"二字把为国捐躯的英雄侠客推向历史的纵深处，表达了诗人对幽并二州勇武之士的热情盛赞。著一"老"字，将蕴含着多么深厚阔大的内容啊。他们为了保家卫国，把尚武任侠的英雄气概付于驱敌御侮、驰骋沙场、老死军伍中。语言虽然悲凉，但仍不失其豪壮。最后两句为全诗的画龙点睛之笔。按理说，尚武而守信，重义而轻生的"游侠儿"，在社会黑暗的时代非但不应批评，反应给予肯定。但在边关有难、国运有危之时，这些侠客们却仍然乘坐紫骝四处周游，就明显于国无益了。因而较之那驰骋沙场的幽并客来，不就显得黯然失色了吗？全诗至此，在一正一反的对比衬托中，充分体现了整首诗歌的主要意蕴——杀敌报国，建功边防。

这首诗，先置边塞战争于凄凉惨淡的广阔背景之上，构成一幅色调灰暗的边关征战图。继而又笔锋一转，有如烘云托月般地表达诗人对"皆共沙场老"的"幽并客"的由衷赞美。笔者认为，如果用"山重水复疑无路，柳暗花明又一村"形容此诗的表达技巧，当不为过。

塞下曲

饮马度秋水，水寒风似刀。平沙①日未没，黯黯②见临洮③。昔日长城战④，咸言意气⑤高。黄尘⑥足⑦今古，白骨乱蓬蒿。

[注释]

①平沙：一望无际的沙漠。

②黯黯(àn)：昏暗不清的样子。

③临洮(táo)：今甘肃岷县，为古长城西边的起点。

④长城战：开元三年（714）吐蕃侵扰临洮，唐玄宗令陇右防御使薛讷、

副使郭知运、大仆少卿王晙等出击敌人，杀敌万余人，同时唐军伤亡也十分惨重。

⑤意气：意志气概。

⑥黄尘：黄沙。

⑦足：充塞。

⑧蓬蒿：此泛指战地的野草。

[赏析]

这首诗生动描绘了唐代西北边境的残酷征战，委婉地谴责了统治者穷兵黩武的罪恶行径。

前两句运用顶针手法，造成一种风寒水冷、水冷风寒的回环往复效果，为战士们催马远征描绘出十分艰苦的自然环境。三四句的意境十分雄浑阔大，既写出沙漠的茫茫无边，又点出西照的夕阳和远望时的昏暗不清，进一步造成行军紧迫、前景黯淡的凄凉氛围。随之笔锋一转，陡写昔日将士的高昂意气，实则巧借洮水之战的双方惨重伤亡，把批判的锋芒延伸到历史的纵深。因而"咸言意气高"之语，看似礼赞昔日征战的胜利，实则饱含诗人深沉的历史反思。尤其最后的"黄尘足今古，白骨乱蓬蒿"两句，用满目荒凉凄惨的古今战场，表达对连年征战的厌弃和对弃尸沙场者的深刻同情，意蕴十分深刻。

春宫怨

昨夜风开①露井②桃，未央③前殿月轮高。平阳歌舞新承宠④，帘外春寒赐锦袍。

[注释]

①开：使……盛开。

②露井：露天之井。《古乐府》："桃生露井上，李树生桃旁。"

③未央：汉宫殿名，此处借指唐之宫殿。

④平阳歌舞新承宠：《汉书·外戚传》："孝武卫皇后字子夫，为平阳主讴者。武帝过平阳，既饮，讴者进，帝独悦子夫，得幸。赐平阳主金千斤。"这里是借卫子夫喻新得宠的宫人。

[赏析]

《春宫怨》诗题一作《春宫曲》。王昌龄的《春宫怨》是他的宫怨诗中的名作。诗中借汉武帝宠爱歌女卫子夫并最终立她为卫皇后,又废弃陈皇后之事,暴露了封建宫廷中帝王喜新厌旧的丑恶行径。

诗中沿用以汉刺唐的笔法。字面上说汉,骨子里讽唐,是对唐朝宫廷中的女子色衰爱弛并终遭遗弃的可悲命运深表同情之作。这是阅读本诗首先要注意的地方。

诗人还注意运用比兴手法。首句"昨夜风开露井桃"句即是。在此句中诗人用桃树承东风而大绽其花为兴,喻作卫子夫的骤然得宠。"昨夜"两字暗说得宠之快捷,不过就在数日之间,因歌舞场上的出色表演、更衣室中的姿色相近,故讨得武帝一片欢心,并从此步步高升,终于被册封为皇后。这就写出了宫人得宠的偶然性。封建帝王由于喜怒无常,今日喜欢这个,明日又爱上那个,诗人在首句中隐含了对帝王荒淫生活的讽意。

李白

　　李白（公元701—762年），字太白，号青莲居士。祖籍陇西成纪（今甘肃静宁西南），隋末其先人流寓碎叶（今吉尔吉斯斯坦北部托克马克附近）。幼时随父迁居绵州昌隆县（今四川江油）青莲乡，二十五岁起"辞亲远游"，仗剑出蜀。天宝初供奉翰林，因遭权贵谗毁，仅一年余即离开长安。安史之乱中，曾为永王璘幕僚，因璘败系浔阳狱，远谪夜郎，中途遇赦东还。晚年投奔其族叔当涂令李阳冰，后卒于当涂，葬龙山。世称李青莲或李翰林。唐元和十二年（公元817年），宣歙池观察使范传正根据李白生前"志在青山"的遗愿，将其墓迁至青山。李白性格豪迈，向往建功立业，对唐玄宗后期权贵当国，政治腐化的现象深为不满。其诗多抒写内心的苦闷和矛盾，表现了鄙夷世俗，蔑视权贵的精神；但往往也流露出放纵享乐，饮酒求仙的消极思想，风格奔放自然，色调瑰玮绚丽，善从民间文学中汲取营养和素材，用丰富而夸张的想象，表现出奇妙空灵的意境，为屈原以后同古代伟大的浪漫主义诗人。被后世尊称为"诗仙"。《李太白文集》三十卷行世。存诗九百余首，以诗人王琦注本较为详备。

夜思[1]

床前明月光，疑是地上霜。举头望明月，低头思故乡。[2]

[注释]

①夜思：诗题一作《静夜思》。郭茂倩将此诗编入《乐府诗集·新乐府辞》中，并说："新乐府者，皆唐世之新歌也。以其辞实乐府，而未尝披于声，故曰新乐府也。"

②举头望明月，低头思故乡：晋《清商曲辞·子夜四时歌·秋歌》有"仰头看明月，寄情千里光。"

[赏析]

　　李白的这首思乡之作,"也是千古思乡"第一诗,写得十分出色,可谓言短情长,感动了古今多少他乡流落人,恐怕不会过分吧。这首诗在写法上,能注意心理刻画和行动举止描写相结合。第二句中的"疑"字即写诗人的内心活动。由于是似睡非睡,似醒非醒,因此很容易产生错觉。这是诗人描写思乡之切,因而才情思恍惚,眼目迷离。后两句再续之以行为描写,即"举头"和"低头"。为何要"举头"?因为诗人后来既然已醒悟到地上应是月光而不是白霜,所以就产生了无穷的遐想,这就是"仰头看明月,寄情千里光"之类的古人有关月光传情的诗句所表述的思亲之情。他感到光看地上的月光还不足以寄托自己的情思,因而便"举头"仰望,这样便可看得更加真切一些,清晰一些,似乎要从这明月里寻找家人从远方寄送来的美好祝愿。仰望既久,思念愈深,诗人便又转而"低头"了。为何还要"低头"呢?这是因为虽久久仰望,甚至望眼欲穿,依旧不能从明月那里得到一份慰藉,无奈之中,只得低头沉思不语了。以上所析"举头"、"低头"的行为描写,均包含着诗人曲折复杂的心理活动,但诗人并不直接叙出,而只是通过人物的动作变化来表现,故十分有情味。俞樾在《湖楼笔谈》中分析这种心理刻画与行动描写相结合的手法时曾说:"床前明月光,初以为地上之霜耳。乃举头而见明月,则低头而思故乡矣。此以见月色之感人者深也。盖欲言其感人之深而但言如何相感,则虽深仍浅矣。以无情言情则情出,从无意写有意则意真,知此者可以言诗乎。"他所说的"以无情言情"、"从无意写有意",即是笔者所说的行动举止描写,虽不明写情意,但暗中寓有深意,再配以精妙的心理刻画,遂使本诗成为千古不朽之名作。

怨情

美人卷珠帘,深坐①颦②蛾眉③。但见④泪痕湿,不知心恨谁。

[注释]

①深坐:指久坐。

②颦(pín):皱眉。

③蛾眉:比喻女子的眉美。

④但见：只见。

[赏析]

本诗是一首题材为闺怨的诗作。写一位美人苦待心上之人而不至，因而转爱为怨，又转怨为恨，表现了作者对她不幸遭遇的深切同情。诗人在表现这一感情时，主要通过对美人的行动、表情和心理刻画来实现的。

诗作的前三句中既有行动描写，又有表情的描摹，都能做到形象逼真，似见其人。美人为何要"卷珠帘"，那是为早见心上人；又为何"深坐"，那是因情深而不怕等待时间之久长。因此，前面一句半为写出美人的"卷"、"坐"两个动作，表达了她急欲见到心上人的迫切愿望。而后一句半则写美人的"颦蛾眉"和"泪痕湿"，这些都属于表情刻画的范畴。诗人写她皱眉落泪，说明了她因心上人不来而痛苦万分。末句是心理描写，说这位美人由爱生怨、因爱生恨的情感变化。众所周知，爱得深才能恨得切，爱和恨为一对孪生兄弟，是不能分离的。诗中的美人，由于对所爱之人倾注了自己全部的爱，在她的挚爱落空以后，自然要生出无穷的怨恨了。诗人说"不知心恨谁"，那是明知故问。读者心里非常清楚，她所恨之人便是她所爱之人，即为她久等不至之人。之所以要用"不知"两字，并非只为故弄玄虚，而是为以"不知"来启示读者：你知不知，美人究竟是在恨谁？读者如果在心里答道：我知，她在恨那个她所爱之人。那么，作者的目的便达到了。这便是明知故问在本诗中的妙用。

玉阶怨①

玉阶生白露，夜久侵罗袜②。却③下水精帘④，玲珑⑤望秋月。

[注释]

①玉阶怨：乐府《相和歌辞·楚调曲》旧题，《乐府诗集》收谢朓、虞炎及李白等诗作。玉阶，玉石砌成的台阶。

②罗袜：丝织的袜子。

③却：还，又。

④水精帘：即水晶帘，亦即珠帘，以线串琉璃珠垂挂门楣，为精美装饰品。

⑤玲珑：明亮的样子。

[赏析]

本诗的内容为写一位幽居深宫的宫女内心的怨恨。艺术手段高明，被明人胡应麟赞之为"妙绝古今"之作（《诗薮》）。

本诗的主要特色是仅诗题着一"怨"字，而在诗作的字面上却无丝毫怨意的痕迹可寻，这便是高度的含蓄蕴藉，非高手难为也。首句从表面看，为白露生玉阶，此乃秋夜之常景；二句写露水沾袜，也是日常生活中普通一景；三句写放下门帘，这也是夜深时的寻常一幕；末句写仰望明月，这更是习以为常的动作。然而，作者将这四句看似平淡无奇的镜头串联成诗，并以一股气韵贯穿其中，再加上诗题中一个"怨"字的提醒，立刻就会在读者脑海中产生了一种超越字面内涵的全新意境，令人体会到这是一首写宫女不幸遭遇的诗篇。首句写白露生玉阶，乃使人领悟到秋夜已凉，在此凉气逼人之时，伫立于石阶之上的宫女，恐怕有无数心事要倾诉吧。二句写罗袜生凉，一是续写她的装束之美，进一步点明她的身份。二是以"罗袜"一词使读者产生联想。三是这句中暗藏了一个"望"字，因为夜既深而犹不离玉阶，乃至罗袜被白露所侵，必定有所期待。因此这句虽不着"望"字，读者仍然可以感受到宫女那一双望眼欲穿的美目肯定是牢牢盯着院门，她多么希望能看到君王身影的出现，但是所有的期盼却都落了空。后两句中诗人才不慌不忙地将"望"字推出。其实，这个"望"字在"却下水精帘"的动作发生之前即已存在。女主人公为何要"却下水精帘"，有的注本谓因天气寒凉，故欲放下水精帘御寒。其实水晶制作的门帘是无法御寒的。何谓"却"，还也。"却下"就是"还放下"，张相《诗词曲语辞汇释》对此字的解释很为准确，而其他注本释"却下"只是"放下"，"却"字没有释意，这是不妥当的。既然在放下前还有一个"还"字，那么就要探讨为何诗人要加这个"还"字，于是就有了以上女主人公望明月后心理上发生变化的一段分析，所以这不是笔者妄加推测的杜撰之辞，而是有一定文字为依据的。至于末句，依然是女主人公心理活动的继续。她落下门帘，本不想再看明月一眼，但还是身不由己地透过水晶帘再向明月投去深情的目光，其原委不难想象，她依旧对君王充满着期望，她多么希望君王能像这玲珑的月色一样进入自己的屋宇之中……

送孟浩然①之②广陵③

故人④西辞⑤黄鹤楼⑥,烟花⑦三月下⑧扬州。孤帆远影碧空尽⑨,惟见⑩长江天际流。

[注释]

①孟浩然:李白在安陆居住时结识孟浩然,他是盛唐著名山水田园派诗人,与李白友善。

②之:去,往。

③广陵:今江苏扬州市。

④故人:老友,指孟浩然。

⑤西辞:向西告辞。

⑥黄鹤楼:武昌西有黄鹤山,山西北有黄鹤矶,矶上有黄鹤楼。传说有仙人子安乘仙鹤过此,故得名。黄鹤楼曾被毁,现已重建,在今武汉长江大桥武昌桥头。

⑦烟花:指水汽迷蒙、鲜花盛开的春日美景。

⑧下:指乘船沿江而下。

⑨碧空尽:消失在碧空中。

⑩惟见:只见。

[赏析]

这是一首送友远行的诗作,但所表达的情感却是丰富多彩的,其中最主要的自然是对友人的依依不舍的留恋之情。写作本诗时李白同孟浩然相识已有很长一段时间。孟浩然要比李白大10余岁,成名也早于李白。李白对孟浩然是十分钦佩的,曾写诗赞美他"吾爱孟夫子,风流天下闻。红颜弃轩冕,白首卧松云"(《赠孟浩然》)。李白既喜爱孟浩然那清新雅淡的诗风,也十分欣赏他那流连山水、洁身自好的人生态度。现在这样一位莫逆之交要赴扬州远游,李白能不动容么?这是一。其次本诗还写出了诗人因不能同行的遗憾之情,这只要从第二句中的"烟花三月"四字中便能看出。扬州是唐朝第三大城市,同时也是东南一带胜景荟萃之处,城里城外的园林建筑不计其数,著名的有二十四桥、大明寺、瘦西湖、桃花坞、小金山、钓鱼台等等。

时谚谓："腰缠十万贯，骑驴下扬州"，可见其对文人的吸引力之强。而且后来李白也真的去了扬州。除李、孟以外，唐代诗人游览过扬州的还有张若虚、高适、刘长卿、白居易、刘禹锡、杜牧等人，宋代也有梅尧臣、欧阳修、范仲淹、王安石、苏轼等去过扬州。第三，当然也写出了诗人因友人远去而产生的寂寞之情，这只要从第三句的"孤帆远影碧空尽"中便可看出。诗人明写江水碧天隐没了远舟，实际是写出自己心头因失去友人而产生的空白，这是一种茫然无绪的失落情感的形象说法。

下江陵①

朝辞白帝彩云间，千里江陵一日还。两岸猿声啼不住②，轻舟已过万重山。

[注释]

①下江陵：诗题一作《早发白帝城》。白帝城，故址在今四川奉节东白帝山上。东汉末公孙述据此，称殿前井中曾有白龙跃出，因自称白帝，山称白帝山，城为白帝城。城高山峻，如入云霄。

②两岸猿声啼不住，轻舟已过万重山：《水经注·江水》："有时朝发白帝，暮到江陵，其间千二百里，虽乘奔御风，不以疾也……每至晴初霜旦，林寒涧肃，常有高猿长啸，属引凄异，空谷传响，哀转久绝。故渔者歌曰：'巴东三峡巫峡长，猿鸣三声泪沾裳。'"

[赏析]

安史之乱中，李白受到政治上的第二次打击，受永王李璘之案的牵连险些被杀头，多亏有人营救才免于一死，被长期流放夜郎。他抛妻别子，凄凄惶惶地走上流放之途，心情非常苦闷抑郁。当走到白帝城时，忽然得到被赦免的喜讯，他又恢复了自由，又可以回到他生活了大半生的第二故乡——长江中下游地区了。他怎能不欣喜若狂呢？本诗正是这种心情的形象化体现。

"朝辞白帝彩云间"，起势突兀，在叙事中寓情蓄势，为全篇奠定基调。

"千里江陵一日还"，用空间距离之远与所用时间之短作对比，写出船行速度的惊人之快。

第三句一转，别开生面，抒写自己乘轻舟飞越三峡时的感受。"两岸猿声啼不住"为全诗神韵之所在，若无此句，全篇则黯然失色矣。两岸凄哀的猿啼声彼伏此起，一叶轻舟在这猿啼声中顺流直下，速度如飞，何等的惬意！正是这猿声为全诗增添了音响效果，颇具神韵，使人有身临其境之感。

第四句进一步描述舟行之速。此句最妙在一"轻"字，看似漫不经意，实则妙不可言。"轻"字既表现出舟行水上的迅疾轻飘，同时又暗寓着诗人心情的轻松。轻松之人乘一叶轻松之舟飞奔在顺流的江面上，两岸猿声相衬，真如神仙境界一般。

李白是个充满激情的诗人，此诗又写于充满激情之时，诗中洋溢着一种难以抑制的喜悦的激情。正是这种激情能给不同时代、不同阶层的人带来喜悦，才使本诗盛传不衰，获得了永久的生命。

清平调①三首（其一）

云想衣裳花想容，春风拂槛②露华③浓。若非群玉山④头见，会向瑶台⑤月下逢。

[注释]

①清平调：诗题一作《清平调词三首》。清平调，唐代大曲名。
②槛：栏杆。
③露华：露珠。
④群玉山：也作玉山，传说为西王母所居住的仙山。
⑤瑶台：西王母所居住的宫殿，见《穆天子传》。

[赏析]

《清平调三首》是李白在天宝元年入长安城后供奉翰林时所作。李白是一位胸怀大志的诗人，他接受了儒家"兼济天下"的积极用世精神，表示要"奋其智能，愿为辅弼，使寰区大定，海县清一"（《代寿山答孟少府移文书》），希望能"济苍生"、"安黎元"、"安社稷"。他无疑会把这段供奉翰林的生活当作实现自己政治理想的极好机会。但事实恰恰相反，一方面是由于唐玄宗仅仅将他看成文学侍从，并未真正予以重用；另一方面由于权贵们对他侧目而视、尽力排挤，使李白根本不可能在政治上有所作为。相反，他在皇宫中除奉命起草一些类如《和蕃书》、《出师诏》的诏诰外，还作过《宣唐鸿猷》那样的歌功颂德的作品，又应诏写过一些描写宫中行乐生活的诗文，如《泛白莲池序》、《宫中行乐词》及《清平调三首》等。实际上这反映了李白思想中庸俗的一面。

然而，有的论者却认为，李白的《清平调三首》在赞美杨贵妃的同时，暗中还寓有讽意。据宋乐史《李翰林别集序》载，宦官高力士为报复李白让他脱靴的耻辱，曾向杨贵妃进谗，说李白诗中的赵飞燕指的就是杨贵妃，因为赵飞燕出身微贱，后来又被君王废为庶人并自杀，所以李白在诗中将杨贵妃比作赵飞燕是居心叵测。今人喻守真的《唐诗三百首评析》沿用以上两说，认为"太白此词，名花与妃子共咏，虽竭力揄扬，而意成讽谏。一时兴到笔随的绝妙好辞，其中以飞燕比太真，不料日后竟为人所谋孽谗构，终于落拓以死。才人不遇，可为浩叹。"

清平调（其二）

一枝红艳露凝香①，云雨巫山枉断肠②。借问③汉宫谁得似④，可怜⑤飞燕⑥倚新妆。

[注释]

①一枝红艳露凝香：此以红艳的牡丹比作杨贵妃。
②云雨巫山枉断肠：此谓在巫山行云作雨的神女也不能同杨贵妃相媲美，楚王也不能同玄宗相比。因为前者只属梦境，只能使人徒增伤悲，枉然断肠。云雨巫山，见宋玉《高唐赋》。据称楚王游高唐，梦见一女子与其交合，自谓："妾在巫山之阳，高丘之阻。旦为朝云，暮为行雨。朝朝暮暮，阳台之下。"
③借问：请问。
④得似：能相像。
⑤可怜：可爱。
⑥飞燕：赵飞燕。初为阳阿公主家宫女，因貌美且善歌舞，为汉成帝所宠爱，立为皇后。后因淫乱，平帝时废为庶人，终自杀。

[赏析]

虽说《清平调三首》只是李白赞美杨贵妃之作，在思想意义上并无过人之处，但艺术水准很高，值得一说。

本诗可归纳为三种手法,即以花喻人、神不如人、古人不如今人。首句依然用以花喻人手法,同前首相比,多用一个"香"字,使人不仅见其形,还能闻其香,如此则花之美艳芬芳更能迷人,也就更加显示出杨贵妃的娇鲜艳丽。神不如人指二句。"枉断肠"即感叹楚王和神女两两相思,而毕竟只能于梦中相会,这同杨贵妃的"承欢侍宴无闲暇,春从春游夜专夜"(白居易《长恨歌》)根本无法相比,因此连神女都要自愧弗如了,这就是"枉断肠"的妙用。后两句写古人不如今人。古人是赵飞燕,其美貌是历代宫妃中少有的,故诗人拿她同杨贵妃相提并论。但"倚新妆"三字显然认为,赵飞燕美则美矣,但她若无"新妆"相助,恐怕依然比不过杨贵妃;赵飞燕只是依靠"新妆"帮忙,才能同杨贵妃平分秋色。所以诗中对赵飞燕表似升拔、实为贬抑,是说赵不如杨。综上所论,诗人在第二首中以神女、飞燕为陪衬,让杨贵妃大出风头,这样就把杨贵妃的非凡气度和备受恩宠描写出来了。

清平调(其三)

名花①倾国②两相欢,常得君王带笑看。解释③春风无限恨,沉香亭④北倚栏杆。

[注释]

①名花:指牡丹。

②倾国:绝色女子,这里指杨贵妃。李延年《佳人歌》:"北方有佳人,绝世而独立。一顾倾人城,再顾倾人国。"

③解释:解除,消除。

④沉香亭:在唐都长安兴庆宫图龙池东面,用沉香木造成。

[赏析]

至于第三首,诗人运用的手法有二:一是花人娱人,二是春风拟人。先说花人娱人,花人指的是牡丹花及杨贵妃,所娱之人是唐玄宗。据《乐府诗集》引《松窗录》云,《清平调三首》是于天宝初年李白在长安供奉翰林时所作。某天,唐玄宗带着杨贵妃去沉香亭赏牡丹,认为在此良辰美景佳丽均全之时,怎么还能唱那些陈旧的歌辞呢?于是便命歌手李龟年宣李白立进新调,而李白当时却酒醉未醒,但偏能在昏沉中赋成此诗,可见其诗艺之高。李白这三首组诗是特受君王之邀而作,因此其目的无非是要讨得君王之欢心,所以诗中便说,有了这名花和美女,君王自然要带笑相看了。再说春风拟人手法。这春风喻指何人,显然是指唐玄宗。为何他有"无限恨",因为据史料记载,唐玄宗在他最宠爱的武惠妃死后,一直为没有绝色美人相陪伴而闷闷不乐,曾特颁诏书,让使者到全国各地密访,寻觅倾国倾城之佳丽,当时这批使者被称为"花鸟使",可见玄宗皇帝在没有得到杨贵妃时"恨"之深。现在杨贵妃终于来到玄宗皇帝的身边,他当然不再有恨了,所以便变"恨"为"笑",而且要倚靠在沉香亭边的栏杆旁,细细看她个够。

李白的《清平调三首》在艺术上最成功之处是将花人打成一体,说花美即为说人美,说爱花即为爱人,杨贵妃简直成为花王牡丹的化身了。同时诗作又杂以神话传说和古人故事,甚至将自然之物白云和春风组织入诗,这样便将美人美貌的感染力从凡人社会(包括古今)拓伸到神仙世界,再扩展到自然世界,杨贵妃的魅力立即被增加一千倍,这样的诗篇怎能不受到唐玄宗的喜欢呢?

赠孟浩然

吾爱孟夫子,风流天下闻。红颜①弃轩冕②,白首卧松云。醉月频中圣③,迷花不事君。高山④安可仰,徒此揖清芬。

[注释]

①红颜:脸色红润,代指青年。

②轩冕:卿大夫之车服,代指仕宦。

③中圣:谓饮清酒而醉。《三国志·魏志·徐邈传》:"时科禁酒,而邈私饮。沉醉校事,赵达问以曹事,邈曰:'中圣人。'"徐邈平日谓清酒为圣人,浊酒为贤人。因其饮清酒而醉,故曰"中(zhòng)圣人"。

④高山:喻人德行。《诗经·小雅·车辖》:"高山仰止,景行行止。"

[赏析]

此诗大约写于李白寓居湖北安陆时期(公元727—736年)。这一时期,李白常到周围各处游历,与孟浩然相识并结下深情厚谊。本诗即表现他对孟浩然的无比崇敬之情,也委婉地表现出诗人自己的精神世界。

首联点题，开门见山，直抒胸臆，从意境上统摄全篇。"爱"字为全诗的抒情主线，"风流"二字为孟浩然品格气质的主要特征，有提纲挈领之妙。

中间两联具体写孟浩然的"风流"。寥寥二十字，勾勒出一位高卧林泉，风流自赏，不为尘物所动的高士形象。"红颜"对"白首"，从纵的方面来写，概括出孟浩然大半生的风流情致。他宁肯丢弃达官贵人的车马冠服，也要高卧在松风白云之下。通过这一弃一取的行为上的对比，凸现出其超凡脱俗的气度风范。"卧"字尤精妙，活脱脱地画出一位潇洒出尘的隐士的神态，确有不食人间烟火的情韵。"醉月"对"迷花"，从横的方面描写其隐居生活。两联诗各有侧重，错综有致。前联诗着眼于时间，即纵向概括，取意上先反后正，先弃而后取；后联诗着眼于空间，即横向拓展，取意上先正后反，由隐居而不事君。纵横交错，笔法灵活。尾联回应首联，再度表现对孟夫子的景仰之意。

本诗以情构篇，线索分明。开头写"吾爱"之意，中间写孟浩然"可爱"之处，最终表"敬爱"之情，形成抒情——描写——抒情的结构。随情而咏，自然流动。

送友人

青山横北郭①，白水绕东城。此地一为别，孤蓬②万里征。浮云游子意，落日故人情。挥手自兹去，萧萧③班马④鸣。

[注释]

①郭：外城。此处与下句的城互文见义，泛指城郭。
②孤蓬：蓬草遇风吹散，飞转无定，常用以比喻游子。
③萧萧：马鸣声。《诗经·小雅·车攻》："萧萧马鸣。"
④班马：离群的马。

[赏析]

李白的律诗，自然流动，不屑于为格律所拘，透出一股飘逸之气。前人评曰："李白于律，犹为古诗之遗，情深而词显，又出乎自然，要其旨趣所归，开郁宣滞，特于风骚为近焉。"本诗即有这种特色。

此诗写送别的深情。首联对起，点明送别的地点。"青山"、"白水"，

"城"、"郭"两组词均是互文见义，意谓青山白水环绕着城郭的东北方向，不必拘执。颔联用流水对法，紧承首联语意，自然流动。"落日"两句对仗工稳，比喻妥贴，绝无斧凿痕迹。王琦注此二句云："浮云一往而无定迹，故以比游子之意；落日衔山而不遽去，故以比故人之情。"甚为精到。末句以马写人，用侧面烘托之法表现两人的离愁别绪，情意深婉。"萧萧班马鸣"借用诗经中的成句，只增加一"班"字，却增加了无穷意蕴，使其完全融化在自己的诗境之中，尤能显示诗人用典的巧妙。

小诗写得灵动跳脱，新颖别致，不落俗套。诗中形象生动，色彩鲜明，青山白水相衬，红日白云互映，境界全出，长鸣的班马更增添画面的生气。自然美与人情美交织在一起，气韵生动。

听蜀僧濬[①]弹琴

蜀僧抱绿绮[②]，西下峨嵋峰。为我一挥手[③]，如听万壑松。客心洗流水[④]，馀响入霜钟[⑤]。不觉碧山暮，秋云暗几重。

[注释]

①蜀僧濬：即李白《赠宣州灵源寺仲濬公》诗中所云的濬公。

②绿绮：古琴名。汉辞赋家司马相如有绿绮琴。此处代指名贵之琴。

③挥手：指弹琴。嵇康《琴赋》："伯牙挥手，钟期听声。"

④流水：《列子·汤问》："伯牙善鼓琴，钟子期善听。伯牙鼓琴，志在高山，钟子期曰：'善哉，峨峨兮若泰山！'志在流水，钟子期曰：'善哉，洋洋兮若江河！'"

⑤霜钟：《山海经·中山经》："丰山……有九钟焉，是知霜鸣。"郭璞注："霜降则钟鸣，故言知也。"

[赏析]

唐诗中有不少描写音乐的佳作。白居易、李颀、李贺、韩愈等都创作过表现音乐的诗，在描摹音乐效果上各有千秋，各逞异态。李白此诗则有自己的独到之处，这就是着重写听琴时的主观感受，而不对琴声做客观细致的描写。从这一点也可看出李白是主观抒情性的诗人。

开头两句叙事，点明演奏者的身份和琴的名贵，为其演奏效果的美妙张本。颔联正面描写弹琴,作者用白描手法来写,"一挥手"写刚刚演奏时神态,简洁而生动。"万壑松"用大自然宏伟深沉的音响比喻琴声,形象地表现出音域的宽广和音色的浑厚。喻守真说:"此诗但用'万壑松'三字,已将琴音之妙托出,这一联用双管齐下法,一写弹者,一写听者。"分析得很有道理。"客心"两句写听后的主体感受和余音的悠长。"洗流水"把"高山流水"的典故消融其中,混化无迹。不作为典故来读亦通,作为典故理解则更妙。"霜钟"一词也有如此艺术效果,足以显示李白卓越的语言技巧。尾联用自己着迷而不知时间飞逝来暗示琴声的感人力量。弹者的高超技巧和杰出的音乐才能便都生动地表现出来,并给读者以丰富的驰骋想象的空间,情味悠长。

夜泊牛渚怀古

牛渚①西江②夜,青天无片云。登舟望秋月,空忆谢将军③。余亦能高咏,斯人不可闻。明朝挂帆去,枫叶落纷纷。

[注释]

①牛渚:山名,在今安徽当涂县西北。山北突入江中,名采石矶。

②西江:古时称江西到南京一段长江为西江。

③谢将军:指晋镇西将军谢尚。《世说新语·文学》载:镇西将军谢尚乘船行经牛渚,月夜闻客船上有人咏诗,叹赏不已。遣人讯问,知是袁宏自吟他的《咏史》诗,大为赞叹。邀过船来交谈甚欢,遂定交。

[赏析]

本诗题下有原注云:"此地即谢尚闻袁宏咏史处。"这便为我们理解诗的内容提供了重要依据。

谢尚身为镇西将军,一代名臣,却能赏识文学之士,不拘一格地提拔寒酸的士子。这件历史往事表现出一种令人向往追慕的美好人际关系。即不因贵贱而妨碍心灵的沟通,共同的见识才华可以打破身分地位的屏障。这对于当时怀抱利器而不为世所用、无人赏识提拔的诗人李白来说又是具有多么大的吸引力啊!他真希望在现实生活中再出现一位像谢尚那样具有眼力和魄力的人物,所以触景感怀生情,唱出这篇激动人心的诗章。

诗前半首重在怀古,后半首重在伤今。首联点明时地,渲染环境气氛。

寥廓空明的天宇和浩渺苍茫的西江在夜色中融为一体。二联写望月怀古，揭示主题。同是牛渚之地，同样是这轮明月之下，袁宏吟诵自己作的咏史诗由于遇到谢尚而时来运转，而自己却正在背运之时。时、地、情景的完全巧合触开诗人感情的闸门。故吟出"空忆谢将军"这一充满幽怨感喟的诗句。"空"字的情感开启下四句，并贯穿全篇。大有一种"前不见古人，后不见来者"的情味。生不逢时，人生苦短的人类最普遍的感伤内容完全溶进这一字之中。

后半首重在伤今，"余亦能高咏"是诗人的自负之语。自己虽然才高八斗，但知音难觅，与袁宏相比又是何等的不幸。"不可闻"回应前联的"空忆"，加重了世无知音的沉重感。末联宕开写景，想象明朝离去时的情景，用寂寥凄清的秋声秋色烘托怅惘落寞的情怀。

本诗"无一句属对，而调无一字不律"（王琦注引赵宦光评），自然流利，颇能表现诗人飘逸不群的性格。

登金陵凤凰台

凤凰台①上凤凰游，凤去台空江自流。吴宫②花草埋幽径，晋代衣冠③成古丘。三山④半落青天外，二水中分白鹭洲⑤。总为浮云⑥能蔽日，长安不见使人愁。

[注释]

①凤凰台：《江南通志》："凤凰台，在江宁府城内之西南隅，犹有陂陀，尚可登览。宋元嘉十六年，有三鸟翔集山间，文彩五色，状如孔雀，音声谐和，众鸟群附，时人谓之凤凰，起台于山，谓之凤凰台，山曰凤凰山，里曰凤凰里。"《珊瑚钩诗话》："金陵凤凰台，在城之东南，四顾江山，下窥井邑，古题咏惟谪仙为绝唱。"

②吴宫：三国吴大帝孙权迁都建业，后孙皓营建新宫，大开园囿。

③晋代衣冠：东晋时的王公大臣。东晋元帝司马睿亦以建康为都城。宫城仍用吴国故宫。王、谢等大贵族很盛。

④三山：《江南通志》："三山在江宁府西南五十七里。"其山滨大江，三峰行列，南北相连。山在今南京市西南长江东岸。

⑤二水中分白鹭洲：王琦注："史正志《二水亭记》：秦淮源出句容、

溧水两山,自方山合流,至建业贯城中而西,以达于江。有洲横截其间,李太白所谓'二水中分白鹭洲'是也。"白鹭洲,在金陵城西大江中。

⑥浮云:喻指朝中奸佞。陆贾《新语》:"邪臣蔽贤,犹浮云之障日月也。"

[赏析]

相传李白登黄鹤楼时看到崔颢所题的《黄鹤楼》诗,很是钦佩,并欲与之较胜负。先作《鹦鹉洲》一诗,自己也感到不如崔诗,于是又写此诗,差足相当。《苕溪渔隐丛话》、《唐诗纪事》等都有此类记载。关于此说是否可靠,人们评说不一。但有一点可以肯定,即这首诗肯定受了崔颢《黄鹤楼》诗的影响,两诗确实极为相似。关于二诗之优劣,前人评说不一。余以为方回《瀛奎律髓》所云较公允:"格律气势,未易甲乙。"

本诗首联写凤凰台的传说,十四字中连用三个凤字,却不嫌重复,音节流转明快,和谐优美。两句诗的内容与崔颢《黄鹤楼》诗的前四句相等。颔联就"凤去台空"进行发挥。六朝时的繁华显赫并未留下什么有价值的东西,一切都已成为历史的陈迹。颈联从历史回到现实,描绘眼前之景色。陆游《入蜀记》云:"三山,自石头及凤凰山望之,杳杳有无中耳。及过其下,距金陵才五十余里。"这段话正好说明"三山半落青天外"的意境。这两句诗气象壮丽,生动逼真,对仗工整,诚为佳句。

尾联用比兴手法暗示出皇帝已被佞幸小人所包围,自己报国无门,忧愤苦闷的心情。"不见长安"暗点诗题中的"登"字,使全篇意义浑然一体。王夫之说:"太白诗是通首混收。"(《唐诗评选》)确是知言。仔细体味,李白之愁是忠君忧国之愁,崔颢之愁是思乡之愁。相比之下,李白愁的内容更深沉更博大。

下终南山①过斛斯山人②宿置酒

暮从碧山下,山月随人归。却顾③所来径,苍苍横翠微④。相携及田家⑤,童稚开荆扉⑥。绿竹入幽径,青萝⑦拂行衣。欢言得所憩⑧,美酒聊共挥。长歌吟松风,曲尽河星稀⑨。我醉君复乐,陶然⑩共忘机。

[注释]

①终南山:即秦岭,在西安市南,唐代隐士多居于此。

②斛（hú）斯山人：复姓斛斯的山中隐士。
③却顾：回望。
④翠微：草木翠碧繁茂貌。
⑤田家：指斛斯山人的家。
⑥荆扉：柴门。
⑦青萝：一种蔓生植物。
⑧所憩：休息的地方。憩，休息。
⑨河星稀：银河中星光稀少，指夜深。
⑩陶然：欢乐的样子。

[赏析]

　　这首诗作于天宝三年（公元744年）春，即诗人被玄宗"赐金放还"的前夕。此时诗人对权臣当道、朝政日非的唐王朝已经大失所望，故而作者在诗中巧借暮遇隐士的欢情，曲折地表达出对仕宦道路的否定和对避世隐居的向往。

　　前四句，语言虽然平凡自然，感情却十分蕴藉深厚。诗人落笔便以"暮从碧山下"挈领全诗，点明时间、地点及人物活动的环境。诗人笔下的随人山月是多么的脉脉含情，回顾来径又是何等的春意绵绵。尤其是"苍苍横翠微"五字，极其传神地描绘出了山色迷濛、草木幽深、曲径蜿蜒的山林晚景。令人读后，大有身临其境之感。

　　接下四句便由景及人，转入对山中隐士的描绘；并以景衬人，通过"绿竹入幽径，青萝拂行衣"清幽、恬静的环境描写，有力地衬托出主人清心寡欲、淡泊宁静的超脱情怀。"欢言得所憩"四句，是写二人情投意合，同为此次聚会而兴奋，乃至畅述心曲醉酒欢歌。并在松涛和鸣中，直唱到银河星疏，曙天将临。特别值得一提的是，诗人在末尾处化用庄子的"有机事者，必有机心"之句意，委婉表达出对朝廷的钩心斗角、尔虞我诈的蔑视，以及自己无辜遭谤、受妒于杨贵妃的愤慨。或许，这就是诗人对隐者与世无争生活的向往之因吧。

　　总之，这首诗在缘物体情上，看似随意拈来，实则神思飞动，寄情幽深，在亦庄亦谐的描写中隐隐流露出一种狂傲不羁的伟岸气概来。

月下独酌

花间^①一壶酒，独酌无相亲^②。举杯邀明月，对影成三人。月既不解饮，影徒^③随我身。暂^④伴月将影，行乐须及春。我歌月徘徊，我舞影零乱。醒时同交欢，醉后各分散。永结无情^⑤游，相期邈^⑥云汉^⑦。

[注释]

①花间：花丛中。

②无相亲：没有亲近的人陪伴。

③徒：空。

④暂：暂且。

⑤无情：忘情。

⑥邈（miǎo）：遥远。

⑦云汉：天河。

[赏析]

《月下独酌》共四首，此为第一首，诗中表达了知音难遇的苦闷。

天宝三年春，即李林甫、杨国忠权倾朝野之时，李白备受排挤，有志难伸，其孤独与冷落是可想而知的。本诗一开头，就描写了这种寂寞的情调。春宵月下，花间饮酒，本应赏心悦目，欢娱通畅，而作者却一人独酌，那将是多么的寂寞孤单呀。独酌，是写静，更是以幽静衬凄情，从而给读者造成美景虽好，如同虚设的感慨。在这里诗人有意把自己置于良辰美景之中，又极力渲染幽静的氛围，从而在色调的鲜明反差中，表达出美景虽在、知音难求的深沉悲叹。"举杯邀明月，对影成三人"，构思十分奇妙。作者在无人可语的情况下，为打破独酌的冷清局面，举起酒杯，邀月共饮，并把天上的明月与身边的影子当成朋友，这就不仅使全诗染上了浓重的浪漫色彩，而且紧紧与"独酌无相亲"相照应，从而委婉地表达出对奸佞权贵当道的悲叹。然而明月却不懂得饮酒，影子也徒然相伴，其孤独之状就更深了一层。但是为及时行乐，有月终胜无月，莫不如暂且寻乐吧。于是诗人胸襟顿开，轻歌曼舞起来。月儿因聆歌而流连，影儿因随舞而零乱，似乎寂静与落寞悄然而逝。因而明月之"暂伴"，不正是作者一时感情的虚幻寄托吗？全诗至此，把诗人的孤苦之情又推进了一步。但是作者毕竟是"诗仙",无论他的内心有多么苦闷,最终还是呼出了豪迈旷达之声:"永结无情游,相期邈云汉。"与其请月"暂伴",还不如直登云汉,与明月永远携游,这样便可彻底摆脱孤独局面了。这就使得幻想与现实构成了极为强烈的反差,并在彻底否定黑暗现实之中,寻得了一点儿精神上的慰藉。

春思

燕①草如碧丝,秦②桑低绿枝。当君怀归日,是妾断肠时。春风不相识,何事入罗帏③?

[注释]

①燕:今河北北部、辽宁西南部,是诗中征夫所在地。

②秦:今陕西省,为诗中女子所居之地。按:燕寒秦暖,故燕草刚如碧丝一般纤细,秦桑却已茂盛得枝叶低垂了。

③罗帏:丝织的围帐。

[赏析]

这首诗描述了闺中少妇对边关丈夫的强烈思念之情。

开头两句,"燕草如碧丝,秦桑低绿枝",用传统起兴手法,寄景生情,引出女子不尽的思念之情。作者紧紧抓住两地寒暖之不同,借助再造想象的艺术手法,以女子居所的桑茂枝垂,推想到燕地的青草发芽、嫩绿如丝。而这一美好情景或许会牵起丈夫的思念之情吧?而此时此刻,女子的思念之情,又是多么的长久,多么的难耐呀。因为她又何尝不是触春而情生呢?何况现在的秦地早已不是草木初绿之时,就连那桑树,都已绿荫如盖、枝叶低垂了,这就强烈地表达了女子久盼丈夫的哀怨之情。这种由秦地的春深推想燕地的春临,由女子的炽烈思念,悬想丈夫的逢春思归,不仅极大地突现了女子的离愁、期待与焦急,而且据实构虚,用精神上的虚枉寄托,来慰藉她的苦闷情怀。

三四句"当君怀归日,是妾断肠时",看似悖情,实则入理。因为有了前两句的地域之异、时间之差的浓重铺垫,可以想见女子的思情,是绝非常人可比的。所以"断肠"二字在揭示女子度日如年、情思欲竭的苦况上,是再准确不过了。然而就在这女子因思念而肝肠欲断时,那柔和的春风又无端地吹进屋来,撩拨人的思绪,这又是怎样的令人忧愁啊!然而,作者却以反诘收束全诗:"春风不相识,何事入罗帏?"这两句看似无理,实则有情。

这首诗的最大妙处在于紧扣"春"(自然之春与男女之爱思)写心绪,并借助再造想象,由一女之思,构置两地之念,并以看似无理之语,妙传不尽思情。不仅触景生情,而且融情于景,在一唱三叹中,写尽了思妇的焦虑心态和一往深情。

关山月①

明月出天山②,苍茫云海间。长风几万里,吹度玉门关③。汉下白登④道,胡⑤窥青海⑥湾。由来征战地,不见有人还。戍客⑦望边邑,思归多苦颜。高楼⑧当此夜,叹息未应闲。

[注释]

①关山月:乐府旧题,属《鼓角横吹曲》,多写征戍离别之情。

②天山:即今之祁连山,位于甘肃省西北部。

③玉门关:位于甘肃敦煌县西北。

④白登:山名,在今山西大同市东。

⑤胡:指吐蕃,藏族的先民,当时相当强盛。

⑥青海:湖名,今青海省东北部。

⑦戍客:防守边疆的战士。

⑧高楼:戍客妻子居所。

[赏析]

开头两句"明月出天山,苍茫云海间"以凌空欲飞之笔,生动展现了一轮明月在云海苍茫、气势磅礴的天山云雾间冉冉升起的壮观景象,其境界的雄浑和阔大,有如天外飞来,眩人耳目,使人在神思遐想中,心胸为之激荡。"长风几万里,吹度玉门关",紧承前两句诗意,不仅进一步渲染浩渺无边的景色,而且巧借秋风把内地与关外联系起来。举目望去,那浩浩长风从遥远的天山吹来,以不可抵挡之势,横跃万里山川,一直吹到玉门关内。以上四句,借助浪漫主义的夸张手法,融天山明月、苍茫云海、万里长风于一体,不仅妙点诗题，而且极力渲染出边关辽阔无垠、荒凉冷清和杳无人烟的典型氛围，从而为边防将士的翘首家乡奠定了基础。

接着，似乎该写戍边者的情思了，然而诗人却笔锋一宕，把边关征战推向历史的纵深："汉下白登道，胡窥青海湾"。想当年汉高祖刘邦孤军深入，追击匈奴，却在白登山中，被围七日。而今青海湾一带不仅一直为胡人觊觎，而且曾经一度被吐蕃占领。这一古一今的巧妙勾连，就把战火的连绵不断与沙场的惨烈厮杀揭示出来了。为此，诗人深沉地感叹道："由来征战地，不见有人还"。自古以来，只见将士应征出战，却不见有人能够归还。

在进行如此深沉、久远而阔大的历史反思后，诗人才回转笔锋，妙笔点题，揭示今日征夫的凄凉心境："戍客望边邑，思归多苦颜。"他们举目回望，由目睹边邑凄凉荒漠的景色，耳闻劲风哀吟悲鸣，遥想家乡美好生活，禁不住忧从中来，愁容满面，甚至肝肠欲断了。最后两句"高楼当此夜，叹息未应闲"借助再造想象，由戍边战士们的思乡推及征者妻子的登楼远望、叹息不已。

纵观全诗，气势豪迈，笔力雄浑，意境深远，构思高妙。读来宛若行云流水，绝无窘促之感。诗人的浩大胸怀，从中可见一斑。

子夜吴歌①

长安一片月，万户捣衣②声。秋风吹不尽，总是玉关③情。何日平胡虏④，良人⑤罢⑥远征。

[注释]

①子夜吴歌：乐府诗题，亦称《子夜歌》、《子夜四时歌》。相传为晋代女子子夜所创。后作四时乐歌。歌辞多写女子思念情人的哀怨。

②捣衣：把衣物浸水后放在砧石上，用木杵敲打，使之清洁。

③玉关：即玉门关，在甘肃省敦煌西，为唐代通往西域的重要关口。

④平胡虏：平定西北方入侵的胡人。

⑤良人：丈夫。

⑥罢：停止。

[赏析]

《子夜吴歌》共四首，此为第三首——"秋歌"。诗人通过妇女趁月明之夜为远行征人赶制冬衣的描写,表达了她们对亲人的无限怀念和对和平生活的迫切期盼,抒发了作者对思妇们不幸遭遇的深切同情之感。

首句"长安一片月"造境十分新奇。诗人写月,不用"一轮"、"皎洁"等词修饰,反著"一片"二字,初读起来似乎有些悖理。但只要细细品味,就不难体会其匠心独具的妙境。次句"万户捣衣声"写得更妙,不仅暗应"一片月"下的千家万户临水洗衣,而且表现了趁月劳动的妇女之多。砧声的此起彼伏,连绵不断,在寂静的夜空频频震荡,恰好与首句诗意相谐调。三四句"秋风吹不尽,总是玉关情"是承上启下之语,诗人用瑟瑟的秋风和吹不尽的思情,把女子辛勤捣衣的一片砧声,与遥远的玉门关联结起来。

最后两句,"何日平胡虏,良人罢远征"进一步深化了诗的意境。如果说前几句还只是通过"万户"捣衣情系玉关,反映思妇的深沉恋情的话,那么这两句则真实地表达了广大人民群众对唐朝统治者频频发动战争的厌恶,和对早日恢复和平安定生活的强烈愿望。因而,极大地增强了诗歌的社会意义。

这首诗,以月色、砧声造出妙境,用秋风送爽引来别情,最后以平胡罢征表现愿望,各句之间相互联系,互为因果。前四句文气俊逸而豪迈,后两句词语幽婉而超远。

梦游①天姥吟留别

海客②谈瀛洲③,烟涛微茫④信难求⑤。越人⑥语天姥⑦,云霓明灭⑧或可睹。天姥连天向天横,势拔⑨五岳⑩掩⑪赤城⑫。天台⑬四万八千丈,对此欲倒东南倾。我欲因之梦吴越,一夜飞度镜湖月。湖月照我影,送我至剡⑭溪。谢公⑮宿处今尚在,渌⑯水荡漾清猿啼。脚著谢公屐⑰,身登青云梯⑱。半壁见海日,空中闻天鸡⑲。千岩万壑路不定,迷花倚石忽已暝⑳。熊咆龙吟殷㉑岩泉,栗深林兮惊层巅。云青青兮欲雨,水澹澹㉒兮生烟。列缺㉓霹雳,丘峦崩摧。洞天㉔石扉㉕,訇㉖然中开。青冥㉗浩荡㉘不见底,日月照耀金银台㉙。霓为衣兮风为马,云之君兮纷纷而来下。虎鼓瑟兮鸾㉚回车㉛,仙之人兮列如麻。忽魂悸以魄动,恍惊起而长嗟。惟觉时之枕席,失向来㉜之烟霞㉝。世间行乐亦如此,古来万事东流水。别君去兮何时还?且放白鹿㉞青崖间,须行即骑访名山。安能摧眉㉟折腰㊱事㊲权贵,使我不得开心颜!

[注释]

①梦游天姥吟留别：又作《梦游天姥山别东鲁诸公》。留别，行者留赠给送者。

②海客：航海者。

③瀛洲：传说为东海的三座仙山之一。

④微茫：迷蒙渺茫。

⑤信难求：实在难以寻求。

⑥越人：浙江一带的人。

⑦天姥（mǔ）：山名，位于今浙江新昌县东。

⑧明灭：或明或暗。

⑨拔：超越。

⑩五岳：泰、华、衡、恒、嵩五山。

⑪掩：盖过。

⑫赤城：即赤城山，位于今浙江天台县北。

⑬天台：即天台山，与赤城山相连。

⑭剡（shàn）溪：位于今浙江嵊（shèng 胜）县南。

⑮谢公：南朝诗人谢灵运。他曾游览天姥山，宿于剡溪。

⑯渌（lù）水：清水。

⑰谢公屐（jī）：谢灵运特制的登山木鞋，鞋底安有两个木齿，上山时去掉前齿，下山时去掉后齿。

⑱青云梯：高耸入云的磴道。

⑲天鸡：神话传说中最先报晓的鸡。

⑳暝：天色昏黑。

㉑殷：震动。

㉒澹澹（dān）：水波闪动的样子。

㉓列缺：闪电。

㉔洞天：神仙洞府。

㉕扉（fēi）：门。

㉖訇（hōng）然：形容声音很大。

㉗青冥：苍茫深远。

㉘浩荡：广阔。

㉙金银台：神仙居所。台，即殿阁楼台。

㉚鸾（luán）：传说中凤凰一类的鸟。

㉛回车：引车。

㉜向来：从前。

㉝烟霞：指梦中的神奇景色。

㉞白鹿：仙人常用的乘骑。

㉟摧眉：低眉。

㊱折腰：弯腰。

㊲事：侍奉。

[赏析]

  这首诗作于天宝四年（公元745年）秋，是诗人漫游吴越前留赠东鲁亲朋之作。全诗借助浪漫主义的神奇想象，融汇古代神话、民间传说、历史典故等知识，创造出极富理想色彩的仙居胜境。在情思奔放之中，表达了对权贵的蔑视和对理想的追求。

  首起八句，通过"信难求"与"或可睹"的鲜明对比，"拔"五岳，"掩"赤诚的由衷盛赞与天台"欲倒东南倾"的生动衬托，充分展示天姥山的高大挺拔之势和雄伟奇丽之态，为梦游天姥作了有力的铺垫。

  "我欲因之梦吴越"到"仙之人兮列如麻"是全诗的主体部分。诗人以奇幻多变、瑰丽斑斓之笔，淋漓尽致地描绘了梦中的奇景胜境。它全面展示了诗人涉惊历险的喜悦，寻奇求美的欢欣，其中自然隐含着对美好政治理想的幻想，以及对黑暗现实的否定。

  "忽魂悸以魄动"，"失向来之烟霞"是回应"我欲因之梦吴越"之语。诗人之所以在梦中热烈地追求仙境，就是为了追求至善至美的人间良好的生存环境。接下来诗人笔法一变，由描写转向议论。在"世间行乐亦如此，古来万事东流水"的深沉感喟中，点明"留别"意旨：人世间的荣华富贵，就像这幻梦一样短暂。最后诗人愤然地发出了"安能摧眉折腰事权贵，使我不得开心颜"的强烈呼声，这呼声有如春雷响震，奏出了全诗的主旋律。

  这首诗，以深沉浓烈的激情、雄浑磅礴的气势、奇谲瑰丽的想象、昂扬奋进的旋律、丰富多变的幻境，生动地描绘了山势、景物、洞天、仙姿。在着意于神奇场景的描绘中，逐层展示、步步深化，令人读后宛如亲临其境。

尤其是结尾两句,好似天外飞来,顿时升华了全诗的意境,其笔力之神奇,恰如《唐宋诗醇》所说:"非其才力,学之立见颠踣。"

金陵①酒肆②留别

风吹柳花满店香,吴姬③压酒④劝客尝。金陵子弟⑤来相送,欲行⑥不行⑦各尽觞⑧。请君试问东流水⑨,别意⑩与之谁短长?

[注释]

①金陵:即今南京市。

②酒肆:酒店。

③吴姬:吴地的酒店侍女。

④压酒:压酒糟取出酒汁,即新酿的美酒。

⑤子弟:年轻人。

⑥欲行:要走者,指诗人自己。

⑦不行:不走者,指金陵子弟。

⑧觞(shāng):酒器,尽觞即干杯。

⑨东流水:金陵北面的长江。

⑩别意:离别的情意。

[赏析]

这首赠别诗,约作于开元十四年诗人早年漫游时。诗中生动地描写了江南酒店的热闹送行场面,散发着浓郁的乡土气息。

诗人先从季节与氛围写起,既描述出春光怡人、柳花飘飞的情景,又点出春香与酒香的交融散溢。据《唐书·南蛮传》载,"诃陵国(即金陵)以柳花椰子为酒,饮之辄醉。"诗人妙著——"香"字,既点出柳花与酒的渊源,又写出了盎然的春意,可谓是境界全出之笔。

这首诗,语言浅显易懂,词句精炼含蓄,形象鲜明生动,情意真切自然。尤其是结尾句寓抽象情感于具体意象之中,通过有情与无情的联结、抽象与具体的融合,使情感表达生动可感。

沈德潜在《唐诗别裁》中评此诗说:"语不必深,写情已足",可谓是道出了此诗最大的妙处。因为那些前来送行的金陵子弟们,虽然与诗人情意相投,但在人生道路的选择上,却未必一致,因此临别寄语就不太好写,只有写情,才能尽传心意。

谢榛在《四溟诗话》中云:"太白《金陵留别》诗'请君试问东流水,别意与之谁短长',妙在结语,使坐客同赋,谁更擅场?谢宣城《夜发新林》诗'大江流日夜,客心悲未央';阴常侍《晓发新亭》'大江一浩荡,悲离足几筵'。二语突然而起,造语雄深,六朝亦不多见。太白能变化为法,令人叵测,奇哉!"这句话更是道出了李白造句的妙处。

蜀道难[①]

噫吁嚱[②],危乎高哉,蜀道之难,难于上青天。蚕丛[③]及鱼凫,开国何茫然。尔来[④]四万八千岁,不与秦塞[⑤]通人烟[⑥]。西当太白[⑦]有鸟道[⑧],可以横绝[⑨]峨眉[⑩]巅。地崩山摧壮士死[⑪],然后天梯[⑫]石栈[⑬]方钩连。上有六龙[⑭]回日[⑮]之高标[⑯],下有冲波逆折[⑰]之回川。黄鹤[⑱]之飞尚不得过,猿猱[⑲]欲度愁攀援。青泥[⑳]何盘盘[㉑],百步九折[㉒]萦[㉓]岩峦。扪参[㉔]历井仰胁息[㉕],以手抚膺坐长叹。问君西游何时还?畏途巉岩[㉖]不可攀。但见悲鸟号古木,雄飞雌从绕林间。又闻子规[㉗]啼夜月,愁空山。蜀道之难,难于上青天,使人听此凋朱颜[㉘]。连峰去天[㉙]不盈[㉚]尺,枯松倒挂倚绝壁。飞湍[㉛]瀑流争喧豗[㉜],砯[㉝]崖转石万壑雷[㉞]。其险也若此,嗟尔[㉟]远道之人胡为乎来哉?剑阁[㊱]峥嵘而崔嵬,一夫当关,万夫莫开。所守或匪[㊲]亲,化为狼与豺。朝避猛虎,夕避长蛇,磨牙吮血,杀人如麻。锦城[㊳]虽云乐,不如早还家。蜀道之难,难于上青天,侧身西望长咨嗟[㊴]。

[**注释**]

①蜀道难:乐府《相和歌·瑟调曲》旧题,写蜀道的艰险。
②噫吁嚱(yī xū xī):惊叹声。
③蚕丛、鱼凫:传说中古代蜀国的两个开国先王。
④尔来:从那时以来。
⑤秦塞:秦国的边塞,此指陕西关中地带。
⑥通人烟:指交通往来。
⑦太白:山名,在今陕西郿县东南。

⑧鸟道：指山势高险，人迹难及，只有飞鸟之路。

⑨横绝：横渡。

⑩峨嵋：即峨嵋山，在四川境内。

⑪地崩山摧壮士死：据《华阳国志·蜀志》载，秦王嫁五美女给蜀王，蜀王派五位力士迎接。回到梓潼时，见一大蛇钻入山洞，五力士抓住蛇尾往外拉，结果山被拉崩，众人被压死，山也被分成了五岭。

⑫天梯：指高峻、陡峭的山路。

⑬石栈：即栈道，在山腰凿石架木而成的路。

⑭六龙：古代神话云，太阳神的御者羲和驾着六龙拉的车在天空中旅行。

⑮回日：使日车迂回而过。

⑯高标：此指高山的顶峰。

⑰冲波逆折：波浪冲击，逆流回旋。

⑱黄鹤：即黄鹄，善于高飞。

⑲猱（náo）：猿类，极善攀缘。

⑳青泥：岭名，时为入蜀要道。

㉑盘盘：山路迂回曲折。

㉒百步九折：极言山路弯曲难行。

㉓萦：盘绕。

㉔参（shēn）井：两星宿名。参属今猎户星座，井属今双子星座。古代以星宿划分地面相应区域，参宿为蜀之分野，井宿为秦之分野。

㉕胁息：屏住呼吸。

㉖巉岩：山石陡峭险要。

㉗子规：即杜鹃鸟，相传是古代蜀王杜宇的魂魄所化，啼声悲切，似言"不如归去"。

㉘凋朱颜：青春美貌（也会顿时）衰减，此为夸张语。

㉙去天：离天。

㉚盈：满。

㉛飞湍（tuān）：飞逝的急流。

㉜喧豗（huī）：喧闹的声音。

㉝砯（pīng）：水击岩石的声音。

㉞万壑雷：形容急流在山谷中撞击岩石发出雷鸣般的声响。

㉟嗟尔：感叹词。
㊱剑阁：亦称剑门关，在今四川剑阁县北，位于大剑山和小剑山之间。
㊲匪：同"非"。
㊳锦城：即成都。
㊴咨嗟：叹息。

[赏析]

　　这首诗是借用乐府旧题表达人生道路的艰难。全诗紧紧围绕一个"难"字，以豪放雄健的笔触，神奇丰富的想象，大胆巧妙的夸张，长短错落的句式与和谐多变的韵律，十分形象地描绘了蜀道的雄伟壮丽、奇异险绝的景状。在歌颂祖国壮丽山川的同时，又委婉表达了对军阀据险作乱的忧虑。这在李唐王朝由盛转衰的前夕是颇有远见的。据载，当时官位显赫的贺知章看到此诗后，惊奇地称赞李白是"谪仙人"。因此，从这个意义上说，这首诗也是李白的成名之作。

　　这是一篇融注着浓厚的浪漫主义激情的优秀诗章。诗人紧紧抓住蜀道之"难"，借助神奇的想象，非凡的夸张，美妙的传说，把自然山川之奇险描绘得神采飞动，妙绝诗林。同时诗人为了在博大的艺术境界中，尽情抒发飘逸豪放、傲岸激越的情怀，采用了参差错落、急缓相间、自然天成的长短句式，并以"蜀道之难，难于上青天"为诗歌的主旋律，开篇寄情别开生面，中间升华诗意陡增，结尾回应韵味绵绵。从而在关联呼应、一唱三叹中，把蜀道的峰高谷险，层层叠叠描绘至极，把诗人的强烈情感，渐渐推向高潮，展现出排山倒海的撼人力量，最终完成恣肆淋漓、令人神往的宏大意境，大有"天马行空"，不可羁勒之势，如非李白，谁能及此！

长相思二首（其一）

　　长相思①，在长安。络纬②秋啼金井阑③，微霜凄凄簟④色寒。孤灯不明思欲绝⑤，卷帷⑥望月空长叹。美人⑦如花隔云端⑧，上有青冥⑨之长天，下有渌水⑩之波澜。天长地远魂飞苦，梦魂不到关山难⑪。长相思，摧⑫心肝⑬。

[注释]

①长相思：属乐府"杂曲歌辞"旧题，取意于《古诗》"客从远方来，

遗我一书札。上言长相思,下言久别离。"

②络纬:昆虫名,又名莎鸡,俗称纺织娘。

③金井阑:精美的井栏。

④簟(diàn):竹席。

⑤思欲绝:思念到了极点。

⑥卷帷:卷起窗帘。

⑦美人:所思念的人。

⑧隔云端:喻相隔甚远。

⑨青冥:高远苍茫的天色。

⑩渌水:清水。

⑪关山难:关山难渡。

⑫摧:折断。

⑬摧心肝:伤心欲绝。

[赏析]

  这首诗录在《李太白全集》第三卷中,可能作于诗人被迫离开长安之时。诗中采取"言有不能表其精微,而假之物象"的含蓄手法,以情造景,借景言情,淋漓尽致地表达了悠悠不尽的痛苦之情。

  诗人先以络纬秋啼的悲声、微霜降地的寒气和孤灯不明的苦夜,强烈烘托"思欲绝"的悲戚冷落情感,再用望月长叹的情态描写,揭示心凄、体寒和不眠的根本原因在于相思之情难平,进而推出全诗的中心句——"美人如花隔云端",指出被思慕者宛如雾中之花,似现犹隐,难以接近。为此,诗人对这位貌美如花者,只能神思缱绻,辗转反侧,但却因云隔雾阻而不能相见。他耳闻凄切虫鸣,体卧冰冷竹席,面对孤灯一盏,心境凄怆欲绝。

  这首诗虽未明言相思的具体内容,但我们从相思之地——"长安",相思之人——"美人"看,诗人是寄寓着某种政治愿望的。诗人可能是冀"美人"(喻指君主)情有所钟而得以尽酬夙愿(实现政治理想),因而他才会层层铺叙,多方渲染自己的浓重深情。并以两句"长相思"呼应首尾,再以"思欲绝"、"摧心肝"升华炽情,造成一种回肠荡气的感觉,新颖别致地表达幽情。王夫之在《唐诗译选》中云:"题中偏不欲显,象外偏令有余,一以为风度,一以为淋漓,呜乎,观止矣!"这一评论,是颇得此诗妙蕴的。

长相思(其二)

日色欲尽花含烟①,月明如素②愁不眠。赵瑟③初停凤凰柱④,蜀琴⑤欲奏鸳鸯弦。此曲有意无人传,愿随春风寄燕然⑥。忆君迢迢隔青天,昔时横波目⑦,今作流泪泉。不信妾肠断,归来看取⑧明镜前。

[注释]

①花含烟:形容花色朦胧,如含水汽。
②素:洁白的绢,形容月色皎洁。
③赵瑟:战国时,赵国人善鼓瑟,故名。
④凤凰柱:刻有凤凰形状的瑟柱。
⑤蜀琴:汉朝时,蜀人司马相如善弹琴,曾挑逗卓文君与之私奔,故称。
⑥燕然:山名,即杭爱山,在今内蒙古自治区境内。此泛指边塞地区。
⑦横波目:顾盼含情的眼波。
⑧取:语气助词。

[赏析]

这首诗收录于《李太白全集》第六卷,在创作时间和主题思想方面与上诗迥然不同。诗中描述的是闺中女子对远征丈夫的深情怀念。

诗人从日暮写到夜深,以花含露的朦胧景象和月光如水的凄清氛围,强烈渲染女子的茫然思绪与苦闷情怀。又以"凤凰柱"、"鸳鸯弦"委婉表达女主人公所追求的雌雄相随、夫妻共守的幸福境界,以此映衬对丈夫的深沉思念。尤其是"昔日横波目,今作流泪泉"之句,运用奇特的夸张和鲜明的对比,表达女主人公以往脉脉含情、顾盼自怜的娇羞姿态和今日泪如泉涌、肝肠寸断的愁怨心绪,从而把女主人公的缠绵悱恻之情表现得入木三分,极富有感染力。

行路难①

金樽②清酒③斗十千④,玉盘珍羞⑤直⑥万钱。停杯投箸⑦不能食,拔剑四顾心茫然。欲渡黄河冰塞川,将登太行雪满山⑧。闲来垂钓坐溪上,忽复乘舟梦日边⑨。行路难！行路难！多歧路，今安在？长风破浪会有时，直挂云帆济沧海⑩。

[注释]

①行路难：属乐府《杂曲歌辞》，多写世途艰难和离别的伤悲。

②金樽：用黄金做的酒杯。

③清酒：清醇的美酒。

④斗十千：一斗酒值钱十千。斗，酒器。

⑤珍羞：珍美的菜肴。羞，同"馐"。

⑥直：同"值"。

⑦箸（zhù）：筷子。

⑧欲渡黄河冰塞川，将登太行雪满山：用自然界路途的艰险暗喻世路的艰险。

⑨闲来垂钓坐溪上，忽复乘舟梦日边：传说吕尚未遇周文王时，曾在渭水的硒溪钓鱼；伊尹受商汤聘前，曾梦见自己乘船从日、月旁边经过。两句暗示诗人对自己的前途充满信心。坐，一作"碧"。

⑩长风破浪会有时，直挂云帆济沧海：借用南朝宗悫（què）"愿乘长风破万里浪"的话表达自己一定会时来运转，实现自己宏伟的抱负。

[赏析]

此诗写于唐玄宗天宝三年（公元744年），李白被迫离开长安前夕，是一首政治抒情诗。诗中真实地反映了交织在作者心头的现实与理想、失望与希望的矛盾和苦闷。在难平的抑郁愁绪中，充满了昂扬奋进之志，从而表现出诗人在现实重压面前，豪放不羁、自强不息的品格。

这篇歌行虽然仅有十四句，但在气势上却波澜起伏、跳跃纵横，"如天上白云，卷舒灭现，无有定形"（方东树《昭昧詹言》）。从而一波三折地揭示了诗人起伏激荡的情感和瞬息万变的心态。诗人落笔即写面对丰盛的宴席，却继之以推杯置筷、拔剑四顾的忧伤心怀与茫然心绪，从而使其剧烈冲击的感情波澜跃然纸上。再以"冰塞川"、"雪满山"象征世途艰难，暗示苦闷的原因在于英雄失路、壮志难酬。就在他望河兴叹、见雪封山之时，忽又思接千载，从垂钓碧溪、乘舟梦日中寻找感情的寄托、精神的慰藉。但是，当他的思绪再次回旋之时，其急切不安、努力摆脱困境却又进退失据的深沉悲叹则再度萦绕心头。转瞬间，又乘风破浪、扬帆远航，对美好的政治理想重新充满信念。诗人这种希望与失望、苦闷与追求、现实与理想的急遽变化和循环交替，充分显示了黑暗政治对有志之士的无穷重压以及胸怀宏图伟志者的奋力抗争。沈德潜在《唐诗别裁》中云："太白七言古，想落天外，局自变生，大江无风，波浪自涌，白云从空，随风变灭。"纵看此诗，确实有天马行空、奔放自如之妙。

将进酒①

君不见黄河之水天上来，奔流到海不复回；君不见高堂②明镜悲白发，朝如青丝暮成雪。人生得意须尽欢，莫使金樽③空对月。天生我材必有用，千金散尽还复来。烹羊宰牛且为乐，会须一饮三百杯。岑夫子④，丹丘生⑤，将进酒，杯莫停。与君歌一曲，请君为我倾耳听。钟鼓馔⑥玉何足贵，但愿长醉不愿醒。古来圣贤皆寂寞，唯有饮者留其名。陈王⑦昔时宴平乐⑧，斗酒十千⑨恣欢谑⑩。主人何为言少钱，径须⑪沽取对君酌。五花马⑫，千金裘⑬，呼儿将出⑭换美酒，与尔同消万古愁。

[**注释**]

①将进酒：属汉乐府《鼓吹曲·饶歌》旧题。将（qiāng），请。

②高堂：高大华丽的楼堂。

③金樽：此指精美的酒器。

④岑夫子：岑勋。

⑤丹丘生：元丹丘，是一位学道谈玄的人。

⑥钟鼓馔（zhuàn）玉：泛指豪门贵族的奢华生活。钟鼓，富贵人家宴会时用的乐器。馔玉，指丰美的食物。

⑦陈王：即曹植，曾被封为陈王。

⑧平乐：指平乐观，汉明帝时建造。

⑨斗酒十千：一斗酒值十千钱，指酒美价昂。

⑩恣欢谑（xuè）：尽情地嬉笑欢乐。

⑪径须：尽管，直须，指不应犹豫。

⑫五花马：毛色斑驳名贵的马。

⑬千金裘：价值千金的皮衣。

⑭将出：拿出。

[赏析]

李白斗酒诗百篇，一醉累月轻王侯。咏酒的诗最能表现出其潇洒飘逸、独立不羁的个性。李白写了不少咏酒诗，《将进酒》当属其中代表作。《将进酒》原是汉代乐府短箫铙歌的曲调，题目本意即为"劝酒"，所以古词有"将进酒，乘大白"之说。这首诗作于天宝十一年（752）仲春，诗人漫游梁宋与友人元丹丘、岑勋聚会之时。自从诗人在政治上备受排挤和打击，被迫离京漫游以后，对社会的黑暗、奸佞的得志、圣贤的寂寞是感触颇深的。他既无法施展"大济苍生"的宏伟抱负，又不甘心毫无作为地终了一生，故而常常醉酒遣怀。这次置酒会友；诗人于快慰之中禁不住诗兴酣畅、痛快淋漓地抒发出内心的深刻感受，而一举使本诗成为借酒抒情的名传千古之作。

这首诗气势奔放，意境宏大，节奏急促，音韵和谐，不仅生动地描述出诗人奔腾激越的不平情感，而且呼出了所有圣贤者壮志难酬、深忧久愁的共同心声，实为难得之佳作。沈德潜曾言"读李诗者于雄快文中得其深远宕逸之神，才是谪仙人面目"（《唐诗别裁集》）读此诗，当得此意。

王维

王维（公元701—761年），字摩诘，祖籍太原祁州（今山西省祁县）蒲州（今山西永济县）人。他是一个早熟的作家，九岁就负有才名，年十九，赴京城试，举解头（即第一名举子），二十一岁成进士，官太乐丞，后因事贬司功参军。张九龄为相，擢为右拾遗。累官至给事中。曾一度奉使出塞，此外大部分时间在朝任职。安史之乱，被执，拘禁于菩提寺中，他伪装病疾。安史乱平，以谄贼官而论罪，因曾作诗寄慨，因而只受到降官的处分。后官至尚书右丞，世称王右丞。晚年隐居辋川，奉佛参禅，誉为"诗佛"。工书画，兼通音乐。诗与孟浩然齐名，并称"王孟"。

王维在诗歌上的成就是多方面的，无论边塞、山水诗，无论律诗、绝句等都有流传人口的佳篇。王维又是一位著名的绘画大师。苏轼说他"诗中有画，画中有诗。"王维确实在描写自然景物方面，有其独到的造诣。无论是名山大川的壮丽宏伟，或者是边疆关塞的壮阔荒寒，小桥流水的恬静，都能准确、精炼地塑造出完美无比的鲜活形象，着墨无多，意境高远，诗情与画意完全融合成为一个整体，把晋宋以来的山水诗的艺术向前推进一步。殷璠说他的诗"在泉为珠，着壁成绘"（《河岳英灵集》），苏轼说他"画中有诗，诗中有画"（《题蓝田烟雨图》），正指出其诗画相结合的特点。著有《王右丞集》二十八卷。

竹里馆①

独坐幽篁②里，弹琴复长啸③。深林④人不知，明月来相照。

[注释]

①竹里馆：辋川别墅中的一景，因居于茂密的竹林中而得名。
②幽篁：深幽的竹林。屈原《九歌·山鬼》："余处幽篁兮终不见天。"

吕向注:"幽,深也。篁,竹丛也。"

③啸:撮口发出悠长而清越之声,是魏晋以来所谓名士的一种表示洒脱清高的行为,有类于今日之吹口哨。

④深林:指竹林深处。

[赏析]

王维的《竹里馆》是他《辋川集》二十首中的其中一篇,题名为《竹里馆》,则专写幽居竹林中的感受。

诗中既有诗人自在自得一面的描写,如弹琴及长啸,还能欣赏到幽篁的美景,甚至连明月也来做伴侣,这些意象都同诗人舒畅的心绪有关,表现了隐居生活的乐趣,同时也包含同外部污浊世界抗拒时的坚定意志在内。如长啸,从魏晋以来即为文士所喜爱。《晋书·阮籍传》说他"嗜酒能啸,善弹琴。"这位名士因不满司马氏的高压统治,虽然"口不臧否人物",但依然借长啸及弹琴来抒发他对人身自由和清明政治的向往。王维在诗中沿用这两项意象,自然也有着同阮籍相类似的原因,不过他的处境要比阮籍好得多,因此也更多地包含了长啸和弹琴所能带来的愉悦之感。诗中还有诗人孤独凄凉一面的描写,如"独坐"、"人不知"等语辞的运用便是。再说明月前来造访,也可看成是因为诗人过于孤单,在并无一人相伴的情况下,只有明月前来为他助兴。如此解释,明月便成为突出怨意的意象了。另外长啸及弹琴之用典,也说明诗人借用阮籍受压制之事来表白自己心境不是很舒畅。总之,本诗中所显示的诗人内心情感是复杂矛盾的,而并非单一不变。本诗的结构十分严谨,既首尾呼应,又气脉相通。如首句有"独坐",三句便有"人不知",这是相应;首句有"幽篁",三句便有"深林",这也是相应;首句有"独坐",末句便有"来相照",这是相衬;首句有"幽篁",三句有"深林",末句便有"明月",这是相对。总之,一首仅二十字的小诗,诗人运用了这些回应、比衬和映对的结构手段,使全诗成为一个统一整体,读来使人产生回荡呼照之美,实属不易。

送别①

山中相送罢,日暮掩柴扉②。春草年年绿,王孙③归不归?

[注释]

①送别：诗题一作《山中送别》。
②柴扉（fēi）：柴门。
③王孙：指被送的友人。《楚辞·招隐士》："王孙游兮不归，春草生兮萋萋。"

[赏析]

本诗是一首送别诗，从题材上说是极为普通的，但却能做到别有心裁，自出机杼，在同题材作品中可算得上是佼佼者。这首诗的最显著特色在于并非就"送别"两字大做文章，而仅仅着墨于送别以后的行动和思绪的描写，粗看似乎同诗题脱节，但细细琢磨，却又感到十分巧妙。

诗作的首句"山中相送罢"显得十分精炼，一个"罢"字将送别时的种种场景统统略去，包括诸如双方的语言、举止、神态等等，均省而不叙，如此便可腾出笔墨对别后的行为思维进行集中的描写。次句"日暮掩柴扉"的叙写，似乎是说现在友人已经离去，诗人的心境大概也能随着这柴门的关闭而逐渐平静下来吧。在诗的结构上，此句属于起承转合中的"转"。一般的绝句，起"转"作用的往往位于第三句，而本诗却在第二句，这也是本诗的特殊处（首句兼起"起承"作用）。而后两句均是"合"，是以一年一度绿的春草作比，说无知的春草尚有信用，尚且年年均有转绿之时，难道你友人就能一去而不返吗？这两句是诗人在友人离去以后的思忖之辞，表面上看似有对友人的预警意义，而其实质内容却是亟盼友人尽早归返，两人可重叙友谊，再话学问。因此，本诗在写法上，题为"送别"却又无具体送别情节；在结构上，起承转合又不符一般规律，真可谓是一首与众相异之作。但因为本诗后两句的抒情写得特别富有情感，足以打动友人及广大读者的心，故可谓本诗笔法虽然奇特但仍不失为一首佳作，称之为卓尔不群之篇是当之无愧的。

明人谢榛在《四溟诗话》卷二谓："淮南王曰：'王孙游兮不归，春草生兮萋萋'……王维曰：'春草年年绿，王孙归不归'。诗人往往沿袭淮南之语，而无新意。"其意谓，王维诗作的后两句正是从淮南小山（按：淮南王是刘安，淮南小山是其门客，作诗"王孙游兮不归"者是后人，谢榛之言有误）所作的《招隐士》那里抄袭来的，并无新意可言。其实，淮南小山之作的诗意是感叹游子不归，但见满目荒草丛生，愈显其凄凉气氛；而王维之作的诗意却是以草绿为反衬，问游子于草长莺飞之时能否归来，两者虽同有王孙及草的意象，但运用的角度却大相径庭，绝不相似，故不能称之为"无新意"。

相思①

红豆②生南国③，春来④发几枝？愿君多采撷⑤，此物最相思⑥。

[注释]

①相思：诗题一作《江上赠李龟年》。李龟年，盛唐时期著名歌手。尤袤《全唐诗话》卷一载：安史之乱后，"李龟年奔放江潭，曾于湘中采访使筵上唱"本诗。

②红豆：俗名相思子。李时珍《本草纲目》载："相思子生岭南，树高丈余，白色，其叶似槐，其花似皂荚，其荚似扁豆，其子大如小豆，半截红色，半截黑色，彼人以嵌首饰。"又《广东新语》载："相传有女子望其夫如树下，泪落染树结为子，遂以名树云。"

③南国：指岭南一带地区。

④春来：指春天。来，语助词，一作"秋来"。

⑤采撷（xié）：采集。

⑥最相思：最能表达相思之情。

[赏析]

这首诗通过对象征物相思豆的吟咏，表达了作者对友人深挚的友情，同时也希望在情谊方面得到友人的回报。全诗托物寄情，既委婉，又直率，很有感染力量，是盛唐五言诗中的珍品。

诗作的首句先摆出"红豆"，这是相思之物，友情之物，既切题，又切对方所居处的物产。"生南国"为言红豆产地，恰又为友人今居之地。此句逗引出二四句。二句"春来发几枝"，表似提出疑问，实为赞叹红豆树生命力强，繁殖力亦强，每年均要多生出许多枝条，多长出许多红豆。而此句的真正含义，恐怕是借红豆树的多发几枝来暗喻诗人对友人相思之情的不断增长，尤其是在这春花烂漫时节，更要添加许多思念之情。这样，通过以上的借物铺垫，后面的直抒胸臆便似水到渠成了。以往众多论者往往看重后两句的抒情之辞，而对前两句的烘染作用论述不够，这是需要指出的。后两句诗人劝告友人，像这样能象征你我真挚友情的宝物，你为什么还不多多采集呢？

这里有两层含义,既包括诗人借红豆表示自己对友人的相思之情;同时也恐怕含有希望友人今后应该更加重视两人的友情,不要使友谊的长河干涸的意思在内。

杂诗①

君②自故乡来,应知故乡事。来日③绮窗④前,寒梅著⑤花未⑥?

[注释]

①杂诗:本组诗共有三首,今选第二首。
②君:指来自故乡的人。
③来日:来此地之时,即指出发的日子。
④绮窗:雕刻有花纹的窗户。
⑤著(zhuó):长出,开出。
⑥未:表疑问的语气词,相当于"吗"。

[赏析]

王维的《杂诗》共有三首,诗中出现两位人物。一位是身在江南而故乡在北方的游子;而另一位是游子的同乡,他也来到了江南,与游子邂逅相遇。本书选择了组诗中的第二首,为了弄清这首诗的内容,有必要将第一和第三首也列出。其一云:"家住孟津河,门对孟津口。常有江南船,寄书家中否?"其三云:"已见寒梅发,复闻啼鸟声。愁心视春草,畏向玉阶生。"其一的大意是:游子的同乡从北方来到江南,他听游子的口音似乎是乡音,便向他自我介绍说,我的家住在孟津(一说河北地名,一说河南地名),家门正对着渡口,那边常有船到江南来,我就是其中一个乘船南下的人。听你口音好像是我的老乡,请问你以前有没有给家中寄过信?其三的大意是:游子的同乡回答说,我乘船南下之时,老家那边梅花已开,春鸟已鸣。我现在来到江南也有些日子了,思乡的念头也一天比一天浓。看到春草一天天滋生蔓延,就好像是心头上的愁绪在一天天扩大增加。唉,我真怕这青草再往玉阶上长,到那时我的思乡之情大概要比你还厉害呢!

按照以上解释,这三首可视为一个整体。总的主题是思乡,即为游子及其同乡人在感情交流中的话语中心。第一首的前两句只是同乡人的自我介绍,后两句写他心中原本早已存有思乡之情,但却想通过询问对方的办法,达到希望从对方口中了解一些家乡情况的目的。第二首写游子的答话。前两句说你才从那里来,应该知道得比我多一些。后两句写他最关心的问题,即梅花开了没有。这样的回答使对方很失望。第三首写同乡人的感叹。前两句先答复梅花开否一事,再说春鸟也已啼鸣,表示春已深。后两句说自己恐怕要在江南滞留一段时间,乡思之愁大概会越来越重的。

单就第二首讲,全诗运用询问的口吻,选择典型的家乡景物,表达抒情主人公的深切思乡之情,写得诗意十足,充满韵味。清人赵殿成评本诗曰:"一咏一吟,更有悠扬不尽之致"(《王右丞集笺注》),近人王文濡也说:"通首都是询问口吻,不必作无聊语。即此寻常通问,而游子思乡之念,昭然若揭。"(《历代诗评注读本》)这说明即使是将一、二首单独抽出也是难得的好诗,更不要说将三首诗相连而读了,其一、其三中的那位游子同乡人的形象不也是十分可爱的吗?

九月九日[1]忆山东[2]兄弟

独在异乡为异客,每逢佳节倍思亲。遥知兄弟登高处,遍插茱萸少一人[3]。

[注释]

[1]九月九日:原注:"时年十七"。九月九日,也称"重九"、"重阳"。民间有登高、野游、赏菊、佩(后来演变为插)茱萸、放风筝、蒸花糕、迎出嫁女归宁等活动,此节形成于秦汉间。

[2]山东:指华山以东的作者故乡蒲(今山西永济)地。

[3]一人:指作者。

[赏析]

本诗是一首乡情和民俗相结合的作品,所关联的民俗便是重阳。重阳节是中国古代的重要节日,又名"登高节"、"茱萸节"、"饮酒节"。顾名思义,从中可知重阳节的主要活动内容。

本诗的另一个特点便是用词精当,感情深挚,主要体现在第二句。"每逢佳节倍思亲"句中的"每"、"倍"两字选用讲究,缘此遂使诗人的思乡深度加重了许多。试想,若无此两字,诗句就成了"人逢佳节即思亲",岂不过于平淡无味了吗？现在改用"每"字、"倍"字，诗句的含义即成为：平时就断不了思亲，佳节时就更思亲（此切"倍"）；不仅逢一个佳节更思亲，而且是每逢佳节就更思亲（此切"每"）。如此，便使原来的抒情深度增加了两倍，作品的感染力就大为增强，并最终成为古代诗作中思乡主题范畴内最有名的诗句之一，而且还成为千古流传的成语。

本诗再一个特点便是运用了悬想反说的修辞手法，表现在三、四两句中。这两句本是诗人的想象之辞，同出于他因极度思念亲人而产生的幻觉。诗人采撷诗中，而愈加显得情深。这种艺术手法源自《诗经》，如《魏风·陟岵》便是。其诗写一个远役在外的征人，在登高瞻望故乡时，想象父母兄长如何盼他保重身体并及早返回。沈德潜《说诗晬语》第二十二卷上言："《陟岵》，孝子思亲也。三段中但念父母兄之思己，而不言己之思父母与兄。盖一说出，情便浅也。情到极深，每说不出。"若将沈氏此言针对本诗也很合宜。唐人诗中时有运用此法者。如杜甫《月夜》中的："香雾云鬟湿，清辉玉臂寒"，为暗写妻子月夜遥思。韦应物《寒食寄京师诸弟》中的"把酒看花想诸弟，杜陵寒食草青青"，为想象诸弟在家乡的近况。白居易的《邯郸至除夜思家》中的"想得家中夜深坐，还应说着远行人"，为估摸家人正说着自己。罗邺《雁》中的"想得故园今夜月，几人相忆在江楼"，为猜测友人正在故园中遥忆本人，等等。

渭城曲①

渭城朝雨浥②轻尘，客舍③青青柳色新。劝君更尽一杯酒，西出阳关④无故人。

[注释]

①渭城曲：诗题一作《送元二使安西》，又作《阳关三叠》。渭城，指咸阳旧城。故址在今陕西西安西渭水北岸。

②浥（yì）：沾湿、湿润。

③客舍：驿站客馆。

④阳关：古关名。故址在今甘肃敦煌县西南。因其在玉门关之南，故曰阳关。为唐时通往西域之主要关口。

[赏析]

　　一次寻常的送别，一首寻常的送别诗，却产生了不寻常的艺术效应，竟至1000多年来传唱不衰。在当世即被谱入乐府，成为人们离别时专门演唱的歌词。唐诗宋词中提到本诗的不下数十首，这是为什么呢？

　　说其寻常，的确如此。此诗之创作，确实没有轰轰烈烈的背景和可供人们传诵的故事。既没有燕太子丹送荆轲的悲壮，也没有李陵送苏武的感伤，又没有王献之送桃叶的柔情。只是普通官员的王维送一位连名字都未能传下来的元二到安西去出差，还不寻常吗？从全诗来看，既无锦词丽语，亦无豪言壮声，只是平常的写景抒情，在众多的色彩斑斓的唐诗中，不也算很寻常吗？但本诗又为何能产生这么强烈的艺术感染力呢？这就是以真情动人，如喻守真所言："送别诗除写景外，总须从情感上立言，方能动人。"

　　诗的前两句点明送别的时间、地点和环境气氛。雨过天晴，空气清新，天气好而最宜远行。客舍本为羁旅之所，杨柳又是离别的象征。离别在即，为后两句作好铺垫。"劝君更尽一杯酒，西出阳关无故人"两句一气呵成，语浅意浓。绝句在篇幅上受限制，故要采用以少胜多的手段。本诗在抒情上就有很大的跳跃性，只截取最后话别的瞬间，而把如何设宴，如何推杯换盏相互叮咛的场面全部略去，而这些场景又尽在不言之中。既然已经喝到"更尽一杯酒"的程度，表明主客双方酿满别情的酒已喝下多杯，殷勤告别的话已说过多遍。二人均已酒酣兴浓，诗人又为老朋友满满斟上一杯酒，劝朋友再干一杯，因为出阳关后便再也没有故人了。这最后的一杯酒中饱含着主人的依依惜别的深情，又有对旅途艰辛的担忧和对前途的关切。壮怀中有悲凉之意，惜别中有关注之情，感情容量相当丰富。这殷勤劝饮最后一杯酒的场景因其具有浓郁的人情味和真挚醇厚的抒情方式而产生了极强的艺术感染力，使这首诗具有了永恒的生命力。

秋夜曲[①]

　　桂魄[②]初生秋露微，轻罗[③]已薄[④]未更衣[⑤]。银筝[⑥]夜久殷勤[⑦]弄[⑧]，心怯空房不忍归。

[注释]

①秋夜曲：郭茂倩《乐府诗集》作王维诗，其他本多作王涯诗，或张仲素诗。

②桂魄：月的别称。相传月中有桂树，高五百丈，有吴刚斫之，树伤随砍随合。因学仙有过，故天帝贬令伐树（据《酉阳杂俎》），后世便以"桂"称呼月亮。又，《尚书》注称月轮无光处为"魄"，故"桂魄"成为月亮的代称。

③轻罗：轻薄的丝绸织品。

④薄：此处为动词，意动，以……为薄。

⑤更衣：指换上较厚的衣服。

⑥筝：弦乐器，有十三弦。

⑦殷勤：不断，持续。⑧弄：弹奏。

[赏析]

这是一首闺怨诗。诗中的女主人公是一位贵妇，她因丈夫不归独居"空房"而愁绪百结。诗的末句"心怯空房不忍归"是全诗感情的中心。

本诗前句先写秋月初升，夜露微凉，这是以天凉暗示女子的心凉。后来李清照《醉花阴》词中也有"佳节又重阳，玉枕纱厨，半夜凉初透"，用的就是这种笔法。女子为何心凉，读者自然要先造成悬念。二句紧接上句谓秋时已到，轻罗衣裳已不适宜再穿，应该说是换装的季节已到。既然如此，这女子为何还不"更衣"？读者自然又造成一个悬念，也就是说在悬念上再加悬念。其实这是因为女子的丈夫远出，而沉入深深的思念之中，因而未及顾念到天时已凉，应当适时改装。但是读者心里还是不明。再看三句，天又凉，衣又单，而且还要在花园里久久弹筝不归，她大概是心事重重、无法排遣，只好靠弹筝来倾诉满腔的怨情了。但这又是读者的猜测，所以还是悬念。这样，三句诗造成三个悬念，读者便要迫不及待地追问答案。于是，诗人在末句才端出真相来："心怯空房不忍归！"原来如此，这个多情而苦命的女子！读到这里，读者不仅明白了原委，更会对诗中的女主人公产生无限的同情。因为自家的住房有什么好怕的呀！只是那位女主人公心头充满了无穷的凄凉之意，才会连自己的寝卧之屋都不愿进，这种抒情的角度以及力度都是前所未有的，可谓达到登峰造极之地。因此，本诗之所以成为闺怨诗中的佳篇，主要原因便在于构思新颖、安排得当这两点上。

山居①秋暝②

空山新雨后,天气晚来秋。明月松间照,清泉石上流。竹喧归浣女③,莲动下渔舟。随意④春芳⑤歇⑥,王孙⑦自可留。

[注释]

①山居:山村。

②秋暝:秋日黄昏。

③浣女:洗衣物的女子。

④随意:尽管、任凭。

⑤春芳:春天的美景。

⑥歇:消歇、过去。

⑦王孙:《楚辞·招隐士》:"王孙兮归来,山中兮不可以久留。"此处反用其意。

[赏析]

全诗描绘了秋雨初晴后的黄昏时节山居生活的恬静清幽,表现了诗人怡然闲适的心情。本诗是王维山水田园诗的代表作之一。

"明月松间照,清泉石上流"两句摹写自然景色的清幽静谧。这正是王维所追求的理想境界,是其政通人和的社会理想的一种折射。这两句所写为眼前实景,正因是雨后天晴,所以才有明月;也正因新雨刚过,山中才会有股股清泉。可以说王维的山水田园诗是对自然景物的高度概括的艺术表现,并非像有些人所说是在理想王国中凭空构造出来的幻影。

"竹喧归浣女,莲动下渔舟"两句侧重写人的活动。这里的人们怡然自得,他们无忧无虑,勤劳淳朴,循性而动,顺天应时,日出而作,日入而息。这种纯洁美好、不受外力干扰的生活图景,正是诗人理想中的田园生活模式,反衬出他对卑鄙龌龊的官场现状的厌恶之情。

"随意春芳歇,王孙自可留"表面看是劝人之辞,实际是作者自我心灵的剖白,委婉表达出自己要离开官场归隐田园的心志。

全诗意境浑融完整,又有工整精致的丽句。中间两联看似平淡,实则意味无穷。两联同是写景,但各有侧重。前联侧重自然,后联侧重人事。四句中又两句写所见,两句写所闻。远近交错,隐现并举。寥寥二十字中,视点交叉变换，声、色、光、态无不囊括；上、下、远、近错落有致，于清致之中含有无穷的意蕴，确实达到了炉火纯青的地步。

归嵩山①作

清川带长薄②，车马去闲闲③。流水如有意，暮禽相与还。荒城临古渡，落日满秋山。迢递④嵩高⑤下，归来且闭关。

[注释]

①嵩山：山名，五岳的中岳，主峰在河南登封县。有太室山和少室山。少林寺即在嵩山下。

②薄：《楚辞·九章·涉江》王逸注："草木交错曰薄。"

③闲闲：悠然自得貌。

④迢递：遥远貌。

⑤嵩高：即嵩山。此指嵩山的主峰。《白虎通·巡狩篇》："中央为嵩高者何？言其高大也。"

[赏析]

有人说，诗是抒情的艺术。无论何人，写诗都是要表达内心的感受和情怀。只有强弱隐现之分，没有情感的诗是绝对不存在的。情感是无形的，抽象的，一定要有载体才能得以表现，故高明的诗人往往借景抒情。这样，诗人选景时如同带上了过滤眼镜，只选取最符合自己审美情趣的景物来写。美学家说："一片风景就是一种心情"，指的正是这种情况。王维的这首诗便说明了这一道理。

本诗只写一路所见之景，初看仿佛漫不经意。读完细品，方觉深味。全诗意境浑融完整，表现了一种心境，即追求和谐，追求随缘自适的生活情趣。清清的河水，闲闲的车马，日暮即结伴而归的飞鸟，都表现出一种悠然自得的样态。他们都在循性而动，在毫无外力干扰的情况下，按照自我生命本来的要求存在着，生活着。"荒城"一联虽有萧瑟之意，但并未破坏"和谐"的整体意境，反而拓宽视野，增加了诗的厚重感。尾联的"闭关"更表现出日暮即归而与世无争的心情。沈德潜说："写人情物性，每在有意无意间"（《唐诗别裁集》卷九）。指的正是这种情景妙合的境界。

酬①张少府②

晚年惟好静,万事不关心。自顾③无长策④,空知返旧林。松风吹解带⑤,山月照弹琴。若问穷通理⑥,渔歌入浦深。

[注释]

①酬:答,和他人之作。

②少府:官名,县尉的别称。

③自顾:自己私下里考虑。

④长策:高明的策略。

⑤带:衣带。

⑥穷通理:命运中穷困和显达的道理。

[赏析]

这是一首应答诗。张少府是何许人已不得而知。可能是这位张少府对时政及自己的地位有所不满,在诗中向王维提出了"穷通"的疑问,王维才写此诗作答的。

既然是回答问题,当然要有议论,这就容易写成枯燥乏味的说理诗。本诗之巧妙就在于把议论消融在情景之中。前四句抒情兼议论,用自己的观点和行为暗示出对"穷通"之理的回答。那就是要顺应自然,随缘自适,遇事少操心,无可无不可。"自顾"二句虽是自谦语,仔细品味,仍可体会出作者对执政者的不满和鄙夷之情。看来绝对的"万事不关心"是很难办到的,除非他没有心肝。

第三联最妙。现身说法,借景抒情,极力表现隐居生活的潇洒出尘,而且摹写生动逼真,只十字便写出一幅图画,一种神态,一种情趣,而且有动有静,有形有声,如在目前,成为全诗的主体意象,是"好静"的具体化,形象化表现。两句诗使全篇皆活,一切情语都有了着落,确是神来之笔,结句即景悟情,对友人之问不作正面回答,而是用一种景象来表现一种情趣,答案即在情趣之中。耐人品味。

汉江①临眺

楚塞②三湘③接,荆门④九派⑤通。江流天地外,山色有无中。郡邑浮前浦,波澜动远空。襄阳好风日,留醉与山翁⑥。

[注释]

①汉江:即汉水。源出陕西宁强蟠冢山。流经陕西南部、湖北入长江。
②楚塞:指春秋战国时楚国地界。
③三湘:湘水合漓水称漓湘,合蒸水称蒸湘,合潇水称潇湘,合称为"三湘"。
④荆门:今湖北荆门县即在江南岸,县南有荆门山,与北岸虎牙山相对。
⑤九派:九条支流。《文选》郭璞《江赋》:"流九派乎浔阳。"
⑥山翁:指山简,山涛之子,曾镇守荆襄,常去郡中习家池宴饮,每饮必醉。此借指当时襄阳的地方官。

[赏析]

诗用对起渲染汉江磅礴气势,同时点明汉江的地理位置。纵连三湘,横通九派。三湘之水纵流江南数省,九派(长江)东注大海。这种景象决非作者所见,而是根据自己的地理知识经过想象熔铸而成的。

颔联写汉江之长与江面之宽,一纵一横,一远眺一旁观,开拓视野,且深契画理。"江流天地外"属空间透视,江流一直延伸到视野之外,即消失在画面之外,其长则不可知。"山色有无中"属色彩透视。山离人越远色彩越模糊不清,最远处则只是一片淡淡的灰蓝色。因江面上水气氤氲浮动,更加朦胧迷蒙,就连这点颜色也若有若无了。故此句生动地描绘出江上观远山的主体感受,即写出江面之阔,又写出江上水气蒸腾的特定环境。这种迷蒙的情境描写,被后来的画家们称之为"迷远法"。这种迷远之妙,"可以有数里远的感觉,甚至仿佛有数百里之遥","凡要表现'无尽'或'幽深'的境界,往往都用这个迷远法"(王伯敏、童中焘《中国山水画的透视》)。

颈联用错觉表现汉水水势之大。人在船上,船上下波动,但却觉得前面的城郭在水上漂浮,又仿佛波澜晃动了远处的天空。这种感觉凡乘船之人恐怕都感受得到,但一经诗人道出,便觉惟妙惟肖,情趣无穷。这便是所谓的状难写之景如在目前,足显出大家手笔。尾联用典表现对襄阳风物的喜爱及对襄阳官员的感谢之意,充满积极乐观的情绪。

终南①别业

中岁颇好道,晚家南山陲②。兴来每独往,胜事③空自知。行到水穷处④,坐看云起时。偶然值⑤林叟,谈笑无还期。

[注释]

①终南:终南山。
②陲:山脚下。
③胜事:值得高兴的赏心乐事。
④水穷处:溪流的尽头。
⑤值:遇到。

[赏析]

在开元后期,张九龄被李林甫排挤出宰相班子后,王维认识到朝廷政治由开明转向黑暗,思想便由积极进取而转向消极避祸,采取"无可无不可"的态度,向自然中寻找乐趣以求解脱,本诗所写正是这种情趣。

首联叙事,总摄全篇。"好道"为全诗情感之骨,"南山陲"则为以下六句的描写提供了环境。颔联写自己随兴而行的闲情逸致。"独往"表现出诗人的勃勃兴致,"自知"又写出诗人欣赏美景时自得其乐而与万化冥合的精神状态。颈联即言"胜事自知"的具体内容,表现出一种深微细致的心理感受,写出人与自然默契融合时的瞬间的解脱状态,意与象会,无迹可求,深得后人激赏。近人俞陛云在《诗境浅说》中云:"行至水穷,若已到尽头,而又看云起,见妙境之无穷。可悟处世事变之无穷,求学之义理亦无穷。此二句一片化机之妙。"尾联写遇到林叟而谈笑的情景,写人与人的和谐,林叟是年事已高而又脱却世俗尘务的老人。两人邂逅,谈笑无期,更增强了诗的情味。

本诗结构及情感线索的安排也值得深味和借鉴。开头两句总领,"好道"为全篇情感之筋脉,"南山陲"为活动之环境。三四句总写"胜事",五六句写人与自然之和谐,七八句写人与人之和谐。近人王文濡评此诗曰:"第三句至第八句一气相生,不分转合,而转合自分,自是化工之笔"(《历代诗评注读本》)。

赠郭给事①

洞门②高阁霭余晖,桃李阴阴柳絮飞。禁里③疏钟官舍晚,省中④啼鸟吏人稀。晨摇玉佩趋金殿,夕奉天书拜琐闱⑤。强欲从君无那⑥老,将因卧病解朝衣。

[注释]

①郭给事:喻守真说:"郭给事名承嘏,字复卿。"给事即给事中,为门下省重要属员。

②洞门:官禁之门深幽,故云洞门。

③禁里:即禁中,指皇宫内。

④省中:指门下省府衙。唐时,门下、中书省均在禁苑之中。

⑤琐闱:带有连琐花纹的宫中侧门。

⑥无那:无奈。

[赏析]

据诗题可知,这是一首和诗。王维在中年以后,大部分时间作朝官,也曾在省中值过宿,故对这种生活情境很熟悉。郭给事是门下省要员,与王维是同僚,写诗给王维,王维便作此诗相和。在颂美的同时表达了自己想要归隐的愿望,诗境雍容华贵而不窘迫。

首联写宫中的景象。余晖掩映,柳絮飘舞,渲染出太平祥和的气氛。颔联把视线缩小到省中。"疏"、"稀"二字点染出官衙中轻松闲静的情味。"啼鸟"一词意味很深。如果府中人来人往,政务繁杂,便不会有啼鸟之声,人们也不会注意到这种声音。用"鸟啼"写闲静是以动写静之法,用在此处尤增情味。官署内的清静也暗示出政治清平。颈联直接写人,表现郭给事受皇帝宠信,而他本人又忠于职守,恭敬严谨,是个受宠而又称职的好官。字里行间含有对友人的钦佩和鼓励之意。尾联转折,老病显然是谦词,但毕竟也是理由,表现出王维淡于仕途的隐退思想,也隐含着不能随友人荣进的遗憾和愧疚之情。这样写容易被友人所接受,皆出唱和本意。

本诗前六句写景写人,景观视野由大到小,由远及近,最后具体写人。闲适中有富贵气象,清腴有味。结尾以情收,高致淡远。虽有消沉之意,却无促迫之情。

送别

下马饮①君酒,问君何所之②?君言不得意,归卧南山③陲④。但去莫复问,白云无尽时。

[注释]

①饮(yìn):给……喝酒。

②何所之:到哪里去。

③南山:终南山,即秦岭,在陕西西安南部。

④陲(chuí):边。

[赏析]

这首诗通过写送友人归隐,表达了作者也想归隐的心情和对友人离去的依依惜别之情。

首句"下马饮君酒"叙事朴实、点题巧妙。诗人不先写问话而先写留友饮酒,其深厚情意不言自明。次句"问君何所之",出语虽然平淡,但同样不乏真情。从中不难看出两人之交不仅深厚而且绝非凡夫俗子可比。同时,在章法上,这两句还构成了曲直之势,使后两句的承接与过渡,显得十分自然。

"君言不得意,归卧南山陲。"既回应了上句的设问,又揭示出友人归隐的原因,同时也饱含着作者的深沉感慨。"不得意"三字,看似简单明了,实则寓意甚丰。诗人本欲谋求仕进,报国济民,却因李林甫妒能斥贤而失去信心,不得不移情于山水田园之中,过上了半仕宦、半隐居的生活。可想而知,当他听到友人因官场失意而愤然归隐时,怎能不在深深共鸣中感慨万千呢?也正因为作者与友人有着类似的遭遇和相同的感受,所以他才诚挚地劝慰友人"但去莫复问,白云无尽时。"全诗至此,意境顿增,恰如风行水上,波澜陡起,妙蕴无穷。"但去"、"莫复问"在这里是曲笔,按理说老朋友意欲归隐,诗人怎能因他的一句"不得意",就不问详情,不予规劝,反倒激励友人放弃用世之心,并葬送他的满腹经纶与一腔壮志呢?这未免悖于情理了吧。然而只要联系作者的经历,我们就不难看出,诗人为何不再细问,便一心鼓励友人归去了。因为他也曾热衷过官场,更在不得意的愤懑中萌生过归隐之念。因此,当他听到友人因"不得意"而"归卧南山陲"时,内心的活动是十分复杂的。可以说,他既有对友人隐逸生活的无限向往,又有对友人的一片深情；既有对友人才华埋没的无限惋惜，又有对官场黑暗的彻底绝望。

纵观全诗，选材平淡却构思巧妙，语言浅显则饱含深情。在表情达意上，前四句的诗味看来似乎很淡，但从那一叙、一问、一答的曲直变化中，我们不难体悟到作者高超的构思技巧。尤其是结句，寓情于景，借景言情，实在是情文并茂、意蕴无穷的佳作。

青溪①

言②入黄花川③，每逐④青溪水。随山将万转，趣⑤途无百里。声喧乱石中，色静深松里。漾漾泛菱荇⑥，澄澄映葭苇⑦。我心素已闲，清川澹如此。请留盘石⑧上，垂钓将已矣。

[注释]

①青溪：今陕西勉县东。

②言：发语词。

③黄花川：今陕西凤县东北。

④逐：沿，循。

⑤趣：同"趋"。

⑥菱荇（líng xìng）：菱菜，荇菜。

⑦葭苇：芦苇。

⑧盘石：大石。

[赏析]

这首诗，在描绘青溪胜境中，寄托了诗人淡泊闲适的情怀。

诗人先以叙述点题，揭示描绘主体——青溪，并用峦叠水绕、千回万转显其势。中间四句便集中描绘青溪的秀美景色。"声喧乱石中，色静深松里"写诗人随溪水步入乱石丛中，使他耳目一新的是：奔流的溪水撞击在礁石上，激起层层浪花，凌空飞溅，洁白似雪，并伴随淙淙响声在山谷中回荡。而当溪水流入松林时，又是那么的静谧、悄然，几乎无声无息。而那郁郁葱葱的松林，在溪水的映衬之下，也显得十分翠碧；而且翠得更深，碧得更浓了。这两句不仅对仗工整，而且"声喧"与"色深"用得极妙，令人读后，如闻其声，如临其境。在动静相衬中，把画面的色调写得十分鲜明而和谐。"漾漾泛菱荇，澄澄映葭苇"则是另一番奇异景观。菱叶、荇菜在水面上漂浮，青葱翠碧，随波荡漾，摇曳多姿，清泠泠的水面倒映着芦花苇影，构成了一幅天然妙境图。这一联，用"漾漾"状微波，以"澄澄"绘静水。同样写水，却有动有静，画面流动，妙意横生。这种将不同奇景巧设一处的神奇笔力，真可谓"不工自工"，不愧是"诗中有画"、"画溢诗情"之佳句。

最后两句"请留盘石上，垂钓将已矣"以东汉严子陵垂钓富春江的典故自喻，从而表达诗人对官场生活的厌倦与隐逸无欲的愿望。

这首诗，最大的特色就是熔声、色、形、影于一炉，不仅构成了色调鲜明、声情并茂的艺术图画，而且景为情使，物我合一，从而创造出十分和谐而完美的意境。

渭川田家

斜阳照墟落①，穷巷②牛羊归。野老念牧童，倚杖候荆扉③。雉雊④麦苗秀，蚕眠桑叶稀。田夫荷锄至，相见语依依。即此羡闲逸，怅然吟《式微》⑤。

[注释]

①墟（xū）落：村庄。

②穷巷：深巷。

③荆扉：柴门。

④雉雊（zhì gòu）：野鸡鸣叫。

⑤式微：《诗经·邶风·式微》中有"式微式微，胡不归"之句，意即天已黑了，为什么不能回家安住呢？作者借以表达自己欲归隐田园之意。

[赏析]

王维的山水田园诗，不仅具有很高的文学成就，而且形成了独特的艺术风格，《渭川田家》就是他著名的田园诗之一。诗人在描绘农村独特的风光中，表达了意欲归隐田园之情感。

诗人运用白描和蒙太奇手法，将农村中的远景、近景、中景、特写等，有机地衔接在一起，显得清晰自然而井然有序。一开头，便刻意描绘春夏之交农村田舍的黄昏夕照之景，画面十分恢宏。而在这暮色苍茫的总体背景下，场景又逐渐由朦胧转向清晰——成群的牛羊从山上下来,慢悠悠地走进幽深僻静的街巷。画面继续推移,最后停留在一户农家门前:一位白发苍苍的老翁,拄着拐杖,站立在柴门旁边,频频仰首眺望,焦急等待着牧童早些归来。此情此景,是多么的恬淡、宁静、亲切、淳朴和迷人,并富有诗情画意呀!接着,画面又由近及远,移到村落外广阔的田野上:美丽的野鸡声声鸣叫,飞来飞去,自由自在;碧绿的麦苗刚刚吐穗,呈现出一片喜人的景象。还有那蚕儿已开始休眠,桑树叶开始稀少了。田边村头农民们扛着锄头收工回家,途中相遇,交谈起来无休无止,乐而忘归。这就不仅生动地写出了田家之乐,而且更饱含着淳厚的人情味,从而构成了景物众多而又统一、色彩纷呈而又和谐的农村初夏黄昏时的优美风俗画卷,不愧是"诗中有画"之佳作。

这首诗,前部分刻意描绘美景,处处显示醇情。好似随意写来,偶表诗人雅兴。待到结尾之处,巧借吟咏古诗,妙蕴深沉意绪,有如画龙点睛。仅此一笔,境界则全出来了。

西施[①]咏

艳色天下重,西施宁久微[②]?朝为越溪[③]女,暮作吴宫妃。贱日岂殊众,贵来方悟稀。邀[④]人傅[⑤]脂粉,不自著罗衣。君宠益[⑥]娇态,君怜[⑦]无是非[⑧]。当时浣[⑨]纱伴,莫得同车归。持谢[⑩]邻家子[⑪],效颦安可希[⑫]?

[注释]

①西施:越国美女。原本是苎萝山中卖柴者之女。后为越王勾践所得,献于吴王夫差,颇受宠爱。

②微:微贱。

③越溪:指若耶溪,在今浙江绍兴市东南,传为西施浣纱处。

④邀:招。

⑤傅(fū):同"敷",涂抹。

⑥益:更加。

⑦怜:爱。

⑧无是非:什么都好,无是非可言。

⑨浣:漂洗。

⑩持谢：奉告。
⑪邻家子：指传说中的东施，西施的东邻。在古代，女子也称"子"。
⑫效颦安可希：据说西施因患心病常常捧心皱眉，东施见了觉得很美，也学西施的样子，结果人们见了纷纷躲避。希，同"稀"。

[赏析]

这是一首咏史诗，作者通过对西施前贱后贵的对比描写，表达了强烈的愤世之情。

诗句发端即提出具有高度概括性的社会问题："艳色天下重"。既然天下之人（尤其是君王）多重色而少重德，那么艳丽绝伦的西施，就总会有出人头地的那一天。然而西施命运的转折又未免太突然、太迅速了些。早晨还在越溪浣纱，晚间竟成了吴宫中的贵妃。那么是什么原因使得她在朝夕之间就发生了天壤之别呢？是她本身的姿色出众，还是偶然的机遇成就了她？然而不管怎样，她一旦得到吴王的专宠，便"邀人傅脂粉，不自著罗衣"了，甚至"君宠益骄态，君怜无是非。"真是愈宠愈娇，愈娇愈宠，无是无非，唯是没非，唯己为是，非己则非。其为所欲为与炙手可热，也就不言而喻了。不仅如此，她还对过去的伙伴们，耻于为伍，甚至弃置不顾了。很显然，诗人在这里，是有着深刻的寓意的。因为做诗的主要目的，并不在于对历史上的西施进行批评，也无意于愤然指责她"贱日岂殊众"，而是借事生发，表达对那些因受宠而显贵的权臣们的讥讽和蔑视。最后，诗人用"持谢邻家子，效颦安可希"结束全诗，似乎在警告那些刻意钻营者，如果也像东施那样一味地效颦，岂不是徒给别人留下嘲笑的话柄吗？

总之，这首诗通过对西施朝贱夕贵的描写，寄寓了诗人对世情无常的深沉感慨，并在"君怜无是非"的描述中，暗讥君昏臣骄的社会现实。正如沈德潜《唐诗别裁集》中所云："写尽炎凉人眼界，不为题缚，乃臻斯诣。"

洛阳女儿行①

洛阳女儿对门居，才可②容颜十五余。良人③玉勒④乘骢马⑤，侍女金盘鲙⑥鲤鱼。画阁珠楼尽相望，红桃绿柳垂檐向。罗帏⑦送上七香车⑧，宝扇⑨迎归九华帐⑩。狂夫⑪富贵在青春，意气骄奢剧季伦⑫。自怜碧玉⑬亲教舞，不惜珊瑚持与人。春窗曙灭九微⑭火，九微片片⑮飞花琐⑯。戏罢曾无理曲⑰时，妆成只是熏香坐。城中相识尽繁华，日夜经过赵李⑱家。谁怜越女⑲颜如玉，贫贱江头自浣纱。

[注释]

①洛阳女儿行：属新乐府辞。洛阳女儿，取意于梁武帝萧衍《河中之水》中"洛阳女儿名莫愁"句。

②才可：恰好，刚刚。

③良人：丈夫。

④玉勒：美玉装饰的马嚼子。

⑤骢马：青白色相间的马。此处泛指宝马。

⑥鲙（kuài）：细切的肉。

⑦罗帏：绫罗作的帏幔。

⑧七香车：用七种香木做的车子，比喻车之名贵。

⑨宝扇：迎娶仪仗中的羽扇。

⑩九华帐：鲜艳的花罗帐。

⑪狂夫：即丈夫。

⑫季伦：晋朝巨富石崇，字季伦。

⑬碧玉：梁汝南王侍妾名，此指洛阳女儿。

⑭九微：灯名。

⑮片片：指灯花。

⑯花琐：指雕花的连环形窗格。

⑰理曲：练习歌曲。理，演奏。

⑱赵李：指汉成帝的皇后赵飞燕，婕妤李平的家。此泛指贵戚之家。

⑲越女：即西施，幼时家境贫寒，曾在若耶溪浣过纱。

[赏析]

这首诗是诗人青少年时期的作品，题下原注："时年十六"。关于这首诗的寄意，大多认为是表达了洛阳女儿因夫暴富的骄纵和以色事人的空虚。笔者认为这种看法似乎与诗意不符。细细品味，诗歌中的"画阁珠楼"、"红桃绿柳"，并非是指"良人"之宅，而是女子居所，否则"罗帏送"、"宝扇迎"就令人费解。联系全诗内容与当时社会状况，我们不难看到，初唐时期在仕官方面虽然借鉴并发展了隋朝推行的科举制，为一般下层知识分子参与政权提供了契机，但皇亲国戚把持朝政的局面依然十分严重。甚至进士及第的人，如无权门推荐，同样无官可做。而年轻时代的王维，是绝非像晚年那样"万事不关心"的。他一方面迫切要求仕途，另一方面又苦于没有门路。因此他对不合理的社会现象是愤愤不平的。所以，他在诗中塑造了一个门当户对的婚姻家庭。洛阳女子嫁给了豪门贵族，整日安乐优游，恣意戏谑，非玩即闲，根本无需辛勤劳作。而且所结识交往的，非富豪即外戚，其地位之尊贵也就可想而知了。但有谁能怜爱出身微贱的西施呢？当她处于十五六岁的年龄时，尽管容颜如玉，美色绝伦，却只能依靠浣纱为生。

  本诗在构思上很巧妙。几乎用全部篇幅渲染洛阳女儿的奢侈荣华，蓄势待发。末尾只用两句写那位古今公认的绝代佳人西施的遭受冷遇，在鲜明的对比中抨击社会的不平等，从而有力地揭示出诗歌的主题。这种冷峻深刻的笔法，颇耐人寻味。在结构上与卢照邻的《长安古意》极为相似。均是以绝大篇幅渲染富贵者的豪奢生活，篇末点题，揭出主旨。虽然末尾用作主体的人物形象不同，一位是赫赫有名的古代大知识分子，一位是声名卓著的古代大美人。但其作用则是相同的，都是借古喻今，以古人自拟，抨击不辨贤愚、黑白颠倒的社会现实，抒发怀才不遇的愤懑情怀。生活在初唐、盛唐的两位诗人尚且如此，其他人则又何论？可见，封建专制制度是扼杀人才的罪恶根源，专制制度不彻底根绝，士人这种遭遇便无法真正改变。实在是可悲之事，呜呼哀哉！

高适

高适（约公元702—765年），字达夫，一字仲武，渤海蓨（今河北景县人）。居住在宋中（今河南商丘一带）。唐代诗人。少孤贫，爱交游，有游侠之风，并以建功立业自期。早年曾游历长安，后到过蓟门、卢龙一带，寻求进身之路，都没有成功。在此前后，曾在宋中居住，与李白、杜甫结交。天宝八载（公元749年），经睢阳太守张九皋推荐，应举中第，授封丘尉。十一载，因不忍"鞭挞黎庶"和不甘"拜迎官长"而辞官，又一次到长安。次年入陇右、河西节度使哥舒翰幕，为掌书记。安史之乱后，曾任淮南节度使、彭州刺史、蜀州刺史、剑南节度使等职，官至左散骑常侍，封渤海县侯。世称"高常侍"。高适作品的编集，原有天宝七载左右张九皋编、颜真卿作序的诗集，今佚。新、旧《唐书》著录其文集二十卷，亦不存。今有《四库全书》所收明汲古阁影宋抄本《高常侍集》，凡诗八卷、文二卷。又有《四部丛刊》影印明活字本八卷。另有明张逊业、许自昌等辑本，皆为二卷。明杨一统辑《高适集》一卷。敦煌《唐诗选残卷》、《高适诗集残卷》等，尚存部分佚诗。注本有今人刘开扬《高适诗集编年笺注》、孙钦善《高适集校注》，皆附年谱。研究高适生平的著述有王达津《诗人高适生平系诗》、彭兰《高适系年考证》、周勋初《高适年谱》、傅璇琮《唐代诗人丛考·高适年谱中的几个问题》。

送李少府贬峡中①王少府贬长沙②

嗟君此别意何如？驻马衔杯问谪居③。巫峡④啼猨⑤数行泪，衡阳归雁⑥几封书，青枫江⑦上秋天远，白帝城⑧边古木疏。圣代即今多雨露⑨，暂时分手莫踌躇。

[注释]

①峡中：指夔州，在今四川奉节县。
②长沙：即今湖南长沙市。

③谪居：贬官所去之所。
④巫峡：长江三峡之一，在三峡之中段。水深流急，两岸多有猿啼。
⑤啼猨：猨同"猿"。《宜都山川记》："自黄牛滩东入西陵峡，至峡口一百余里，山水纡曲，林木高茂，猿鸣至清，山谷传响，行者闻之，莫不怀土，故渔者歌曰：'巴东三峡巫峡长，猿鸣三声泪沾裳。'"
⑥衡阳归雁：《舆地纪胜》："荆湖南路衡州，回雁峰在州城南。或曰雁不过衡阳，或曰峰势如雁之回。"
⑦青枫江：指浏水，在长沙入湘江。
⑧白帝城：故址在今四川奉节白帝山上。
⑨雨露：喻指皇帝的恩泽。

[赏析]

本诗写送别之情，较为常见。但同时送分贬两地的两个人，属双扇题目，都要照顾到，又要注意抒情的分寸，较难把握。但作者处理得非常好，可谓在送别诗中的独树一帜。

首联点题，直接写送别衔杯。"意何如"三字无限含蓄，遥应尾联的劝慰。"问谪居"启中间两联，即想像二人要去之处所的景象。

中间两联分写。因两位少府分贬两地，故四句中分别描述。三、六句写巫峡、白帝城，切李少府所贬之峡中。"啼猨"又用《巴东三峡歌》之典故，描写贬谪途中的凄凉，寓有伤别之情。四、五句写衡阳、青枫江，切王少府所贬之长沙。"衡阳归雁"也用典状其荒远，有切盼友人多来信之意。各用二地名，一典故，分量相等，铢两悉称。

尾联又合写，表达劝慰之意，回应首句的"意何如"而结题。全诗章法极妙。"中联以二人谪地分说，恰好切潭峡事，极工确，且就中便含别思，末复收拾以应首句，然首句便已含蓄"（盛传敏《碛砂唐诗纂释》卷二）。关于本诗抒情的分寸，朱三锡等《东岩草堂评订唐诗鼓吹》中说："人臣一身惟君所命，今二公被贬，即口无怨辞，或中萌一点怨尤之意，便是不忠。一起曰：'嗟君此别意何如'，妙妙，盖'意何如'三字推到至微至隐之地。"

卢纶

卢纶(公元748年—公元798或799年),字允言,河中蒲(今山西永济)人。唐代诗人,大历十才子之一。天宝末曾应进士举,安史乱起,避难移居江西鄱阳。代宗大历初,又数度至长安应举,都未及第。后因宰相元载、王缙推荐,任阌乡尉、集贤学士、秘书省正字、监察御史等职。大历十一年(公元776年)元载被杀,王缙被贬,卢纶也受牵连,至德宗建中元年(公元780年)才被任为长安附近的昭应县令。贞元时,在河中节度使军幕中任元帅府判官,官至户部郎中。今存《卢户部诗集》十卷,收入《唐诗百名家全集》。又有明正德刊本《卢纶诗集》三卷,收有十卷本及《全唐诗》佚诗五首。《全唐诗》编录其诗为五卷。事迹见《旧唐书·卢简辞传》和《新唐书·文艺传》。

晚次鄂州

云开远见汉阳城,犹是孤帆一日程①。估客②昼眠知浪静,舟人③夜语觉潮生。三湘④愁鬓逢秋色,万里归心对月明。旧业已随征战尽,更堪江上鼓鼙⑤声!

[注释]

①一日程:一天的路程。

②估客:商人。

③舟人:家。

④三湘:湘水的总称。

⑤旧业:指老家的土地财产。

⑥鼓鼙(pí):泛指军鼓。

[赏析]

诗人避安史之乱客居南方,至德二年(公元757年)长安收复,北上回蒲州老家,途中住宿鄂州,远望汉阳而作这首诗。诗中描写因遭遇战乱而漂泊江湖的羁旅困顿之情,表现了对安定生活的渴望。

常建

常建，生卒年、字号均不详。或说长安（今陕西西安）人。唐代诗人。开元十五年（公元727年）进士。天宝中，官盱眙尉。后隐居鄂渚的西山。常建一生沉沦失意，耿介自守，不和名场通声气，交游中无达官贵人。文字唱酬，除王昌龄外也无知名之士。其诗意境清迥，语言洗练而自然，艺术上有独特的造诣。他的诗现存五十七首。数量虽不多，而"卓然与王、孟抗行者，殆十之六七"（《四库全书总目》）。诗的题材比较狭隘，虽也有一些优秀的边塞诗，但绝大部分是描写田园风光，山林逸趣的。在盛唐诗派中曾有王、孟、储、常之称。历中，授盱眙尉。仕途不如意，遂放浪琴酒，往来太白、紫阁诸峰，有肥遁之志。尝采药仙谷中，遇女子，遍体毛绿。自言是秦时宫人，之入山来，食松叶，遂不饥寒。因授建微旨，所养非常。后寓鄂渚，招王昌龄、张偾同隐，获大名当时。集一卷，今传。古称高才而无贵仕，诚哉是言。曩刘桢死于文学，鲍照卒于参军，今建亦沦于一尉，悲夫！建属思既精，词亦警觉，"似初发通庄，却寻野径，百里之外，方归大道"。"旨远"、"兴僻"，"能论意表"，可谓"一倡而三叹"矣。

题破山寺后禅院

清晨入古寺①，初日②照高林。曲径③通幽处，禅房④花木深⑤。山光悦⑥鸟性，潭影空人心。万籁⑦此俱寂，惟闻钟磬⑧声。

[注释]

①古寺：即破山寺，今为江苏常熟市虞山兴福寺。

②初日：初升的太阳。

③曲径：弯曲的小路。

④禅房：寺中经堂。

⑤深：茂密。

⑥悦：喜欢。

⑦万籁：指自然界的各种声音。

⑧钟磬（qìng）：钟和磬，寺院举行宗教仪式时常用的打击乐器。

[赏析]

这首诗写破山寺后禅院风光。"曲径通幽处"，话语虽平淡，却活画出后禅院的清幽静寂。悦耳的鸟音，清澈的潭影，钟磬的声音，万象都化作禅意，使人从幽居的乐趣中忘掉人生种种烦恼，这正是诗人自得之处。

宿王昌龄隐居

清溪深不测①，隐处惟孤云。松际露微月，清光犹为君。茅亭宿花影，药院滋②苔纹。余亦谢时③去，西山鸾鹤群。

[注释]

①不测：极言其深。

②滋：生长。

③谢时：谢世，指离开尘世。

[赏析]

诗人以初次寄宿的新奇眼光、触觉，细致地刻画王昌龄隐居处所的自然景色。无论是清溪孤云、松际微月，还是茅亭花影、药院苔纹，都充满着与隐者精神状态相一致的深幽、高洁、清静的感情。末尾诗人写自己因之产生"谢时"之感，更推进一步，含蓄地表现了对官场生活的鄙弃。

塞下曲

玉帛①朝回望帝乡，乌孙②归去不称王。天涯静处无征战，兵气销③为日月光。

[注释]

①玉帛：泛指敬献的礼物。

②乌孙：指乌孙国。汉武帝时乌孙献良马，求和亲，汉以公主下嫁乌孙，两国修好，礼聘不断。

③销：化解。

[赏析]

　　这首诗写边塞，摆脱传统写法的束缚，自出机杼，表现边塞的宁静、光明、和睦。诗人在史事的叙写中抒发了渴求和平的美好愿望，也是对当时边战不断的社会问题的含蓄批评。意境全新，音调高昂。沈德潜称它："句亦吐光。"

祖咏

祖咏，生卒年不详，洛阳（今属河南）人。唐代诗人。少有文名，擅长诗歌创作。与王维友善。王维在济州赠诗云："结交二十载，不得一日展。贫病子既深，契阔余不浅。"（《赠祖三咏》）其流落不遇的情况可知。开元十二年（公元724年），进士及第，长期未授官。后入仕，又遭迁谪，仕途落拓，后归隐汝水一带。祖咏的诗作以描写山水为主，辞意清新文字洗练。《终南望馀雪》尤脍炙人口。七律《望蓟门》描绘边地景色，抒写立功报国的激动心情，意境融浑阔大，而风格秀明。殷璠《河岳英灵集》说他"翦刻省静，用思尤苦，气虽不高，调颇凌俗"。《全唐诗》编存其诗1卷。事迹见《唐诗纪事》、《唐才子传》。

终南望余雪

终南阴岭①秀，积雪浮云端。林表②明霁③色，城中增暮寒。

[注释]

①阴岭：背着阳光的一面叫阴，此指北面的山岭。

②林表：林外。

③霁（jì）色：初晴时的日色。霁，雨雪止。

[赏析]

据《唐诗纪事》卷二十"祖咏"条载，这首诗是祖咏考进士时所作。它抓住了终南山"积雪浮云端"的特色和雪后城中骤增寒气的情景进行描述，很有生活实感。

望蓟门

燕台①一去客心惊，笳鼓喧喧②汉将③营。万里寒光生积雪，三边④曙色动危旌⑤。沙场烽火侵胡月，海畔云山拥蓟城⑥。少小虽非投笔吏⑦，论功还欲请长缨⑧。

[注释]

①燕（yàn）台：即幽州台，燕昭王曾在此筑黄金台以招揽天下贤士。
②喧喧：大声扰攘。
③汉将：汉朝大将，此借指唐将。
④三边：指北方的幽、并、凉三州。
⑤危旌：高悬的战旗。
⑥蓟城：故址在今天津蓟县，为幽州治所，唐时常置重兵于此。
⑦投笔吏：指班超，他曾当小吏，后投笔从戎。
⑧请长缨：汉武帝时终军自请安抚南越，说："愿受长缨，必羁南越王而致之阙下。"

[赏析]

这首诗写初到北方边防重镇蓟门时的见闻和特殊感受，诗人登上燕台一望"心惊"，目光从近到远，从内地到边塞，从陆上到海畔，写景处处从形胜险要着笔，末联自然转到投身沙场、报国立功的主题上来。全诗充满豪情，气壮山河，读来令人心潮澎湃。

张旭

张旭，（公元711年前后在世）字伯高，一字季明，吴郡（江苏苏州）人。初仕为常熟尉，后官至金吾长史，世称"张长史。"工诗书，晓精楷法，以草书最为知名。为人洒脱不羁，豁达豪放，嗜好饮酒，与李白、贺知章、李适之、李进、崔宗之、苏晋、焦遂称为"饮中八仙"。常于醉中以头发濡墨大书，如醉如痴，称"张颠"。时与李白诗，裴文剑舞称"三绝"。所存诗六首，均为写景绝句。其书得之于二王又独创新意，书迹有《郎官石记》、《草书右诗四帖》等。其正书《郎官石记》，完全是虞欧笔法，端严规整，欧阳修《集古录》："旭以草书知名，而《郎官石记》真楷可爱。"《古诗四帖》以其崭新、高美的形式、巨大的气魄展开雄伟壮阔的书卷。丰道生跋："行笔如从空掷下，俊逸流畅，焕乎天光，若非人力所为。"《宣和书谱》说："其草字虽奇怪百出，而求其源流，无一点画不该规矩者。"

相传他见公主与担夫争道，又闻鼓吹而得笔法之意；在河南邺县时爱看公孙大娘舞西河剑器，并因此而得草书之神。颜真卿曾两度辞官向他请教笔法。

桃花溪

隐隐飞桥①隔②野烟③，石矶④西畔问渔船。桃花尽日⑤随流水，洞在清溪何处边？

[注释]

①飞桥：桥势若飞。

②隔：分开。

③野烟：野外的烟雾。

④矶（jī）：水边突出的岩石。

⑤尽日：整天。

[赏析]

张旭为唐代极有个性的书法家，旧评认为他的《桃花溪》"四句抵得一篇《桃花源记》"。自从陶渊明写《桃花源记》以来，后人因时代不同而理解各异。这首诗在明丽的景色中，想像着桃花源胜景，其倾慕的心情只从问话中委婉说出，使读者想见其对桃源式理想生活的追求。

崔颢

崔颢（公元704—754年），字不详，汴州（今河南开封）人。唐代诗人。开元十一年（公元723年）考中进士，曾任太仆寺丞、司勋员外郎。崔颢诗作不多，却以才名著称。好饮酒赌博，青年时诗风轻艳，多写妇女题材，晚年出入边塞，写下了不少优秀的边塞诗篇，诗风亦转为刚健雄浑、豪迈壮逸。

天宝十三年卒。有诗一卷，今行。（元辛文房《唐才子传》卷一）他诗名很大，但事迹流传甚少，现存诗仅四十几首。

长干行①二首（其一）

君家何处住？妾②住在横塘③。停船暂④借问⑤，或恐⑥是同乡。

[注释]

①长干行：诗题一名《长干曲》，属杂曲歌辞，有古辞云："逆浪故相邀，菱舟不怕摇，妾家扬子住，便弄广陵潮。"本组诗是拟古辞的仿作，共有四篇，本书选录第一、二首。长干，地名，今江苏南京市秦淮河南，古时有长干里，在长江岸边。行，古诗的一种体裁。

②妾：古代女子自称。

③横塘：古建康（今江苏南京）堤塘名，三国吴时所建，在秦淮河南岸，地近长干里。

④暂：且。

⑤借问：向别人发问。

⑥或恐：或许，恐怕。

[赏析]

要真正弄清崔颢《长干行》组诗的内涵，一是先要识得古辞《长干行》的意蕴，二是要弄清崔颢《长干行》四首的总貌，然后才能辨明前两首的本意。

《长干行》的古辞是一首无名氏作的民歌,其云:"逆浪故相邀,菱舟不怕摇。妾家扬子住,便弄广陵潮。"其大意是:由于风大浪高行舟艰难,所以女子驾船外出时便相邀其他女伴共行,这样便有了帮衬,就不再怕那险风逆浪。这位女子本来居住在扬子江畔的长干里,现在却敢同女伴们一起远航扬州城了。从古辞的内容看,只是写女子邀人共泛,远航扬州。纵使被邀人是位男子,辞中也无爱情之意可寻绎。我们再来考察崔颢的组诗,除已录前两首外,后两首为:其三:"下渚多风浪,莲舟渐觉稀。那能不相待,独自送潮归?"其四:"三江潮水急,五湖风浪涌。由来花性轻,莫畏莲舟重。"如果将以上四首作为一个整体看,那么这四首的内容应该依次为:其一,写女子行舟在外,见某男子泊船于岸边,便上前搭讪,其目的是为途中有个帮衬,好使她顺利通过逆风逆浪。其二,写男子对女子的热络并不感兴趣,只是婉言相拒,"我俩自小不相识,虽是同乡也无干系。"其三,写女子的申诉,谓此地风浪厉害,女子驾舟者更少。因缺少女伴,故欲找一男子同行,好让他一路上照顾自己。其四,写男子的正面拒绝。前两句用"潮水急"、"风浪涌"喻作人言可畏。说你我男女同行,恐有诸多不便,还是各走各的路好。而且从来是女子的性情多为轻率,考虑问题不够慎重(此为诗中透露的大男子主义思想,且为贬抑女子之辞),我看你还是自驾小舟,去战胜那风浪吧。这样去理解全诗,既顺贴,又自然,且有气脉贯注于其中,使人感到是一个完整的机体,而且同古辞还有意义上的联系。古辞谓有伴相陪故不怕风浪,崔颢组诗谓欲觅同伴而不能,故只得独自去同风浪相搏。这从乐府诗的发展角度看,叫做古辞新意。不仅崔颢的古题乐府有此等新手法,而且李白诗中也有大量古辞新意的佳作,如《蜀道难》、《行路难》等均是。

长干行(其二)

家临九江①水,来去九江侧。同是长干人,生小②不相识。

[注释]

①九江:这里指长江,因长江下游汇集诸江的水流,故称。"九"言其多,九江非指江西浔阳之九江。

②生小:自小,从小。

[赏析]

上篇分析了崔颢《长干行》组诗的内容，结论是这组组诗并非专写爱情方面，而只是写水乡劳动者舟上生活的片断，现在再结合文字作更深一层的探究。

第一首先用倒置手法，将女子的发问放在诗的前两句（还有一句是末句），而原为第三句的内容本该置于诗的开头，这样才符合情理。这首诗是说某女子独自行舟于外，因考虑返回时恐有风浪相阻，便想结识一位同伴共行，但四顾周围，又无其他女子驾舟，所以只好壮着胆子停下来向一男子发问。首句是女子要问的中心内容，次句立即以"妾住在横塘"续上，是希望男子也能像自己一样毫不遮掩地说出自己的乡籍，而其目的则是末句所谓的希望对方是同乡人。因为只有同乡人才能结伴同归。诗中的这位女主人公，大概是一位水上行舟生涯并不长、缺乏与风浪搏斗经验的年轻女子。她现在面临着困难，因此便有求于他人。但她又不肯明说，只好用套近乎的办法去同一男子拉话，希望能达到自己的目的。这样看来，这位少女真是一位既聪明而又擅长"外交辞令"的人。

第二首则是依顺序而写，四句诗均是男子的答辞。他的回答也十分巧妙，大概是看出了女子的心思，是想约他同行，但由于害怕人多嘴杂，惹人议论，故不敢与女子同行（见第四首内容），所以便绕着圈子同她说话。前三句从语意上看，那位男子还没有明确表态，似乎很有可能同意女子的请求。因为他说自己家居近水，来往江上，看来是一位熟悉江行的老手了。而且他又承认自己是住在离横塘不远的长干，那就是等于承认自己同对方是乡邻。照道理说，以下续接的便是可以结伴而行的话语。但诗人偏偏让他说"生小不相识"，意思是非常清楚的，即你我虽是同乡，但自小互不相识，更谈不上有什么交往了，所以你往下的话就别说了。这就是这位男子的巧妙答辞，其目的是不想与女子同行，但又不忍心一下子拒绝，故先做一些让步性的答辞，给女子一点儿安慰，然后再轻轻一点，说自小不识。既然不是熟人，一切便无须再说了。所以看来这位男子比女子更聪明，更擅长言辞，也更能揣摩对方的心理。

黄鹤楼①

昔人②已乘黄鹤去，此地空余黄鹤楼。黄鹤一去不复返，白云千载空悠悠。晴川历历汉阳树，芳草萋萋鹦鹉洲③。日暮乡关何处是，烟波江上使人愁。

[注释]

①黄鹤楼：武昌西有黄鹤山，山西北有黄鹤矶，峭立江中，旧有黄鹤楼，故址在今武汉长江大桥武昌桥头。旧传仙人王子安乘黄鹤过此，故名。

②昔人：指传说中骑鹤的仙人。"黄鹤"，一作"白云"。

③鹦鹉洲：唐时在汉阳西南长江中，后渐被江水冲没。东汉末年，作过《鹦鹉赋》的祢衡被黄祖杀于此洲，或因此得名。

[赏析]

此诗写得意境雄浑高古，诗味醇厚。前四句似随口吟出，气势奔腾。仙人跨鹤，本属虚无。但作者以无作有，借楼名起兴，说仙人"一去不复返"，就有一种岁月不返，古人不可复见的遗憾。仙去楼空，唯有悠悠的白云千载依旧，尤能表现世事迷茫，人生短暂渺小的感慨。缅怀古今，骋目四野，在这悠远广袤的时空中创造出一种令人迷惘若失的氛围，为后四句的抒情张本。

颈联转折，由对历史传说的缅怀回到现实，句式也由散漫不拘而变为整饬。前人或认为"似对非对"，认为"历历"下属"汉阳树"，而"萋萋"上属"芳草"，结构上不一致。解诗不该如此拘滞，"历历"修饰"晴川"又有何不可，故当看做是对偶句，而且对得比较巧妙。尾联以登楼望远以怀乡作结，情由景生，吐属自然，余韵悠悠。

本诗艺术上也颇有特色。前半首用散体变调，以意为主而"不以词害意"，几乎完全不管格律的要求。首联"黄鹤"一词重复出现且在同一位置上，这是平仄所不允许的。第三句几乎全用仄字，四句又用"空悠悠"三平调煞尾，均为律诗之忌。三四句又不用对仗，与律法也不合。后半首则收束情思，按律写来，分毫不爽，甚合法度。这种结构又与情感表达的要求相一致，故得到后人的赞赏。沈德潜在《唐诗别裁》卷十二中评此诗曰："意得象先，神行语外，纵笔写去，遂擅千古之奇。"

储光羲

储光羲(约公元706—约763年)唐代诗人。润州延陵(今江苏丹阳)人。祖籍兖州(今属山东)。开元十四年(公元726年)进士,与崔国辅、綦毋潜同榜。授冯翊县尉,转汜水、安宜等县尉。仕宦不得意,隐居终南山的别业。后出山任太祝,世称储太祝。迁监察御史。天宝末,奉使至范阳。当时安禄山兼任范阳、平卢、河东三镇节度使,强兵劲卒,正积极准备发动叛乱,而唐玄宗又荒于政事。储光羲途经邯郸,作《效古》二首写途中所见:"大军北集燕,天子西居镐。妇女役州县,丁壮事征讨。老幼相别离,哭泣无昏早。稼穑既殄灭,川泽复枯槁。"

江南曲

日暮长江里,相邀①归渡头②。落花如有意,来去逐③船流。

[注释]

①相邀:相约。

②渡头:渡口。

③逐:追随。

[赏析]

这是一首描写江南水乡生活的小诗。诗歌摄取寻常题材,构建优美意境,将江、人、花、船巧妙和谐地编织在同一画面中,以"如有意"的妙想点活全诗,轻灵鲜活,情韵流动。

田家杂兴

众人耻贫贱,相与尚①膏腴②。我情既浩荡③,所乐在畋④渔。山泽时晦暝⑤,归家暂闲居。满园植葵⑥藿⑦,绕屋树⑧桑榆。禽雀知我闲,翔集依我庐。所愿在优游⑨,州县⑩莫相呼。日与南山老⑪,兀然⑫倾一壶。

[注释]

①尚:崇尚。

②膏腴:肥脂,借指富贵。

③浩荡:散漫不羁的样子。

④畋(tián)渔:打猎和捕鱼。

⑤晦暝:昏暗。

⑥葵:冬苋菜。

⑦藿:豆叶。

⑧树:种植。

⑨优游:悠闲游乐。

⑩州县:指官府。

⑪南山老:即"商山四皓",汉初四位隐士。此借指隐居的友人。

⑫兀然:昏沉的样子。

[赏析]

这首田园诗,前四句叙事,以对比的手法表现其超逸的情怀;中六句描绘田园风光,勾勒出怡人的环境氛围;后四句抒情,抒发悠然自得的隐逸之趣。全诗形象鲜明生动,生机勃勃,意趣天然。

刘长卿

刘长卿（公元709—780年），字文房，宣城（今属安徽）人，一作河间（今属河北）人。唐代诗人。年轻时在嵩山读书，玄宗天宝中登进士第。肃宗至德年间任监察御史，后为长洲县尉，因事得罪，贬为岭南的南巴尉。经过江西时，与诗人李白、李嘉佑等有诗往还。上元二年（公元761年）从南巴返回，旅居江浙。这时江南刚经历过刘展之乱，本来繁华富庶的吴郡一带变得破败萧条。刘长卿有诗纪其事："空庭客至逢摇落，旧邑人稀经乱离"（《自江西归至旧任官舍》）。代宗大历五年（公元770年）以后，历任转运使判官，知淮西、鄂岳转运留后。因为性格刚强，得罪了鄂岳观察使吴仲孺，被诬为贪赃，再次贬为睦州（今浙江淳安）司马。在睦州时期，与当时居处浙江的诗人有广泛的接触，如李嘉佑、皇甫冉、秦系、严维、章八元等都有诗酬答。德宗建中二年（公元781年），又受任随州（今湖北随县）刺史。世称"刘随州"。兴元元年（公元784年）和贞元元年（公元785年）间，淮西节度使李希烈割据称王，与唐王朝军队在湖北一带激战，刘长卿即在此时离开随州。《新唐书·艺文志》著录他的集子十卷，《郡斋读书志》、《直斋书录解题》同。据丁丙《善本书室藏书志》，著录有《唐刘随州诗集》十一卷，为明翻宋本，诗十卷，文一卷。现在通行的如《畿辅丛书》本的《刘随州集》，《四部丛刊》本的《刘随州文集》，都为这种十一卷本。《全唐诗》编录其诗为五卷。

送灵澈①

苍苍竹林寺②，杳杳③钟声晚。荷笠④带斜阳，青山独归远。

[注释]

①送灵澈：诗题一作《送灵澈上人》。灵澈，中唐时著名诗僧，俗姓汤，

字源澄,会稽(今浙江绍兴)人,出家的本寺在会稽云门山云门寺。

②竹林寺:在润州(今江苏镇江),是灵澈此次游方歇宿的寺院。

③杳杳:形容遥远的样子。

④荷笠:戴着斗笠。

[赏析]

这是一首送别题材的作品。被送的对象是一位颇具诗名、但却专事云游四方的僧人。诗人在对这位诗僧所归返的僧院竹林寺周围自然环境的描写中,渗透了对他既崇敬又留恋的心情,是对这位友人高洁品行的一首赞美之歌。

这首诗很像五律的后半部分。前两句以"苍苍"和"杳杳"相对,叠字手法的运用使读者体验到寺院的幽深和晚钟的悠远,似乎它们正在欢迎灵澈的归来。后两句炼字精确。"带"字似见斜阳随灵澈的身影移动,紧随而不舍。用这"带"字给读者造成似乎斜阳也对这位高僧很有感情的感觉,似乎它也要来送灵澈一程。末句"青山独归远"有不同的读法,可以是"独归远青山",可以是"独归青山远",也可以是"远独归青山"。笔者以为,若为突出诗人对灵澈的不舍情意,应以第二种为好,即眼看着灵澈一步步向青山深处走去,以至越来越远。另外,本诗在写法上能做到结构严密,前后照应。如首句有"苍苍",末句即以"青山"相对。二句有"杳杳",末句便以"远"字相呼。二句有"晚",三句即以"斜阳"相连,而前两句中寺院钟声的描写,末句又有"归"字相锁合。因此,本诗内容回环复沓,首尾相顾,形成一个密不可分的整体。这是精于诗体结构的高手才能做到的。

本诗作者刘长卿是中唐前期一位以山水诗著名的诗人。他的这首山水兼送别诗,不事雕琢,语浅意深,景中带情,用字精致,达到很高的艺术境地。

弹琴①

泠泠②七弦③上,静听松风寒④。古调⑤虽自爱,今人多不弹。

[注释]

①弹琴:诗题一作《听弹琴》。

②泠泠(líng):风声。宋玉《风赋》:"清清泠泠,愈病析酲。"一说水声。《湘中记》:"衡山有悬泉滴沥岩间,泠泠如弦,有白鹤回翔其上

如舞。"诗中用以比作琴声的清越。

③七弦：指琴。相传神农所制之琴有五弦，后经周文王增加至七弦。

④松风寒：琴曲有《风入松》，诗中是以寒风入松林比作琴声的凄清哀怨。

⑤古调：指《风入松》曲调。

[赏析]

本诗的主题为诗人感慨世无知音，只得采取孤芳自赏的生活态度。

诗的前两句先描写诗人手下所发出的琴音与众不同，有着振聋发聩般的非凡之响。"泠泠"本是形容水声或风声的用语，现在诗人将它化作琴声，似乎诗人手下便能生风、弦下便能生泉，此词已非同寻常。次句中的"松风寒"更令人惊讶。似乎诗人所发出的琴音，奔腾倾泻不已，直赴深深的松林之中，在那里激荡着繁茂浓密的枝条，使它们呼呼作响，并发出令人胆战心寒的呼啸声。如此用"松风寒"写古琴的高亢激越之声，在古诗中是不多见的，实为惊人之笔。有了前两句的铺垫，读者对诗人的演奏技巧之高超以及这首古调之强大的感染力便有了更深的体会，这样，再接以三、四句的议论，遂使读者感受到，这样高水准的古调不仅诗人爱得对、爱得好，而且当为世人同爱。然而末句却又说"今人多不弹"，就会使读者立即产生一种惋惜的感觉，认为今人的做法是不可取的，因而更加同意诗人的观点了。以上所论乃是作者十分注意将形象描写和抽象议论相结合，以增加作品的说理力度。

另外，次句"静听松风寒"，采用了通感的艺术手法，也值得一提。这是将听觉同感觉相通。因为人们一般只能听到"松风紧"、"松风厉"，而不可能听到"松风寒"。现在诗人偏说能听到此"寒"，那是将人的皮肤感觉移入到听觉之中。通过听声，既可得知风之厉、风之紧，又能体验到风之寒，这样的技巧是值得称道的。

饯别①王十一南游

望君烟水②阔，挥手③泪沾巾。飞鸟没何处？青山空向人。长江一帆远，落日五湖④春。谁见汀洲上，思思愁白蘋。

[注释]

①饯别：以宴饮送行。

②烟水：江面上烟雾迷茫貌。
③挥手：挥手惜别。晋刘琨《扶风歌》："挥手长相谢，哽咽不能言。"
④五湖：当指太湖。

[赏析]

这是别具一格的送别诗，着意写别时和别后的心情，并把情寓于景中，构思新颖，不落俗套。

首联直接写告别，笔墨集中凝练。通过"望"、"挥手"、"泪沾巾"这一系列动作，渲染出对友人依依不舍的深情。颔联上句实中有虚，可能确有一只水鸟在作者的视野中渐渐消失，但这只鸟影也正像他的友人一样不知"没何处"了。虚实相映，乃诗之妙境。下句移情于景，山本无情物，"空向人"是常理，但"空"字中有怨艾，衬出人之有情。颈联是对友人孤身远行的担忧和所去之所的向往。"五湖春"是美景，与李白《送孟浩然之广陵》中的诗句"烟花三月下扬州"的语意有相同之处。在对友人所去之处美景的向往中蕴含着不能同行的遗憾，委婉地传达出惜别的情怀。尾联纯写别后的相思和怅惘，更显出友情的真挚。

本诗按时间顺序来写，首联写别时之情，中间两联写目望相送之景，尾联写别后之忧伤，层次井然有序。在抒情手法上，"妙在全诗不见离别的字面，只写出饯别时的风景，将一片离情，完全融于景中"（喻守真语）。

自夏口①至鹦鹉洲②望岳阳寄元中丞③

汀洲无浪复无烟，楚客④相思益渺然。汉口夕阳斜渡鸟，洞庭秋水远连天。孤城⑤背岭⑥寒吹角，独树临江夜泊船。贾谊⑦上书忧汉室，长沙谪去古今怜。

[注释]

①夏口：唐代以今湖北武昌为夏口。
②鹦鹉洲：原位于汉阳西南二里长江中，后被江水冲没。东汉末，黄祖杀祢衡葬于洲上。祢衡乃汉末名士，以作《鹦鹉赋》著称。后人遂称此洲为鹦鹉洲以寄怀念之情。
③元中丞：一作阮中丞、源中丞。中丞，御史中丞之省称，御史台之次官。
④楚客：作者自称。因在楚地作客，故云。

⑤孤城：指汉阳城。
⑥背岭：背靠龟山。
⑦贾谊：西汉文帝时大臣，因上书得罪权贵被贬长沙。此处是作者自拟。

[赏析]

本诗抒写对被贬友人的同情，也隐喻自己怀才不遇的淡淡感伤。

首联以"汀洲"点出鹦鹉洲，写所到之地。以"楚客"代自己，已含贬谪流寓之感伤。"相思益渺然"为全篇思想感情之筋脉。

中间两联写景。颔联上句写船离夏口时之景象。"夕阳"点时，"斜鸟渡"隐喻自己日暮尚在赶路的情景。下句想象友人一方，洞庭湖离夏口很远，无法望到。诗题中之"望岳阳"是想望的意思，并非实指。又以"秋水"点出季节。颔联写自己的处境。"孤城"、"独树"以地之荒僻状心境之孤独，"寒吹角"、"夜泊船"描绘夜不成寐的状态，遥应"相思独渺然"。也正因如此，才更思念朋友，感伤身世。

尾联用贾谊之典，当是合写双方。从诗题来看，作者之友人"元中丞"当在岳阳，而中丞本是朝官，到岳阳当也是被贬，与贾谊的情况很相像，故曰"古今怜"，以表示对友人处境的同情。当然，作者本身也曾两次被贬，并曾在诗中以贾谊自拟，故其中也隐含有自伤之意。但从全诗意境来体味，主要还是表现对友人的同情与思念。金圣叹在《唐才子诗》卷二中说："'夕阳斜渡鸟'，写为时既已无及，'秋水连天'，写为地又颇不近。然则，但好相思，不好相过，固不待更说者也。妙写'望'字、'寄'字也。"

秋日登吴公台①上寺远眺

古台摇落②后，秋入望乡心。野寺来人少，云峰隔水深。夕阳依旧垒③，寒磬满空林。惆怅南朝事，长江独至今。

[注释]

①吴公台：故址在今江苏江都。原为南朝宋沈庆之攻竟陵王刘诞所筑之弩台。后南朝陈将吴明彻围北齐东广州刺史敬子猷，增高其台以射城内，因称吴公台。

②摇落：《宋玉·九辨》："悲哉！秋之为气也，萧瑟兮草木摇落而变

衰。"后因指凋谢,零落。

③旧垒:占堡垒,指吴公台。

[赏析]

这是一首咏怀古迹诗。首联叙事,点出时间、地点,扣实题中的"秋日登吴公台"几字。"摇落"一词既切合"秋日",又有肃杀萧条之气,为全诗定下感情基调。中间两联承前,写登台所见之景。颔联上句是近景,写来人稀少以状该地之荒凉。下句是远景,状深邃迷蒙之貌以增心境茫然之感。情景相生。颈联上句怀古,"旧垒"是当年战事的遗物,在夕阳映照下格外显眼,仿佛在述说着昔日的故事。下句写今,同一地点,同一空间,古今殊异。旧战场已成为出世的寺院,古时充满血腥之地如今却荡漾着祥和的钟磬之音,这便使尾联的抒情有水到渠成之势。"惆怅南朝事,长江独至今"把思绪从眼前实景引向历史,抒发沧海桑田,兴衰无常的感慨。"南朝"与"古台"、"旧垒"几个词切地切事,使此诗不能移易到别处去。切地切事是咏怀古迹诗之要义,无论作诗还是解诗,均须注意这一点。

从内容看,本诗在咏古中亦渗透着叹今之慨。刘长卿的中晚年曾两度在苏州、吴中一带生活,此诗当写于斯时。当时藩镇割据局面渐成,各镇统帅专横跋扈,称雄一方。尾联中的深慨便有对这种政治局面的不满和对国家统一强大的渴望之情。思想倾向上与刘禹锡《西塞山怀古》基本一致。

送李中丞①归汉阳②别业③

流落征南将,曾驱④十万师。罢归⑤无旧业,老去恋明时⑥。独立三边⑦静,轻生⑧一剑知⑨。茫茫江汉⑩上,日暮欲何之?

[注释]

①中丞:御史中丞的简称,为御史台之副职,位次仅低于御史大夫。

②汉阳:汉水之北,指襄州(今湖北襄阳)。本诗题一作《送李中丞之襄州》。

③别业:即别墅。

④驱:使之驱驰,指挥、统帅之意。

⑤罢归:罢官还乡。

⑥明时：政治清明之时。
⑦三边：古代以幽州、并州、凉州为三边，后泛指边境。
⑧轻生：以身许国，不畏牺牲。
⑨一剑知：军功只有身边佩剑了解，怨词。
⑩江汉：长江和汉水。

[赏析]

本诗借送别为李中丞这位老将抱不平，批评朝政昏暗，不恤功臣老将的错误做法，与王维的《老将行》在主题方面有相似之处。

首联用对比手法对老将军的处境表示同情，不满之意自在其中，奠定全诗的基调。"流落"一词统领全篇，强调这位"征南将"的失意萧索的现状，这本身就有讽刺意义。"曾驱十万师"极力渲染老将当年的赫赫声威，与"流落"形成鲜明的对比。

颔联进一步写老将的现状。"无旧业"既表现老将终身为国戍边作战，不治家产的可贵品质，又批评了朝廷的刻薄寡恩。"恋明时"三字含蓄地批评现时朝廷的昏暗不明，用意显豁，措辞却很委婉。

颈联转写老将的神威和忠心。"独立"即独当一面，表现老将当年声名远扬，威慑敌胆，可使"三边静"，功在不朽。"轻生"表现老将的耿耿忠心，为国可舍生忘死。"一剑知"语含心酸，老将之忠心与战功只有剑知，可见统治者昏聩和麻木不仁，埋没他人功绩到何等程度。正因如此，老将才会受到如此不公正的待遇。尾联以设问收，余味无穷。江汉茫茫，暮色苍苍，具有象征意蕴，象征着老将晚景的凄凉和心境的迷茫。诗人明知老将所去之所，却偏问"欲何之？"化实为虚，扩大诗的内容含量，回应首句的"流落"一词，使全诗意境笼罩在阴暗的氛围中，增强了揭露与批判的力度。

寻南溪常道士①

一路经行处，莓苔②见屐③痕。白云依静渚，芳草闭闲门。遇雨看松色，随山到水源。溪花与禅意④，相对亦忘言⑤。

[注释]

①常道士：一作"常山道士"。

②莓苔：青苔。
③屐（jī）：木屐，古代一种木制登山鞋。
④禅意：佛教指清静凝定，万虑俱消的精神状态。
⑤忘言：陶渊明《饮酒》："此中有真意，欲辩已忘言。"

[赏析]

这是一首寻人不遇而别有深趣的诗。"寻"字为诗眼，是全诗的抒情线索。首联写寻人路上，"莓苔见屐痕"可见人迹罕至，表现常道士很少与人来往，住处非常清静。颔联上句写路上远望之景。此处的"渚"字应当灵活理解，不必讲成"水中小洲"，而当是溪水环绕的意思。这样，"白云"、"水源"等词语均好诠释。"白云"本有悠闲意蕴，再"依静渚"，更增幽静之气氛。"芳草"与尾联的"溪花"相映成趣，暗示出这是花红草绿的春季。"闭闲门"写道士不在，暗转下半首。

颈联转折，寻人不见，便观览周围景色，以景衬人。通过环境的描写便可了解常道士之为人，亦可折射出作者的精神境界，属以宾衬主之法。松翠泉清象征着主人的冰清玉洁的品格。尾联则以观溪花自然开放表现自己对人生宇宙之至理——禅意的妙悟。寻人不见是失，但却寻到了人生的真谛，这又是得，均从"寻"字而来，妙哉！

全诗情景交融，景为情趋，情由景生，妙合无垠，自然浑成，有陶诗之风。结构上也独具匠心，喻守真分析得很精到："本诗题眼在一'寻'字，全诗就得从寻字着想。首二句是一路寻来，三句是远望，四句是近看。是寻到了道士隐居之处，而道士不在，用'闭门'来表示。五、六句是道士既不遇，看松寻源，亦有别趣……末句以见溪花之自放，而悟禅理之无穷，将寻不见的意义，尽情结出"（《唐诗三百首详析》）。

新年作

乡心新岁切①，天畔②独潸③然。老至居人下，春归在客先④。岭猿同旦暮，江柳共风烟。已似长沙傅⑤，从今又几年⑥。

[注释]

①切：迫切。

②天畔：天边，犹言天涯。时作者贬潘州南巴（今广东电白）。

③潸（shān）然：流泪貌。

④春归在客先：谓春已归来而人尚未归乡。

⑤长沙傅：指贾谊。贾谊曾为执政大臣所谗，被贬为长沙王太傅。此处是作者自喻。

⑥又几年：谓不知又淹留多久。

[赏析]

本诗表现独处异地而又逢佳节时的悲慨。被贬远方，离乡背井，又逢新年，几重悲苦聚集心头，诗人难以忍受，故开篇即抒悲慨。"独潸然"三字笼罩全篇。颔联构思巧妙，句意从薛道衡《人日思归》："人归落雁后，思发在花前"句中化出，但意上增进一层，由单纯的思归而增加官居人下的内容，更增凄楚之感。此联诗虽然工巧，但有斧凿痕迹，伤于自然，沈德潜评此联诗说："巧句。别于盛唐，正在此种"（《唐诗别裁集》卷十一）。

颈联以景托情，写生活现状的孤独与悲苦。旦暮猿啼的凄清，风烟江柳的迷茫，都融入了诗人的感情。尾联用典，委婉地表达出被谪无期，返乡无望的哀伤，回应首句的"独潸然"，使全诗弥漫着感伤的情味。因是真情的流露，故很有艺术感染力。

杜甫

杜甫（公元712—770年），字子美，唐河南府巩县（今河南巩义市）人。因远祖杜预为京兆杜陵（今陕西长安县东北）人，故自称"杜陵布衣"、"杜陵野老"、"杜陵野客"。青年时期曾漫游三晋、吴越、齐赵等地，追求功名，应试不第。唐玄宗天宝十载（公元751年），献"三大礼赋"，玄宗奇之，命待制集贤院。十四载授河西尉，不就，旋改右卫率府兵曹参军。杜甫困守长安期间，尝居城南少陵附近，自称"少陵野老"，世因称"杜少陵"。安史乱起，曾陷贼中。肃宗至德二载（公元757年）四月，杜甫自长安奔赴凤翔行在，授左拾遗，故世称"杜拾遗"。旋因疏救宰相房琯，被贬华州司功参军。后弃官流寓陇、蜀、湖、湘等地，所谓"漂泊西南天地间"。其间曾卜居成都西郊浣花溪畔，人又称"杜浣花"。因代宗广德二年（公元764年）剑南节度使严武表奏为节度参谋、检校工部员外郎，故世称"杜工部"。两《唐书》有传。杜甫生活在李唐王朝由盛转衰的历史时期，他的诗广泛而深刻地反映了安史之乱前后的现实生活和社会矛盾，向被誉为"诗史"。元稹译其诗云："上薄风骚，下流沈、宋，言夺苏、李，气吞曹、刘，掩颜、谢之孤高，杂徐、庾之流丽，尽得古今之体势，而兼人人之所独专矣。"（见《唐故检校工部员外郎杜君墓志铭》）中唐以后的诗人莫不在某种程度上受其影响。他是我国古典诗歌的集大成者，诸体兼擅，无体不工，律切精深，沉郁顿挫，被世尊为"诗圣"。现存诗一千四百五十余首。有《杜工部集》行世。1962年被追认为"世界文化名人"，受全世界人民的敬仰。

江南①逢李龟年②

岐王③宅里寻常见，崔九④堂前几度闻。正是江南好风景，落花时节又逢君⑤。

[注释]

①江南：杜甫于大历五年（北京770年）在湖南潭州（今长沙市）遇见李龟年。古人称江湘一带亦谓江南。

②李龟年：盛唐时代的著名歌手，"后流落江南，每遇良辰胜景，常为人歌数阕，座客闻之，莫不掩泣"（《明皇杂录》）。

③岐王：是唐玄宗之弟李范，有宅第在尚善坊。时杜甫年虽尚幼（约十四五岁），但因才能出众，故为岐王所重，常出入其宅第。（据杜甫《壮游》诗："往昔十四五，出游翰墨场。斯文崔魏徒，以我似班扬。……脱略小时辈，结交皆老苍。"）

④崔九：原注："即殿中监崔涤、中书令湜之弟。"同玄宗关系密切。有宅第在遵化里。杜甫亦能出入其门。

⑤君：指李龟年。

[赏析]

杜甫的《江南逢李龟年》诗是他七绝中的名作，其主要内容为抒发诗人今昔巨变的无穷感慨。在短短四句诗中，既有国家的兴亡之感，也有个人的沉沦之叹，蕴含着无比丰富的时代特征在内。我们只要简要回顾杜甫自十五岁时初逢李龟年到此次五十九岁（杜甫于此年逝世）再逢李龟年这四十余年国家和杜甫个人所遭逢的不幸，便可深知此诗所包含的巨大容量。

然而，诗人的手法又是十分高妙的，他仅用二十八个字就将国家和他个人的遭遇的极为丰富的史料浓缩其中。"寻常见"、"几度闻"是写他当年和李龟年的初识，然而却往来频频友谊笃深。"又逢君"三字，时空跨度特大。空间，一是在洛阳，一是在潭州。时间相隔已有四十多年了。此时此地逢君，滋味自然是大不相同。"落花时节"又暗喻过去那些美好的回忆早已如这落花流水东去也。所以，杜甫此诗以含蓄蕴藉见长，他所要说的意思，在字面上是找不到的。元人范德机对此特别欣赏，评此诗为"藏咏"，即将本意深藏于字句之中。《唐诗三百首》的编者蘅塘居士也称赞本诗曰："世运之治乱，年华之盛衰，彼此之凄凉流落，俱在其中"，实在是很有见地的。

春望

国破山河在,城春草木深①。感时花溅泪,恨别鸟惊心②。烽火连三月③,家书抵万金。白头搔更短,浑④欲不胜簪⑤。

[注释]

①国破山河在,城春草木深:司马光《续诗话》:"山河在,明无余物矣;草木深,明无人矣。"

②感时花溅泪,恨别鸟惊心:文义互见,意谓由于感时恨别,观花溅泪,听鸟惊心。一说因感时,花亦溅泪;因恨别,鸟亦惊心。

③烽火连三月:一说战火连续三个月未停,一说战火连续着两年的三月份。以后说为好,且在文意上暗承"惊"字。

④浑:简直。

⑤不胜簪:插不上头簪。

[赏析]

安史之乱中,杜甫曾被叛军俘获,被带到长安。但因他官职卑微,没有名气,所以未被囚禁,尚可在城内各处闲逛。此诗即写于此间。

开篇点题,写春望所见之景。"破"字概括长安的满目疮痍,令人触目惊心。"深"字写尽荒芜冷落,满目凄凉之感。两句诗对仗工巧,自然圆熟。"国破"与"城春"对举,语意相反,对照强烈。"国破"本为衰残之景,反继之的却是"山河在",出人意表。"城春"本为明丽之色,但后继之的却是"草木深",前后相悖,又是一翻。极力表现山河美好而遭到蹂躏破坏的怅恨,情蕴丰富。明代胡震亨激赏此联,在《唐音癸签》卷九中说:"对偶未尝不精,而纵横变幻,尽越陈规,浓淡浅深,巧夺天工。"

"感时花溅泪,恨别鸟惊心"两句后人理解有所不同,但本质精神却是相通的,即都是作者强烈的主观感情外射到花鸟之上的结果,花与鸟都带上诗人的主观色彩。"情哀则景哀,情乐则景乐"(吴乔《围炉诗话》),说的便是这一道理。

"烽火"两句表现消息久绝渴盼亲人音信的迫切心情,语言朴素,感情真挚,颇为后人传诵。尾联进一步表现感时恨别的哀愁。"白发"为愁所致,"搔"本是人们愁苦时的下意识动作,但见白发"更短",又增加一层悲哀。

本诗反映了诗人热爱国家，眷念亲人的美好情操，意脉贯通，层次明晰。前四句写春城败象，饱含感伤；后四句写惦念亲人境况，充溢别恨。情景交融，虚实相生，颇为感人。

月夜

今夜鄜州①月，闺中②只独看。遥怜小儿女，未解忆长安。香雾云鬟湿，清辉③玉臂寒。何时倚虚幌④，双照泪痕干。

[注释]

①鄜（fū）州：唐时属关内道，故治在今陕西富县。
②闺中：闺中之人，指妻子。
③清辉：指月光。
④虚幌：悬挂起的帷幔。

[赏析]

这是杜诗中传诵较广的一首爱情诗。作者在特殊的历史背景下，在特殊的人生遭际中创作的这首诗，情深语工，颇耐品味。

天宝十五载（公元756年）六月，安史叛军攻进潼关。杜甫携带妻小逃到鄜州，客居羌村。八月，杜甫离家，只身赴灵武，要为国效力，途中被叛军捉住，押回长安。此诗即为本年秋天所作。

本诗之妙，在于从对方写起，使意思增进一层。首联想像妻子思念自己的情形。杜甫此时身陷险境，已失掉自由，生死未卜，他当然也会为自己的处境焦心。但他更挂念的还是妻子儿女，这正是诗人至为仁厚之处。"独看"二字含意甚丰，不可轻轻滑过。因丈夫未在，故曰"独看"，这是一层意思。但下联紧接着说："遥怜小儿女"，既然有儿女在身旁，为何是"独看"呢？"未解"二字说明小孩子还不明白她妈妈望月怀远的心情，有人而"未解"，更增加"独看"的情蕴。

颈联进一步想象妻子凝神望月的情景。用词锦丽，意象朦胧美妙，表现出诗人对妻子的真挚而深沉的爱。喻守真说："这一联风光旖旎，杜集中不大多见。"确是如此。尾联以美好的愿望作结，使全诗之情味虽缠绵悱恻而不衰飒颓唐。

诗题为《月夜》，全诗便紧围月色来写，"独看"、"双照"为全诗之眼。"独看"是现实，虽全从对方落笔落墨，而作者的"独看"自然包含其中。"双照"兼包回忆与希望，而更多的是希望。词旨深婉，章法细密。诚如黄生所云："五律至此，无忝诗圣矣。"

天末①怀李白

凉风起天末，君子②意如何？鸿雁③几时到？江湖秋水多。文章憎命达，魑魅④喜人过。应共冤魂⑤语，投诗赠汨罗⑥。

[注释]

①天末：形容边塞之遥远，这里指秦州。
②君子：指李白。
③鸿雁：代指书信。文章：指文学作品，这里兼指文才。
④魑魅（chī mèi）：传说山林中能害人的妖精。这里比喻奸佞小人。
⑤冤魂：指屈原的冤魂。
⑥汨罗：江名，屈原自沉之处。在今湖南湘阴县东北。

[赏析]

这首诗是杜甫客居秦州（今甘肃天水）时所作。当时李白坐永王李璘事长流夜郎，杜甫对他非常同情和思念。

首联以秋风起兴，使全诗笼罩在悲剧的氛围里。"君子意如何？"仿佛在与远方的朋友谈心，很是亲切。颔联写盼望友人音讯的急切心情。"江湖秋水多"隐喻人生道路多艰，境界开阔苍凉，为后四句的抒情张本。李慈铭曰："楚天实多恨之乡，秋水乃怀人之物。"指出两句诗的抒情作用。

颈联是深寓人生哲理的名言。尤其是"文章憎命达"一句，更为人们所赞赏。在表示对友人命运的同情之中，也饱含着诗人自己的幽愤。正因两句诗道出千古以来文人的共同心声，具有感人的艺术力量，故为历代文人所传诵。高步瀛引邵长蘅评曰："一憎一喜，遂令文人无置身地。"尾联是想象之词，一是为李白鸣冤，一是高度肯定李白的人格，将其比为屈原。言外之意是世上没有真正理解李白的人，只有屈原才是同调。可以说这是对李白的最高评价。屈原与李白二人同样含冤负屈，同样狂热地追求光明，追求理想，绝不向邪恶势力屈服，是朝着黑暗勇猛攻击的志士，是中国文学史上最伟大的浪漫主义诗人。故二人能有共同的语言。从这层意义来说，杜甫是最理解李白的了。

旅夜书怀

细草微风岸，危樯①独夜舟。星垂平野阔，月涌大江流。名岂文章著，官应老病休。飘飘何所似，天地一沙鸥。

[注释]

①危樯：高高的桅杆。危，高。

[赏析]

唐代宗永泰元年（公元765年）正月，杜甫辞去节度使参谋职务。四月，好友严武死去。他既无官职，又无靠山，便于五月携带家小离开成都草堂，乘舟东下，开始漂泊生活。此诗当是他经过渝州、忠州一带时所写。

首联用对起法，状景精工。"用细、微、危、独几个形容词，将水陆两方的情形，完全包举起来"（喻守真语）。颔联两句隔句相承，分写岸上与江面之景。这联诗写景境界雄浑阔大，为后人所称道。辽阔清旷的大背景反衬出诗人孤苦伶仃的形象和凄苦心情，并为尾联的比喻提供了环境。

后四句转向"抒怀"。颈联带有自我解嘲的调侃意味。自己本不想只当一名诗人，却偏偏因文章而著名，这又岂是自己的初愿？自己年衰多病，是该休官了，但自己辞职的主要原因却是由于受到排挤。两句诗表现出作者内心的愤懑不平，揭示出政治上的失意是他陷于困境，漂泊四方的根本原因。这是"书怀"的主要内容。尾联用比喻抒情，用"一沙鸥"遥应首句的"独夜舟"，使全篇笼罩在孤独、凄凉的氛围中。洪仲在《苦竹轩杜甫评律》中说："七八说得宽闲，而悲愤愈甚。"确是中肯之评。

本诗题为"旅夜书怀"，诗也可分为两部分。前四句侧重写"旅夜"，即以写景状物为主；后四句侧重"书怀"，即侧重议论抒情。前实后虚，虚实相映，情景相生。前四句中，隔句相承，一、三句写岸上之景，二、四句写江中之景。杜甫的许多律诗均用此结构。多读细思，便可悟出杜诗章法上的一些规律。

登岳阳楼①

昔闻洞庭水,今上岳阳楼。吴楚②东南坼,乾坤③日夜浮。亲朋无一字,老病有孤舟。戎马④关山北,凭轩涕泗流。

[注释]

①岳阳楼:即岳阳城西门楼,下临洞庭湖。

②吴楚:指春秋战国时吴楚两国之地。

③乾坤:指天地,也指日月。《水经注·湘水》:"(洞庭湖)湖水广圆五百余里,日月若出没于其中。"

④戎马:指战事。

[赏析]

这是一首咏岳阳楼的绝唱,与孟浩然的《临洞庭上张丞相》诗可以合称咏岳阳楼诗的双璧。两首诗被大书在岳阳楼左序毯门壁间的两边,而令后人不敢再题。(见方回《瀛奎律髓》)

首联直接入题,写刚刚登上向往已久的岳阳楼的感受。清人仇兆鳌评此二句说:"'昔闻'、'今上',喜初登也"(《杜诗详注》)。这仅是从字面来理解,把本词原来的意境理解得太浅了。诗人所写并不是简单的登临的喜悦,其中还包含着自身漂泊天涯,怀才不遇等许多人生感触。本来早就听说此楼之壮观,可是直到今天,在这样的情况下才得以登临,其感情能仅仅是喜悦吗?显然不是。其中也有悲怆的成分,而且悲的意味还相当浓,这是不难体会的。

颔联从面积和水势两方面描绘洞庭湖的浩瀚广阔,表现出一种涵天盖地,吞吐宇宙的宏伟气象,展示出诗人博大的胸襟与抱负,并为后面的抒情作好意境上的铺垫。

颈联由远眺写景过渡到自伤身世。亲朋没有消息,孤独寂寞之情难耐,衰老而又多病,迟暮失落之感倍增。眼看着楼下的一只孤舟,想到全家漂泊无依,没着没落,不但昔日的壮怀皆成泡影,就连基本生活都难以维持了。这岂不太惨了吗?此种生活何时才能结束?作者在尾联作了含蓄的回答:战乱未靖,苦难不止。国不安宁,家不得生,他怎能不感伤流泪?诗人把家事与国家的前途联系起来，使抒发的感情更加博大深沉，与时代的脉搏紧紧相连，具有更深广的社会意义。

蜀相①

蜀相祠堂②何处寻，锦官城③外柏森森。映阶碧草自春色，隔叶黄鹂空好音。三顾④频繁天下计，两朝开济⑤老臣心。出师未捷身先死⑥，长使英雄泪满襟。

[注释]

①蜀相：一作"丞相"。此诗以篇首二字为题。

②祠堂：即今武侯祠，在成都市"南郊公园"内。晋时李雄在成都称王时所建。

③锦官城：成都的别称。古锦官城是成都少城，毁于晋桓温平蜀之时。

④三顾：刘备访诸葛亮，曾三顾茅庐。

⑤开济：开创大业，匡济危时。

⑥出师未捷身先死：《蜀志·诸葛亮传》："亮悉其众，由斜谷出据武功五丈原与司马懿对于渭南，相持百余日，疾卒于军。"

[赏析]

本诗为唐肃宗上元元年（公元760年）春杜甫到成都后初游武侯祠时所作。在喟叹诸葛亮功业垂成身死的同时，寄寓了作者忧国伤乱怀才不遇的感慨。

诗之首联写急于走访游览武侯祠的心情，以自问自答的形式点明武侯祠所在位置及总体印象。颔联写祠内的景色，作者选景布局别具匠心，不可不察。祠内景物甚多，巍峨的殿堂，庄严的雕像，诗人皆略而不写，却偏写"映阶碧草"和"隔叶黄鹂"。这本是美景，但加上"自"、"空"二字，境界迥变，渲染出祠内荒凉冷落的景象。这既是眼前实景，又是诗人主体心境的写照。

颈联高度赞叹诸葛亮的丰功伟绩和鞠躬尽瘁的敬业精神。上句写刘备识才礼贤，烘托诸葛亮的雄才大略，下句概括其一生的盖世功业。"两朝开济"四字极为凝练，概括力强，一字千金，充分显示出杜甫笔力的雄健老到。浦起龙评曰："五、六实拈，句法如兼金铸成，其贴切武侯，亦如熔金浑化。"（《读杜心解》）确如斯言，这一联是千古以来咏叹诸葛亮的佳联，后人无以复加矣。

尾联抒情，既伤诸葛亮，也是诗人自伤。杜甫虽是诗人，但夙有大志，自比稷契，终生忧国忧民。然而壮志未酬，天下大乱，悲自中来，洒下热泪也在情理之中。故"英雄泪满襟"的英雄自然也包括诗人在内。此诗成后，不知感动过多少壮志未酬的英雄豪杰。宋代名将宗泽临终时即曾吟诵本诗的最后两句。王嗣奭说得好："盖不止为诸葛亮悲之，而千古英雄有才无命者皆括于此，言有尽而意无穷也"（《杜臆》）。关于全诗的总评价，浦起龙在《读杜心解》中说得较为中肯："后来武侯庙诗，名作林立，然必枚举一事为句。始信此诗统体浑成，尽空作者。"

客至①

舍南舍北皆春水，但见群鸥日日来。花径不曾缘客扫，蓬门②今始为君开。盘飧③市远无兼味，樽酒家贫只旧醅④。肯与邻翁相对饮，隔篱呼取尽余杯。

[注释]

①客至：原注云："喜崔明府相过。"明府，唐人称县令之词。
②蓬门：简陋的门。
③飧（sūn）：晚饭。此处代指肴馔。
④醅（pēi）：酒未经过滤者，即浊酒。

[赏析]

这是一首至情至性的纪事诗。表现诗人朴厚纯真的性格及好客的心情。生活气息浓郁，很是感人。

根据作者自注可知，来的这位客人是县令，乃是主掌一县大权的父母官。这一身份可以说明两个问题。一是杜甫当时虽然是客居他乡又无官职，但在当地尚有一定的知名度。二是说明杜甫平易近人，与邻居们关系密切，不分彼此，与人民息息相通。

首联写自己生活环境的清幽，点明时间、地点和环境。"群鸥"在古人笔下常常是与世无争，没有心机的隐者的伴侣。它们"日日"到来，表现了环境的幽雅僻静。更暗示出诗人心境的宁静和谐，毫无尘思俗念。正因如此，他才能抹去社会地位、权利给各阶层的人们所造成的鸿沟和界限而完全平等相处。什么县令、庄稼老汉,在诗人心里,都是平等的人,这一点在封建等级制分明的社会中又是多么难能可贵。

领联由外向内转,写院中的情景,写接待来客的随便,不用特意准备,也不事先打扫一下卫生,而是任其自然,越这样越能表现主客间的默契相亲。

后四句写待客。前两句是实实在在的家常话,听来十分亲切,我们从中很容易感受到主人盛情待客而又力不从心的歉疚之情,也暗示出主客间的深情厚谊。

尾联笔意转折,别开生面。前人唯指出这两句"峰回路转,别开境界"(喻守真语),未进一步挖掘其思想意义。实质上,这联诗更深层次的意蕴是表现杜甫与普通百姓的亲密关系,也说明他在这一时期里具有平等思想的光辉。虽是商量语气,也可看出诗人是真心邀请东院的庄稼老头儿来陪这位县大老爷喝酒的。若在平时,在其他场合,这是绝对不可想象的。而县令与百姓的同席平等正是由于杜甫这一中间环节。这不恰恰表现作者的平等观念及与人民的息息相通吗?杜甫的这一感情又是一贯的,《又呈吴郎》诗表现的是更深挚的同情贫弱百姓的感情,读来令人心灵震颤。这正是杜甫的感人之处,也是杜诗彪炳千古,一直深受后人喜爱的缘故。

闻官军收河南河北

剑外①忽传收蓟北②,初闻涕泪满衣裳。却看③妻子愁何在④,漫卷诗书⑤喜欲狂。白日放歌⑥须纵酒,青春⑦作伴好还乡。即从巴峡穿巫峡,便下襄阳向洛阳。

[注释]

①剑外:即剑南,代指蜀中。
②蓟北:今河北省北部,安史叛军的根据地。
③却看:再看,还看,不作回头顾视讲。
④愁何在:言愁容已不可见。
⑤漫卷诗书:胡乱地卷起诗书,喜极貌。
⑥放歌:放声高歌。
⑦青春:即春天。

[赏析]

唐代宗宝应元年（公元762年）冬，唐军收复洛阳和中原大部分地区。第二年正月，史思明儿子史朝义兵败自缢，部将纷纷投降，安史之乱结束。春天，消息传到蜀地，正流寓在梓州（治所在今四川三台）的杜甫听到这一消息后，欣喜若狂，写下这首"生平第一首快诗"（浦起龙《读杜心解》）。

本诗起笔突兀，感情如决闸之狂涛随势而起。诗人多年漂泊在外，主要原因就是安史之乱未靖所致。所以乱平的消息，如春雷乍响，山洪突发一般，令他喜不自胜，全诗的感情即由这一消息所生发。

颔联以转作承，写家人及自己的惊喜情态。"漫卷"这一细节极为生动逼真，乃人之常情，故也最动人。颈联对"喜欲狂"作进一步的抒写。"白日"和"青春"相互为文，衬托出诗人明朗欢欣的心境。"放歌"、"纵酒"既有战乱结束的喜悦，更有即将还乡的欢欣。下句便直接道出久久积郁在心的愿望，"青春作伴好还乡"。

尾联犹奇，连用四个地名，形成流水对，设想返乡的路线。"巴峡"与"巫峡"，"襄阳"与"洛阳"，既各自对偶（句内对），又前后对偶，形成工整的地名对。再用"即从"、"便下"两个表现紧紧相连关系的词语结合起来，文势迅急，一气贯注而下，生动地表现出作者返乡的心情是何等迫切，思乡之念又是何等强烈。久客在外急于还乡的感情具有很大的普遍性，故也最易引起人们的共鸣。

登高

风急天高猿啸哀，渚①清沙白鸟飞回②。无边落木萧萧下，不尽长江滚滚来。万里悲秋常作客，百年多病独登台。艰难苦恨③繁霜鬓，潦倒新停浊酒杯④。

[注释]

①渚：水中小洲。

②鸟飞回：言鸟因风急而在空中打旋。

③苦恨：甚恨，非常恨。

④潦倒新停浊酒杯：时杜甫因病戒酒，故云。

[赏析]

这是杜诗中的精品,杨伦称赞此诗为"杜集七言律诗第一"(《杜诗镜铨》)。胡应麟更大加推崇,认为是古今七律之冠。

本诗思想容量很大,饱含诗人大半生的坎坷经历和穷困潦倒的喟叹。既富于形象性又有很大的概括力。前半首写登高所见之景,后半首写触景所生悲秋之情。笔法错落有致,隔句相承。一、三两句写山上之景,二、四两句写江面之景,纵横开阔,天高地远,形声兼备,描绘出一幅萧条冷落、凄清寥廓的长江峡谷秋景图,为全诗的抒情渲染了悲剧气氛。

颈联是全篇的中心,"悲秋"二字是诗眼,两句诗含蕴丰厚,令人品味无穷。逢秋而悲,人之常情;客中悲秋,其悲更甚;常常作客,故常常有悲。故园万里,悲中又牵惹乡关之思;独自登台,顿生身世伶俜之感;多病缠身,尤增愁苦之情;年值垂暮,平添功业无成之痛。万事尽不遂愿,身心俱已憔悴矣。可知这两句诗含意丰富,写出了作者当时极其复杂的感情世界。回环往复,笔触细腻。还应指出,此联中的"万里"、"百年"与上联的"无边"、"不尽"相互对应,均是一横一纵,一空间一时间,拓展了诗的境界。而且情景交融,互相渗透,作者的忧思仿佛无边的落叶和不尽的长江一样无边无垠,绵绵不绝,使感情的抒发更加沉重凝练,博大深远。

本诗艺术上最显著的特征是通体对仗,而且对得精致工巧,甚至句中有对。如首联的"风急"对"天高","渚清"对"沙白",给人以均齐对称之感。确实是"一篇之中,句句皆律,一句之中,字字皆律"(胡应麟《诗薮》)。

登楼

花近高楼伤客心,万方多难此登临。锦江①春色来天地,玉垒②浮云变古今。北极③朝廷终不改,西山寇盗④莫相侵。可怜后主⑤还祠庙,日暮聊为梁甫吟⑥。

[注释]

①锦江:岷江支流,自四川郫县流经成都市区西南。杜甫草堂临近锦江。

②玉垒:山名,在今四川茂汶县。

③北极:北极星,喻指唐王朝。

④西山寇盗:指吐蕃。

⑤后主：即蜀汉后主刘禅。还，仍旧。
⑥梁甫吟：《三国志·蜀志·诸葛亮传》："亮躬耕陇亩，好为《梁父吟》。"

[赏析]

这首诗写于代宗广德二年（公元764年）春。

首联起笔突兀，因果倒装，先说见花伤心的反常现象，再说伤心是因为"万方多难"的缘故，出人意表。"万方多难"为全诗抒情的出发点，"登临"则是观望景象的前提，可见首联具有提纲挈领，统摄全篇的作用。

颔联描写山河的壮观。上句写空间之广阔，下句写时间之悠远；天高地迥，古往今来，构成一个阔大悠远，贯通古今的具有立体感的境界，充分显示出诗人视野的广博和胸襟的阔大。

颈联议论天下大势。"终不改"三字表现出杜甫对唐王朝的一片忠心。倾述了热爱国家和渴望安定统一的愿望，其中也含有可贵的民族自豪感和自信心。尾联借古讽今，用曲笔表达对国家前途的无限关注之情。刘禅是亡国之君，仍受庙享，而当时的皇帝代宗李豫也非明主，正是由于他宠信宦官搞乱朝政才弄成"万方多难"的局面的。刘禅当初尚有名相孔明辅佐，而代宗身旁却没有贤相能臣，国事岂不堪忧？但自己又万般无奈，空有济世之心，苦无献身之策。只能吟诗自遣消愁，如此而已。愁思绵绵，情味深婉。

此诗在格律、结构方面本诗也十分严谨，无懈可击。故历代诗家对此诗评价都很高。浦起龙评曰："声宏势阔，自然杰作"（《读杜心解》）。沈德潜更是推崇，在《唐诗别裁集》卷十三中说："气象雄伟，笼盖宇宙，此杜诗之最上者。"

宿府①

清秋幕府②井梧③寒，独宿江城④蜡炬⑤残。永夜角声悲自语，中天⑥月色好谁看？风尘荏苒⑦音书绝，关塞萧条行路难。已忍伶俜十年事，强移栖息一枝安⑧。

[注释]

①宿府：住宿在幕府中，类今日之值班。

②幕府：古代军队出征，将帅无固定住所，以帐幕为府署，故称幕府。后代称地方军政长官的衙署。

③井梧：庭院中之梧桐树。井，指天井，即庭院也。

④江城：即成都。

⑤蜡炬：蜡烛。

⑥中天：天空中央。

⑦荏苒（rěn rǎn）：时光推移。

⑧一枝安：《庄子·逍遥游》："鹪鹩巢于深林，不过一枝。"

[赏析]

代宗广德二年（公元764年）六月，杜甫受严武的推荐出任剑南节度使幕府的参谋。按当时的定制，参谋有时要在幕府中留宿值班，此诗便是住宿幕府时所写。

首联用倒挽法，先出景后出人，意在笔先，起势峻耸。首句通过渲染环境的凄凉烘托人物心境的悲凉，次句才写到"独宿"。"独宿"二字为全诗之眼。在清寒之夜，眼巴巴地看着"蜡炬残"，其孤独寂寞，夜不能寐之苦已见于言外。

颔联写独宿的所见所闻。境界阔大，形声兼备，颇具神韵。抒情方法尤妙，诗人本在听角望月，却偏说"自语"、"谁看"。试想，诗人未听，何以知角悲？诗人未看，何以知月好？这样写来，一状孤独，无人共语共赏；二状心情抑郁，月色好也无心去观赏。抒情委婉顿挫，最有深味。清施补华云："'永夜角声悲自语，中天月色好谁看。''悲'字、'好'字，作一顿挫，实七律奇调，令人读烂不觉耳"（《岘佣说诗》）。

颈联转写身世。"风尘"句上承"永夜"句。"永夜角声"意味着战乱未息，因此才岁月蹉跎，乡书阻绝。"关塞"句上承"中天"句。遥望中天明月，更生乡思之情。但天下未靖，关塞萧条，想要返乡谈何容易，只能"思家步月清宵立，忆弟看云白日眠"（《恨别》）而已。

尾联暗应首联，总括全诗，抒情更加概括、精炼。《庄子·逍遥游》中说："鹪鹩巢于深林，不过一枝。"作者显然是化用了这一典故。前边用"已忍伶俜十年事"一垫，情味尤丰富深沉。已经忍受了十年漂泊，如今勉强有了这一职位，总算有栖身之所了，故曰"一枝安"。但再看一看诗人这一夜中徘徊彷徨的景况，他的心真是"安"了吗？这种似怨非怨，似安非安的矛盾而复杂的心理，特耐品味。

阁夜

岁暮阴阳①催短景②，天涯霜雪霁③寒宵。五更鼓角声悲壮，三峡星河④影动摇。野哭千家闻战伐，夷歌⑤数处起渔樵。卧龙⑥跃马⑦终黄土，人事音书漫⑧寂寥。

[注释]

①阴阳：指日月。

②景：指光阴。

③霁：雨雪初晴。

④星河：银河。

⑤夷歌：四川境内少数民族的歌谣。

⑥卧龙：指诸葛亮。诸葛亮因居住卧龙岗，也称卧龙先生。

⑦跃马：指公孙述。左思《蜀都赋》："公孙跃马而称帝。"

⑧漫：任凭，随意。

[赏析]

本诗是杜甫大历元年（公元766年）寓居夔州西阁时所作。当时蜀中战乱未已，诗人生活也未安定，故诗中的感情很沉郁。

首联写日短天寒的主体感受，有一种凄凉萧飒的气氛。"天涯"二字又有客居他乡的漂泊之感。颔联承次句的"寒宵"，写拂晓前的所见所闻。"鼓角声悲壮"写战事频仍，形势紧张，黎明前军队已开始活动，很悲壮，暗启第五句。"星河影动摇"写晴空如洗，江面澄静的壮丽景象，意境清新，暗启第六句。两句诗一悲壮，一秀丽，是构成本诗复杂情感的两组意象。

"野哭"句承第三句，写战乱给人们带来的深重灾难。一闻战声便"野哭千家"，可见人们的心灵所受到的创伤是多么剧烈。"夷歌"句承第四句，写尽管战乱，但也有不受影响而逍遥自乐的渔樵。暗寓着对自己生活态度、生活道路的调侃式的嘲讽，并生发尾联的感慨。夔州西郊有武侯庙，东南有白帝庙，作者借古抒情，想到无论贤愚，同归泯灭，自己眼前的贫困孤独也就不必介意了。还是放松一些,像渔樵那样活得潇洒快乐一点吧!表面旷达,骨子里却是更深的忧伤,是对世事无可奈何的幽愤。卢世㴶认为本诗"意中言外,怆然有无穷之思",是颇为中肯的。

咏怀古迹五首(其一)

支离①东北②风尘③际,漂泊西南天地间。三峡楼台④淹日月,五溪衣服⑤共云山,羯胡⑥事主终无赖⑦,词客⑧哀时且未还。庾信⑨平生最萧瑟,暮年诗赋⑩动江关。

[注释]

①支离:犹流离,与下句的漂泊意近。
②东北:指中原地区,对蜀地而言。
③风尘:指安史之乱。
④楼台:即杜甫在夔州所居之高斋。
⑤五溪衣服:指当地的少数民族。夔州南接五溪。
⑥羯胡:泛指北方少数民族,这里指安禄山、史思明、仆固怀恩等人。
⑦无赖:狡诈,不可靠。
⑧词客:杜甫自谓。
⑨庾信:据《周书·庾信传》载,信字子山,初仕梁,擢右卫将军,封武康县侯。侯景之乱,信奔江陵。奉使聘于西魏,被留达二十七年之久,信于北朝,仕至大将军开府仪同三司。地位虽显赫,但常有江关之思,曾作《哀江南赋》以寄深慨。
⑩暮年诗赋:庾信少有文名,仕梁与徐陵齐名。入北朝后,诗风由艳冶转向苍劲刚健。杜甫另有诗句赞之曰:"庾信文章老更成,凌云健笔意纵横。"

[赏析]

《咏怀古迹五首》是杜甫寓居夔州时所写的一组诗,后四首分别咏宋玉、王昭君、刘备、诸葛亮。本诗前六句是杜甫感慨身世,尾联才提到庾信,与后四首以咏古人为主不同,故有人认为本诗当割出另为一章。此说当然不妥,关于这一点,杨伦分析得很精当。他说:"此五章乃借古迹以咏怀也。庾信避难,由建康至江陵,虽非蜀地,然曾居宋玉之宅,公之飘泊类是,故借以发端。次咏宋玉,以文章同调相怜;咏明妃,为高才不遇寄慨;先主、武侯,则有感于君臣之际焉。或疑首章与古迹不合,欲割取另为一章,何其固也!公避禄山之乱,自东北而西南,谓从陷贼谒上凤翔,旋弃官客秦州入蜀,自乾元二年至此已八年矣。因风尘故怀及先主、武侯,因飘泊故怀及庾、宋、明妃,知非泛咏古迹"。(《杜诗镜铨》卷十三)

本诗前六句所咏确实是作者自己的生活遭际。首联写中原地区遭安史之乱,自己也曾辗转流离,如今又漂泊到西南的蜀地来。颔联承前,写羁旅在夔州这落后蛮荒之地的抑郁。颈联写国事家愁,指出造成这种局面的主要原因是少数民族将领的叛变。"词客哀时且未还",既写自己,也写庾信,金针暗度,引出尾联。"庾信平生最萧瑟,暮年诗赋动江关"二句顺势而出,大有倒贯全篇之势。杜甫与庾信相隔近两个世纪,但二人遭遇相似,心灵相通,大有"萧条异代不同时"的深慨,二人如打成一片,不分彼此矣。仔细品味,便会体悟到,诗的前六句明写自己,暗喻庾信;尾联则明写庾信,暗拟自己。写自己时侧重漂泊、"五溪衣服",扣紧庾信身世,写庾信时,侧重"萧瑟"、"诗赋动江关",切合自己遭遇特点。笔法细密,构思巧妙。

咏怀古迹(其二)

摇落①深知宋玉②悲,风流儒雅亦吾师。怅望千秋一洒泪,萧条③异代不同时。江山故宅空文藻④,云雨荒台⑤岂梦思。最是楚宫俱泯灭,舟人指点到今疑。

[注释]

①摇落:宋玉《九辩》首句曰:"悲哉秋之为气也,萧瑟兮草木摇落而变衰。"

②宋玉:战国楚人,屈原弟子,《楚辞》作家之一。名作有《九辩》、《高唐赋》、《登徒子好色赋》等。

③萧条:指生不逢时,遭到冷遇。

④文藻:指宋玉的文学才能。

⑤云雨荒台:指宋玉《高唐赋》中所写的楚王梦巫山神女的故事。此本为虚构,后人不解其意,竟附会出"云雨荒台"的古迹来。

[赏析]

　　这首诗是凭吊战国时期楚国的著名辞赋家宋玉的,字里行间也流露出自伤自吊之情。

　　宋玉的代表作是《九辩》和《高唐赋》。《九辩》的主要内容是借秋气之萧瑟慨叹志士之不平。《高唐赋》的故事题材虽然荒诞,但作家的用意是讽谏君王不要淫荡。后人对宋玉不真正的了解,只知其是文人而不知其是志士,一可悲也。对于《高唐赋》,人们只把它当作荒诞梦想,欣赏其风流韵事,甚或以此认为宋玉是个轻薄无行的文人,二可悲也。这些,成为杜甫本诗咏怀抒情的主要内容。

　　前四句感慨宋玉生前的困顿,表示自己对他的理解、钦敬和同情。后半首为其身后的被误会、曲解鸣不平。文人宋玉不灭,志士宋玉不存,生前不获重用,身后被人曲解。宋玉之悲在此,杜甫之悲为此。仔细品味,意味极为深远悠长。

　　全诗议论精警,立意高远,用典灵活贴切,抒情含蓄深婉,非一般咏古诗可比。

咏怀古迹(其三)

　　群山万壑赴荆门①,生长明妃尚有村。一去紫台②连朔漠③,独留青冢④向黄昏。画图⑤省识春风面⑥,环珮⑦空归月夜魂!千岁琵琶作胡语⑧,分明怨恨曲中论。

[注释]

①荆门:山名。在今湖北枝城市西北。在长江南岸,隔江与虎牙山对峙。

②紫台:即紫宫,此指汉宫。

③朔漠:北方沙漠之地。此借指匈奴之地。

④青冢:昭君墓。在今内蒙呼和浩特市南九公里大黑河南岸。墓草长青,故曰青冢。

⑤画图:《西京杂记》卷二载,元帝后宫多,使画工图形,按图召幸。诸宫人皆赂画工,多者十万,少者亦不减五万。独王嫱不肯,遂不得见。及赐单于,临行召见,貌为后宫第一。

⑥春风面：形容年轻美丽的面容。
⑦环珮：古代妇女所佩之玉器。
⑧胡语：胡音。

[赏析]

　　据《一统志》载："昭君村，在荆州府归州东北四十里。"其地址在今湖北秭归县的香溪。杜甫时居夔州白帝城，在三峡西头，地势较高。但两地相隔数百里，作者无论如何也望不到昭君村。他全凭想象力，创作出"群山万壑赴荆门，生长明妃尚有村"这样颇有气势的诗句，大有先声夺人之势。清吴瞻泰盛赞这一开头，在《杜诗提要》卷十二中说："发端突兀，是七律中第一等起句，谓山水逶迤，钟灵毓秀，始产一明妃。说得窈窕红颜，惊天动地。"他确实悟到了此联的妙处。

　　颔联由村及人，用极概括有力的笔法，写尽昭君一生的悲剧。此联当是化用南朝江淹《恨赋》中的话："明妃去时，仰天太息，紫台稍远，关山无极。望君王兮何期，终芜绝兮异域。"但杜甫的这两句诗内容更加丰富和深刻。清人朱瀚说："'连'字写出塞之景，'向'字写思汉之心，笔下有神。"（《杜诗解意》）确是如此，上句在"紫台"和"朔漠"中用一"连"字，描状昭君离开汉宫而远嫁大漠，在异国殊俗中生活终老的苦况。下句把"青冢"置于"黄昏"之中，意境浑成。笼罩四野的黄昏的天幕，似乎笼罩了一切，吞食一切，却只有一座青冢吞食不下，分外显眼。这自然给人一种天地无情、青冢有恨的无比广大而沉重之感。

　　颈联承前，进一步抒写昭君的家国身世之情。"画图句"承第三句，"环珮句"承第四句。上句说元帝昏庸，不识真才真貌，才造成千古遗恨。下句说昭君故国之思至死不变，骨留青冢，魂归故乡。一位远嫁异域的女子竟如此至死不渝地怀乡恋国，确实难能可贵。这是中华民族在漫长的历史岁月中，经过世代积淀和巩固起来的对生育自己的乡土和祖宗最深厚的感情，具有典型性。

　　尾联点明"怨恨"的主题。琵琶本是从胡地传入中国的乐器，经常演奏胡音胡调的塞外曲。昭君身后，许多人同情她的遭遇，又创作出《昭君怨》、《王昭君》等琵琶曲，借以抒写昭君的幽怨和憾恨，洒一掬同情之泪。

　　本诗起势突兀，一气贯注，篇末点题。在抒写昭君的怨情中寄寓自己的身世之慨，实属咏怀杰作。

咏怀古迹（其四）

蜀主窥吴①幸三峡，崩年亦在永安宫。翠华②想象空山里，玉殿③虚无野寺中，古庙杉松巢水鹤④，岁时伏腊⑤走村翁。武侯⑥祠屋常邻近，一体君臣祭祀同。

［注释］

①蜀主窥吴：指刘备当年起兵伐吴事。刘备恨孙权杀害关羽，于章武元年（公元221年）七月率军伐吴，次年六月败归白帝城，后死在永安宫中。

②翠华：皇帝出行的仪仗。

③玉殿：句下原注曰："殿今为卧龙寺，庙在宫东。"

④巢水鹤：水鹤在杉松上做巢。

⑤岁时伏腊：代指年节之日。

⑥武侯：指诸葛亮，亮封武乡侯。

［赏析］

此诗咏叹蜀先主刘备，有世事沧桑之感，也寓有君臣遇合难得之慨。清浦起龙说："因庙而咏蜀主，悲不祀也。结以武侯伴说，波澜近便，鱼水君臣，殁犹邻近，由废斥漂零之人对之，有深感焉"（《读杜心解》卷四之三）。

首联从永安宫写起，追想当年刘备伐吴并驾崩于此的史事。颔联想像当时这里的繁华景象，如今已满目凄凉，只有空山野寺而已，有一种沉重的历史感。颈联继续描写古庙的荒凉萧条。"巢水鹤"似有寓意，与君臣遇合有关，当是反用"月明星稀，乌鹊南飞。绕树三匝，何枝可依"（曹操《短歌行》）的句意。死后之庙尚可"巢水鹤"，生前之礼贤下士亦可想而知也。"走村翁"写当地百姓还在怀念着这位曾叱咤风云的一代英主，按照节令而前来祭祀。尾联的"一体君臣"有双关意，用两庙邻近同受祭祀来暗喻君臣遇合，心心相印的胜事。

咏怀古迹（其五）

诸葛大名垂宇宙，宗臣①遗像肃清高②。三分割据纡筹策③，万古云霄一羽毛④。伯仲之间见伊吕⑤，指挥若定失萧曹⑥。运移汉祚⑦终难复，志决身歼军务劳。

[注释]

①宗臣：为后世尊仰的名臣。

②肃清高：因其清高而肃然起敬。

③纡筹策：用尽计谋策略。纡，曲折，引申为反复的意思。

④一羽毛：双关。诸葛亮常拿羽毛扇，故用以借指诸葛亮。又，以羽毛代指鸾凤，高翔于云霄之上，不可企及。

⑤伊吕：指伊尹、吕尚。伊尹辅佐商汤，吕尚辅佐周文王、周武王，都是开国元勋。

⑥萧曹：指汉开国功臣萧何、曹参。

⑦运移汉祚：运，运数、国运。祚，帝位，言国运转移，汉朝的帝位终难恢复。

[赏析]

这是咏叹诸葛亮的一首绝唱。

首联总领，写诸葛亮的显赫声名和见到遗像时肃然起敬的心情。上下四方为宇，古往今来为宙。"垂宇宙"三句，囊括时间和空间两个方面，盛赞诸葛亮是位名满寰宇，流芳百世的风流人物。"宗臣"与"宗师"、"文宗"等词有相同点，即万人效法，万世臣表之意，进一步表现敬慕之情。"宗臣"二字为全诗之骨。

颔联高度概括诸葛亮一生的丰功伟绩。他在极端困难的情况下辅佐刘备开基创业，创建成三国鼎立的局面。"万古云霄一羽毛"形象地表现诸葛亮从容镇定胸怀全局的伟大气魄，可以使人想见其羽扇纶巾，一扫千军万马的潇洒气度。

颈联在与四位著名历史人物的比较中突出诸葛亮的人品与才能，给予极高的评价。不仅表现出诗人对武侯的极度崇敬，同时也表现出其不以成败论英雄的真知灼见。清人黄生说："此论出，区区以成败持评者，皆可废矣。"可见这一联诗议论警拔高古，对后世产生了深远的影响。

尾联叹息其功业未成之憾。作者把兴复汉室大业的失败归于"运移汉祚"，即在于天命而非人事。深合诸葛亮"谋事在人，成事在天"之语。既是对其"鞠躬尽瘁，死而后已"的品格的颂歌，也对其壮志未酬表示叹惋。

全诗除首联的"遗像"是古迹外，几乎都是议论，但因感情炽烈，议论超绝，故仍有感人的力量。明王嗣奭评曰："通篇一气呵成，宛转呼应。五十六字，多有曲折，有太史公笔力。薄宋诗者谓其带议论，此诗非议论乎"。（《杜臆》卷八）

望岳

岱宗①夫②如何，齐鲁③青未了④。造化⑤钟⑥神秀⑦，阴阳⑧割⑨昏晓⑩。荡胸生曾云⑪，决眦⑫入⑬归鸟。会当⑭凌绝顶⑮，一览众山小。

[注释]

①岱（dài）宗：对泰山的尊称。泰山是五岳之首，故称为岱宗。

②夫：语助词。

③齐鲁：春秋时诸侯国名，齐在山北，鲁在山南。

④未了：未尽。

⑤造化：大自然，造物主。

⑥钟：聚集。

⑦神秀：神奇秀丽的景色。

⑧阴阳：山北称阴，山南称阳。

⑨割：划分。

⑩昏晓：黄昏与天明。

⑪荡胸生曾云：意谓山中层云叠生，使人心胸为之激荡。曾，同"层"。

⑫决眦：竭力睁大眼睛。决，裂开。眦，眼眶。

⑬入：犹言没。

⑭会当：终当。

⑮凌绝顶：登上最高峰。

[赏析]

开元二十三年（公元735年），二十三岁的杜甫参加洛阳进士科考，却因李林甫的嫉贤妒能而落第，第二年作者便开始了齐赵（今河南、河北、山东等地）一带漫游。这首诗就是诗人漫游途中所作，也是他最早的一篇杰作。诗中描绘、赞美了泰山的高大、奇伟景象，并借以抒发自己昂然向上的远大抱负，充满了浪漫气息，与后期作品沉郁顿挫的风格迥然不同。

首句"岱宗夫如何"融激动、喜悦、仰慕和赞叹之情于设问中,写得极为苍劲有力。此句中的"夫"字用得极妙,把虚词用于句中不仅新颖,而且传神地表达出诗人面对泰山,惊喜交加而又揣摩如何描述的心理活动。"齐鲁青未了"写得更妙。尤其是"青未了"三字,构思十分新奇,可谓是俗语巧用,气势骇人,把青翠苍莽、巍峨挺拔、气势磅礴的泰山形象生动地展现于读者面前。恰如浦起龙《读杜心解》中所说:"写山势只'青未了'三字,胜人千百矣。""造化钟神秀,阴阳割昏晓"是对泰山高峻、壮美的进一步描绘,也是对"青未了"的发挥与补充。诗人举头仰望,只见泰山高耸入云,遮天蔽日,把山南山北划分成明暗两个天地。一个"钟"字,造物主的怜爱之情可见;一个"割"字,山势的生命活力可知。诗人不仅赋予两句诗以浓重的情感,而且把静止的山势写得凌空欲出,实在令人叹为观止。

接着,便由景及人,描述诗人的独特感受。"荡胸生曾云"是说,山中云气层出不穷,在山峦中缭绕、升腾,使得诗人的心胸为之荡漾。而"决眦入归鸟"则表现了诗人极目远望飞鸟入林的情景。"决眦"二字,以夸张笔法,突出诗人欲把泰山美景尽收眼底的努力观望程度。最后两句,升华高妙且收束有力。"会当凌绝顶"表达出诗人登临泰山顶峰的决心、自信自励的意志和坚定豪迈的气概,使全诗的意境格外雄阔高昂。"一览众山小"则以虚拟笔法,显示诗人高瞻远瞩的气魄和俯视一切的雄心。

这首诗,句句写"望",处处显"奇"。望色见其阔,望势显其高,极望又展其情。尤其是结尾两句,大气陡现,下笔有神,凌云之志,跃然纸上。

赠卫八①处士②

人生不相见,动③如参与商④。今夕复何夕?共此灯烛光。少壮能几时?鬓发各已苍。访⑤旧半为鬼,惊呼热衷肠⑥。焉知二十载,重上君子堂。昔别君未婚,儿女忽成行。怡然敬父执⑦,问我来何方?问答未及已,儿女罗酒浆。夜雨剪春韭,新炊间⑧黄粱⑨。主称会面难,一举累⑩十觞⑪。十觞亦不醉,感子故意⑫长。明日隔山岳,世事两茫茫。

[注释]

①卫八:姓卫,排行第八,名不详。

②处士：隐居不仕的人。

③动：常常，往往。

④参（shēn）商：两星宿名，参星居西，商星居东，此出彼没，故不相见。

⑤访旧：打听故友。

⑥热衷肠：内心非常激动。

⑦执：挚友。

⑧间（jiàn）：掺和。

⑨黄粱：即黄米，熟时有香味。

⑩累：接连。

⑪觞（shāng）：酒杯。

⑫故意：老朋友的情谊。

[赏析]

唐肃宗乾元元年（公元758年）六月，杜甫因上疏为房琯辩护，被贬为华州（今陕西华县）司功参军。当年冬，他回洛阳省亲，并于第二年春返回住所。这首诗便是在返回华州途中，偶遇青年时代的好友后所写出的。诗人通过与友人久别重逢、恍如隔世的描写，感叹在战乱灾荒的岁月里，人生聚散无常，会难别易，同时也写出故友对他的一片盛情。

诗一开头便用此出彼没的参、商二星作比，借以抒发动乱的年代中人生难聚的深沉感叹，为全诗笼上一层悲凉的色调。接着又描述与老友意外相逢、既悲又喜、悲喜交集的复杂心境。由于安史叛乱，时势动荡不安，对于遭逢乱世的百姓来说，更是世事难料，人生无常。为此，两位青年时代的挚友，在战乱时意外相逢，都未免要为对方的苍苍白发而叹息不已了。尤其是故友中已有一半死于兵荒马乱，两人猝然而遇，彼此间怎能不失声惊呼，心中百感交集呢？常言道，酒逢知己千杯少，由于主客二人具有非同寻常的深情厚谊，又都痛感别时容易见时难，所以才非常珍惜此次的欢聚，及至连饮千杯亦不醉。毕竟，天下从未有不散的宴席，如果在和平年代，或许主客二人都不致有如此深沉的感慨。但是，在这身世沉浮如萍草的时代，明日一别，后会何期？恐怕此后便在山阻水隔中，连对方的音讯都难以再得知晓了。所以，"世事两茫茫"的无限感慨颇能动人心弦。

纵观全诗，语言平易亲切，叙述朴素自然，层次井然有序，表情真实可感。看似随手写来，毫无斧凿痕迹。实则情思凝重，寄意深远。如开篇的"人生不相见，动如参与商"与结尾的"明日隔山岳，世事两茫茫"的巧妙呼应，使得全诗上下似笼罩着苍茫阴沉的迷雾一般，中间把酒言欢的描述，不过是在这苍凉的色调上涂抹几笔温馨的色彩而已，这与诗人喜短悲长的沉郁心境是妙然天合的。

佳人

绝代[1]有佳人，幽居[2]在空谷。自云良家子[3]，零落依草木。关中昔丧乱[4]，兄弟遭杀戮。官高何足论，不得收骨肉。世情[5]恶[6]衰歇[7]，万事随转烛[8]。夫婿[9]轻薄儿[10]，新人美如玉。合昏[11]尚知时，鸳鸯不独宿。但见新人笑，那闻旧人哭。在山泉水清[12]，出山泉水浊[13]。侍婢卖珠回，牵萝[14]补茅屋。摘花不插发[15]，采柏动盈掬[16]。天寒翠袖薄，日暮倚修竹[17]。

[注释]

①绝代：举世无双。

②幽居：隐居。

③良家子：家世清白的子女。在古代，医、商、百工皆不得称良家子。

④关中昔丧乱：指安禄山攻陷长安事。当时函谷关以西也称关中。

⑤世情：世故人情。

⑥恶（wù）：厌恶。

⑦衰歇：衰败失势。

⑧转烛：烛光随风转动，喻世态反复无常。

⑨夫婿：丈夫。

⑩轻薄儿（ní）：轻佻薄情的人。

⑪合昏：即夜合花，因其叶入夜而合得名。

⑫泉水清：喻贞操自守。

⑬泉水浊：喻操行不端。

⑭萝：藤萝。

⑮摘花不插发：喻佳人喜花但无意修饰。

⑯采柏动盈掬：喻佳人寄情松柏，坚守贞洁。盈掬，满把。两手捧取

叫"掬"。

⑰修竹：长竹，此有挺立不屈之意。

[赏析]

这首诗作于乾元二年（公元759年），即安史之乱后的第五年。这期间，关中大旱，饥民遍野，诗人虽职居华州司功参军，亦不能自保衣食，故弃官移家秦州（今甘肃天水）。一路上，他亲眼目睹了朝政每况愈下，社会动荡不堪，百姓家破人亡，甚至一些官宦之家，亦不能幸免于难的凄惨景象。而诗人自身虽徒有对国家的一片忠心，无论如何竭心尽力，还是摆脱不了遭贬外放的命运。终于为生活所迫，弃官漂泊，流落到边远之地。故此，诗人触景生情，悲人自悯。通过对佳人不幸遭遇与贞节自守的描写，寄托贤士弃野，去国怀思的无限感慨，从而达到了写实与寄意的高度融合。正如陈沆《诗比兴笺》所说："放臣弃妇，自古同情；守志贞居，君子所托。'兄弟'谓同朝之人；'官高'谓勋戚之属；'如玉'喻新进之猖狂；'山泉'明出处之清浊。摘花不插，膏沐谁容？竹柏天真，衡门招隐。"此言虽有牵强之嫌，但却颇晓杜诗之意。只要我们细品此诗，便会从佳人的遭逢与气节上，体会到诗人品德和处境方面的某些境况。

诗一开头，便描绘出一位卓然而立、飘然不群的绝代佳人形象与幽居空谷的际遇。接着又以女子自述的口吻，揭示出如此一位天姿慧质的女子，身遭飘零沦落、终至与草木为伍的原因。她本来出身于富贵之家，却因生不逢时，惨遭安史之乱，身居高官的兄弟又战死军中。继之而来的又是由于人亡势去、家道中衰，备受人情世故的冷落，竟连轻薄的夫婿也在另寻新欢中抛弃了她。甚至她那伤心的哭泣，也不能唤起对方的一丝怜悯。在这社会、家庭和个人的多重灾难的沉重打击下，她不仅没有向悲惨的命运屈服，反而毅然远避令她伤心的闹世，隐居于深山幽谷之中。尽管她家住简陋破败的茅屋，身穿薄不胜寒的衣衫，全凭变卖仅有的珍珠首饰以度日，而且未来的日子更加艰难，但她还是宁愿忍受饥寒困苦坚守贞洁，而绝不愿做出山的泉水，去沾染时世的污浊。最后，诗人运用传统的比兴手法，通过佳人"采柏动盈掬"、"日暮倚修竹"的描写，象征她品格如松柏般常青，气节似翠竹般挺拔。无论命运多么乖蹇，都永远不会改变她高洁的情操。令人读后，不免生发出无穷的敬意。在强烈共鸣中，产生萦绕不尽的幽思。

寄韩谏议①注②

今我不乐思岳阳③,身欲奋飞病在床。美人④娟娟⑤隔秋水⑥,濯足⑦洞庭望八荒⑧。鸿飞冥冥⑨日月白,青枫叶赤天雨⑩霜。玉京⑪群帝⑫集北斗⑬,或骑麒麟翳凤凰。芙蓉旌旗⑭烟雾落⑮,影动倒景摇潇湘⑯。星宫之君⑰醉琼浆,羽人⑱稀少不在旁。似闻昨者赤松子⑲,恐是汉代韩张良⑳。昔随刘氏定长安,帷幄㉑未改神惨伤。国家成败吾岂敢㉒,色难㉓腥腐㉔餐枫香㉕。周南留滞㉖古所惜,南极老人㉗应寿昌。美人胡为隔秋水,焉得㉘置之贡玉堂㉙?

[注释]

①谏议:谏议大夫,官名,职掌侍从规谏。

②韩注:生平不详。

③岳阳:今属湖南。

④美人:指所倾慕的理想人物,此谓韩注。

⑤娟娟:美好的样子。

⑥隔秋水:语出《诗经·秦风·蒹葭》:"蒹葭苍苍,白露为霜。所谓伊人,在水一方。"

⑦濯(zhuó)足:《楚辞·渔父》有"渔父莞尔而笑,鼓枻而去,乃歌曰:'沧浪之水清兮,可以濯我缨;沧浪之水浊兮,可以濯我足。'"此借指韩注遗世高隐的神态。

⑧八荒:八方极远之地。

⑨鸿飞冥冥:语出扬雄《法言·问明》:"鸿飞冥冥,弋人何篡?"大意是鸿鹄高飞于辽阔的天空,捕鸟的人又哪能抓获呢。此喻贤人为避祸而远走高飞。冥冥,高远难见的样子。

⑩雨(yù):降。

⑪玉京:道家称元始天尊所居之所,在天的中心,名玉京山。此借指皇帝的京城。

⑫群帝:对天帝而言的众仙人,此喻指朝中权贵。

⑬北斗:星名,以象人君。

⑭芙蓉旌旗:以芙蓉作旌旗。

⑮烟雾落:在烟雾中起落。

⑯潇湘：二水名，在今湖南省境内。
⑰星官之君：星神，此喻皇帝的近侍之臣。
⑱羽人：穿羽衣的仙人，即飞仙。此喻指韩注。
⑲赤松子：古仙人名，神农时为雨师。
⑳韩张良：即张良，字子房，祖先为韩国人。他是汉代开国功臣，后弃功名隐居。
㉑帷幄（wò）：帐幕。《汉书·张良传》有"运筹帷幄之中，决胜千里之外，子房功也"之句。后来用之代指重大决策。
㉒国家成败吾岂敢：意谓国家安危，不敢忘怀。
㉓色难：面有难色，即不愿意。
㉔腥腐：臭肉腐败的气味，喻指污浊的社会。
㉕餐枫香：道家服用的丹药，此指隐居山林。
㉖周南留滞：指司马迁之父司马谈困居洛阳，未能随同皇帝到泰山封禅之事。周南，即今之洛阳。
㉗南极老人：即南极老人星，据传此星一现，便天下太平，百姓安康。
㉘焉得：怎么能。
㉙玉堂：即玉殿，此借指朝廷。

[赏析]

这首诗作于唐代宗大历二年（公元767年），当时杜甫已因营救房琯获罪，但他的忧国忧民之心仍然未泯。虽然韩注的生平已不可考，但从此诗的内容上，我们不难看出，他不仅谋略高超，而且曾为唐王朝建立过功勋，后因不满朝廷的腐败和奸佞的专权，愤然弃官归隐。为此，诗人一方面把他比作汉代的张良，对他的才能给予了充分的肯定；另一方面对他的弃世隐居，表达了不尽的惋惜之情。

诗人起笔即抒发对韩注的强烈向往之情，用"美人娟娟隔秋水，濯足洞庭望八荒"写出韩注的避祸远居和诗人的思慕之意。接着用"玉京群帝集北斗"与"羽人稀少不在旁"影射君昏臣佞、贤士遭斥的黑暗现实。尽管诗人深深嗅到社会的"腥腐"，而且也对骑麟跨凤、醉饮琼浆的权臣们极端不满，但他还是希望才比张良的韩注能为国家出力，以期国泰民安。诗人这种虽身处逆境、又始终不忘国事的情感，实在令人哀叹。

这首诗最大的特色就是巧借惝恍迷离的神仙幻境折射社会现实，极易唤起读者的联想与深思。而且运用复沓手法，前呼后应，摇曳生姿，使整篇诗歌始终充满着一种令人回肠荡气的缠绵之情与悠远之意。

古柏①行②

孔明庙前有老柏，柯③如青铜根如石。霜皮④溜雨⑤四十围⑥，黛色⑦参天二千尺⑧。君臣⑨已与时际会⑩，树木犹为人爱惜。云来气接巫峡长⑪，月出寒通雪山白⑫。忆昨路绕锦亭⑬东，先主武侯同閟宫⑭。崔嵬⑮枝干郊原古⑯，窈窕⑰丹青⑱户牖⑲空。落落⑳盘踞㉑虽得地㉒，冥冥㉓孤高多烈风。扶持㉔自是神明力，正直㉕原因造化㉖功。大厦如倾要梁栋㉗，万牛回首㉘丘山重。不露文章㉙世已惊，未辞剪伐谁能送㉚。苦心㉛岂免容蝼蚁㉜，香叶终经宿鸾凤㉝。志士㉞仁人㉟莫怨嗟，古来材大难为用。

[注释]

①古柏：此指夔州（今四川奉节县）武侯（即孔明）庙前的古柏。

②行：古诗的一种体裁。

③柯：树枝。

④霜皮：经霜老皮，指树干。

⑤溜雨：树干大，树皮滑，落雨时沿树溜下。

⑥四十围：极言其粗壮。

⑦黛色：青黑色。

⑧二千尺：极言其高。

⑨君臣：指刘备和孔明。

⑩际会：遇合。

⑪云来气接巫峡长：意谓古柏与东面巫山的云气相接。

⑫月出寒通雪山白：意谓冷月照在古柏上的寒气，与西面的雪山相通。以上二句，皆是极言古柏的高耸、森严的气象。

⑬锦亭：杜甫住成都草堂时有"野亭"，因近锦江，故名为锦亭。

⑭閟（bì）宫：指祠庙。

⑮崔嵬（wéi）高大的样子。

⑯郊原古：耸立于城郊的原野上显得极为古老苍劲。

⑰窈窕（yǎo tiǎo）：幽深的样子。

⑱丹青：指庙内的绘画与漆饰。

⑲户牖（yǒu）空：殿宇虚空。牖，窗户。

⑳落落：俊逸挺拔的样子。

㉑盘踞：粗壮的树根深扎于地势如龙盘虎踞。

㉒虽得地：虽然得以扎根于这块土地上。

㉓冥冥：此指高远的天空。

㉔扶持：帮助维护。

㉕正直：根正干直。

㉖造化：大自然的创造抚育。

㉗大厦如倾要梁栋：喻指国家危急，急需人才。

㉘万牛回首：万头牛也因拉不动而回首观望。

㉙文章：华美的色泽，此指枝叶。

㉚未辞剪伐谁能送：古柏本身虽不避砍伐，愿意献身，却无人举荐，意谓贤才难进。

㉛苦心：树心味苦。

㉜蝼蚁：喻小人。

㉝鸾凤：喻君子。

㉞志士：怀雄才、抱大志的人。

㉟仁人：怀有仁义之心的人。

[赏析]

这是一首咏物寄怀诗，作于大历元年（公元766年）诗人瞻仰夔州武侯庙时。诗中通过对古柏的生动描绘，由衷表达了对孔明的无限向往之情，并寄寓了诗人自身怀才不遇的深沉感叹。

诗人先以浓重的笔墨，着意描绘古柏的枝劲叶茂、干粗根坚、黛色参天、孤高不群的非凡气概，并用因果互见的造化之功与古柏本性呼应"君臣际会"，揭示孔明功垂千古的根本原因在于幸逢明主，所以雄才得以施展。然后借用比喻、象征、夸张、双关等手法，抨击令人发指的社会现状：一方面是大厦将倾，急需栋梁大材，另一方面却是材大易遭贬，大材难为用。纵然有鸾凤栖宿，又于事何补？正如浦起龙《读杜心解》所云："言本不炫俗，而英采自露;并非绝俗,而扶进自难。"全诗通篇采用托物比兴的手法,处处咏柏,句句喻人,形象鲜明,寄意幽远。

兵车行①

车辚辚②,马萧萧③,行人④弓箭各在腰。耶娘妻子走相送,尘埃不见咸阳桥⑤。牵衣顿足拦道哭,哭声直上干⑥云霄。道旁过者问行人,行人但云点行⑦频。或从十五北防河⑧,便至四十西营田⑨。去时里正⑩与裹头⑪,归来头白还戍边。边庭流血成海水,武皇⑫开边⑬意未已⑭。君不闻汉家⑮山东⑯二百州,千树万落生荆杞⑰。纵有健妇把锄犁,禾生陇亩无东西⑱。况复秦⑲兵耐苦战,被驱不异犬与鸡。长者虽有问,役夫敢申恨?且如今年冬,未休⑳关西卒㉑。县官急索㉒租,租税从何出?信知生男恶,反是生女好;生女犹得嫁比邻,生男埋没随百草。君不见青海头㉓,古来白骨无人收。新鬼烦冤旧鬼哭,天阴雨湿声啾啾㉔。

[注释]

①兵车行:是作者自创的乐府新题。

②辚辚(lín):车轮滚动声。

③萧萧:马鸣声。

④行人:行役的人,即征夫。

⑤咸阳桥:即中渭桥,位于长安西北。

⑥干:冲犯。

⑦点行:按名册抽丁入伍。

⑧北防河:在黄河以北戍守。

⑨营田:平时种田,战时打仗。

⑩里正:即里长。唐制,百户为一里,里中设里正。

⑪与裹头:给征夫包裹头巾,意谓征夫尚且年幼。

⑫武皇:汉武帝,此指唐玄宗。

⑬开边:以武力开拓疆土。

⑭意未已:念头还未停止。

⑮汉家:借指唐朝。

⑯山东：华山以东。
⑰荆杞：荆棘，枸杞。指野生灌木。
⑱无东西：指庄稼长得杂乱不齐。
⑲秦：关中。
⑳休：停止征调。
㉑关西卒：即"秦兵"。
㉒索：催逼。
㉓青海头：青海边。
㉔啾啾：呜咽哭泣之声。

[赏析]

  这首诗当作于天宝十载（公元751年），是作者第一首反映人民疾苦的作品。杜甫的诗被后世誉为"诗史"，我们从这首诗中，就可略见一斑。

  诗一发端，便以浓墨重笔生动描绘出车喧马嘶，行人匆匆，相送亲人时的奔跑、牵衣、顿足和嚎哭，弄得烟尘滚滚，哀声不绝，场面凄惨之极。语言虽然通俗，气氛则十分悲哀，实在使人触目而惊心，闻声而感泣，为全诗奠定了悲剧的基调。

  接着诗人通过问答方式，直接倾诉拉兵征夫给成千上万个家庭带来的巨大灾难。由于国家频繁征兵，致使百姓十五岁时应征，四十岁时才侥幸回还。可是回来不久，又被拉去戍边。而在"边庭流血成海水"的残酷战争中，数以万计的征夫及其"爷娘妻子"们的和平安定生活，却全被葬送于"武皇开边意未已"之上了。由此可见，唐朝君主的开边政策，是多么的残酷无情。

  壮丁们纷纷捐躯沙场，还给农业生产造成了极大的破坏。华山以东的广大农村，荆棘遍地，田园荒废，人烟萧条，满目凄凉。诗人在申述役夫之痛苦中又兼叙妇幼老弱的灾难，在描绘秦中惨状的同时又推及到全国各地。这样，不仅高度概括了民生凋敝的现状，而且还使得诗意更具有普遍性的意义。

  这首诗不仅融注了巨大而深刻的思想内容，而且在艺术上也颇有独到之处。作为一首叙事诗，诗人为避免冗长呆板，在叙述次序和手法上作了精心巧妙的安排，从而收到了参差变化、开合自如的艺术效果。诗人先置送别场面于发端，不仅先声夺人、撼人心魄，而且为征夫的血泪控诉作出有力的铺垫。接着便通过行人的述说，揭示开篇悲剧气氛形成的原因。并用"未休关西卒"呼应"武皇开边意未已"；"租税从何出"回应"千村万落生荆杞"；

最后用鬼哭照应开头的人哭。从而使得全诗叙事紧凑，结构跌宕，开合自如，纡曲有致。

丽人行①

三月三日②天气新，长安水边③多丽人④。态浓意远⑤淑且真⑥，肌理⑦细腻骨肉匀⑧。绣罗⑨衣裳照暮春⑩，蹙⑪金孔雀银麒麟。头上何所有？翠微⑫匐叶垂鬓唇。背后何所见？珠压腰衱⑬稳称⑭身。就中⑮云幕⑯椒房亲⑰，赐名⑱大国虢⑲与秦。紫驼之峰⑳出翠釜㉑，水精㉒之盘行素鳞㉓。犀箸㉔厌饫㉕久未下，鸾刀㉖缕切㉗空纷纶㉘。黄门㉙飞鞚㉚不动尘，御厨㉛络绎送八珍。箫鼓㉜哀吟㉝感鬼神，宾从㉞杂遝㉟实要津㊱。后来鞍马㊲何逡巡㊳？当轩下马㊴入锦茵㊵。杨花雪落覆白𬞞㊶，青鸟㊷飞去衔红巾㊸。炙手可热㊹势绝伦㊺，慎莫近前丞相㊻嗔㊼。

[注释]

①丽人行：属乐府新题。

②三月三日：即上巳节。古代习俗，阴历三月的第一个巳日（六日）为"上巳日"，后改为三月三日。这一天人们要到水边游春祭祀，除灾求福。后来逐渐变成了游春宴饮的节日。

③水边：指曲江，位于长安东南，是当时的游览胜地。

④丽人：衣着华贵的妇人。

⑤态浓意远：姿态浓艳，气度高雅。

⑥淑且真：娴淑而又自然。

⑦肌理：皮肤的纹理。

⑧骨肉匀：体态匀称，肥瘦适中。

⑨绣罗：刺绣的丝绸衣服。

⑩照暮春：与暮春的浓丽风光相互辉映。

⑪蹙（cù）：刺绣的一种工艺。

⑫翠微：薄薄的翡翠。

⑬珠压腰衱（jié）：缀着珍珠的裙腰带。珠压，即用珍珠缀在裙腰带上，使其下垂，不被风吹起。

⑭稳称（chèn）身：指衣服非常合身。

⑮就中：其中。

⑯云幕：画有云彩的帐幕，此指内宫。

⑰椒房亲：椒房，用椒和泥涂壁的房屋，以取其温暖和芳香，为后妃所居，此指杨贵妃。椒房亲，指后妃的亲属，此指杨贵妃的姐妹们。

⑱赐名：赐以名爵，即皇帝恩赐的封号。

⑲虢（guǒ）与秦：天宝七年，杨贵妃的大姐封为韩国夫人，三姐封为虢国夫人，八姐封为秦国夫人。此是以二概三。

⑳紫驼之峰：即驼峰，骆驼背上隆起的肉，为当时极名贵的肉食。

㉑釜（fǔ）：炊具，相当于锅。

㉒水精：即水晶。

㉓素鳞：白色的鱼。

㉔犀箸：犀牛角做的筷子。

㉕厌饫（yù）：吃腻了，吃饱了。

㉖鸾刀：柄上有小铃的刀。

㉗缕切：细切。

㉘空纷纶：白忙碌一阵。

㉙黄门：宦官，太监。因宦官在涂有黄色的宫门内服役，故代称之。

㉚飞鞚（kòng）：指马驰如飞。鞚，马勒头。

㉛御厨：皇帝厨房。

㉜箫鼓：古时的两种乐器；

㉝哀吟：指乐声哀婉缠绵。

㉞宾从（zòng）：宾客、随从。

㉟杂遝（tà）：杂乱众多的样子。

㊱要津：交通要道。"实要津"语意双关，暗指杨氏这伙人占据了朝廷中的各个重要职位。

㊲后来鞍马：最后骑马来的人，指杨国忠，亦即下文的丞相。

㊳逡（qūn）巡：本为欲进不进的样子。此指杨国忠趾高气扬的傲慢状态。

㊴当轩下马：直到门前才下马。

㊵入锦茵：进入铺有锦绣地毯的帷幕。

㊶杨花雪落覆白蘋：杨树的花絮像雪花一样飘落并盖在浮萍上。此为隐语，暗喻杨国忠与虢国夫人的暧昧私通关系。

㊷青鸟：神话中西王母的使者，后常被用作男女间的信使。

㊸红巾：妇女用的红手帕。衔红巾，暗喻杨氏兄妹的不正当关系。

㊹炙手可热：热得烫手，此指杨氏权倾天下，气焰逼人。

㊺势绝伦：权势无人可比。

㊻丞相：此指杨国忠。

㊼嗔：发怒。

[赏析]

这首诗作于天宝十二年（公元753年）春，为诗人自制的乐府新题。诗中通过对杨氏兄妹的骄横气焰和荒淫行径的描写，表达了诗人极大的愤慨之情。

全诗一开篇就极力描绘水边丽人的娴淑意态、优美体态、高雅姿态和丽服美态，寥寥几笔便勾勒出一幅色彩鲜明的佳丽游春图。接下来又用两句设问，层层铺叙她们头上所戴、身上所穿的稀世珍品，并点出这帮衣着华丽的贵妇人的非同寻常身份，难怪她们竟能如此骄奢淫逸呢。

那么她们吃的又如何呢？肉有翠锅炖出的驼峰，鱼有水晶盘装的素鳞，可谓是色鲜、味美之极。然而面对如此精美珍贵的食品，杨氏姐妹却是"犀箸厌饫久未下"，致使厨师们"鸾刀缕切空纷纶"。诗人在这里巧著一"久"字，杨氏姐妹的穷奢极欲与暴殄天物便跃于纸上。著一"空"字，诗人之多少辛酸感慨溢于笔端！因为她们的衣着宴筵将凝聚着人民的多少血泪呀。这面是"朱门酒肉臭"，肆意挥霍民脂民膏；那面却是"路有冻死骨"，千百万劳苦大众陷身于水深火热之中。尽管诗人丝毫不露愤激之语，但在一"久"一"空"的鲜明对比中，不正是把这些皇亲贵戚们的挥霍无度之情形暴露无遗吗？不仅如此，诗人那运斤如风的笔力余韵更劲，这就是"黄门飞鞚不动尘，御厨络绎送八珍。箫鼓哀吟感鬼神，宾从杂遝实要津。"一方面是皇帝对杨氏五家的优渥恩赐，每得四方珍奇，必遣人分别送之，一时间弄得"使者相衔于道"，而且驰马如飞，路不践尘，其气势是何等的非凡，其排场又是何等的骇人。另一方面则是大肆演奏能惊风雨、泣鬼神的高雅音乐，享受着皇帝赐予的八种举世罕见的珍贵佳肴。而且趋炎附势的"宾从"们无不当衢扼路，把持朝中重权。其地位又是何等的尊贵，其权势又是何等的显赫。最后诗人以漫画式的手法勾勒出杨国忠飞扬跋扈的神态，并借眼前景物，托物比兴，用"杨花雪落覆白蘋"影射杨国忠兄妹淫乱的丑行。看似随手拈来，毫不经意，实则言简意丰，一石三鸟。

在艺术上，这首诗最大的特点就是运用清新明丽的语言，铺陈扬厉的手法，含蓄蕴藉的风格，寓讥讽之情于客观叙述之中，通过情节和场面的精彩描绘，自然而然地将诗人的爱憎之情流露出来。这不仅极大地增强了诗歌内容的真实感，而且十分耐人寻味。如杨氏姐妹的华贵服饰与珍美佳肴，杨国忠的飞扬跋扈与嚣张气焰，无不是通过鲜明的形象描绘，蕴含了诗人的不尽愤激之情的。因此尽管诗人没有直接抒发情感，但他的满腔愤怒之意和强烈的批判意识却从全诗的每一字、每一句中隐隐流露出来。

哀王孙①

长安城头头白乌②，夜飞延秋门③上呼。又向人家啄大屋④，屋底⑤达官走避胡⑥。金鞭断折九马死，骨肉不得同驰驱。腰下宝玦⑦青珊瑚，可怜王孙泣路隅⑧。问之不肯道姓名，但道困苦乞为奴⑨。已经百日窜荆棘，身上无有完肌肤⑩。高帝⑪子孙尽隆准⑫，龙种⑬自与常人殊。豺狼在邑龙在野，王孙善保⑭千金躯。不敢长语临交衢⑮，且为王孙立斯须。昨夜东风吹血腥，东来橐驼⑯满旧都⑰。朔方健儿⑱好身手，昔何勇锐今何愚⑲。窃闻天子已传位，圣德北服南单于⑳。花门㉑剺㉒面请雪耻，慎勿出口他人狙㉓。哀哉王孙慎勿疏，五陵㉔佳气㉕无时无㉖。

[注释]

①王孙：皇家子孙，此泛指李氏宗亲。

②头白乌：即白头乌鸦，俗传为一种不祥之鸟。

③延秋门：唐宫苑西门。

④啄大屋：啄于大屋之上。

⑤屋底：屋里。

⑥胡：指安禄山叛军。

⑦玦（jué）：环形有缺口的佩玉。

⑧路隅：路边角落。

⑨乞为奴：请求给人作奴仆。

⑩完肌肤：完好的肌肤。

⑪高帝：汉高祖刘邦。
⑫隆准（zhuō）：高鼻子。据载刘邦长有"隆准而龙颜"之相，此借指王孙有着皇族的特征。
⑬龙种：即王孙，古时常以龙喻君王。
⑭善保：好好保重。
⑮交衢：四通八达的交通要道。
⑯橐（tuó）驼：即骆驼。
⑰旧都：指长安。
⑱朔方健儿：指哥舒翰所率的北方军队。
⑲今何愚：指天宝十五年哥舒翰所守的潼关被安禄山攻破。
⑳圣德北服南单于：指肃宗遣使与回纥（hé 何）和亲，回纥表示愿意助唐平定叛乱。南单于，指回纥。
㉑花门：指花门山堡（今属甘肃张掖县），为回纥骑兵驻地，此借指回纥。
㉒劙（lí）：刺面流血，为少数民族的一种宣誓仪式。
㉓狙（jū）：猕猴，极善于伺机捕食，此用以比喻有人伺机暗算。
㉔五陵：此指唐高祖献陵、太宗昭陵、高宗乾陵、中宗定陵、睿宗桥陵。
㉕佳气：兴旺发达的气象。古人认为祖墓气象预示着子孙后代的兴衰。
㉖无时无：意即时时都有，也就是说，唐王朝气数未尽，犹可中兴。

[赏析]

这是一首哀怜王孙罹难的记事诗，写于肃宗至德元年（公元756年）九月，亦即安史叛乱的第二年。该年六月，由于潼关守将哥舒翰兵败被擒，手下数十万官兵战死沙场，唐军阻扼叛军入京之势已失，于是玄宗带着杨贵妃姐妹，在少数亲信护卫下，仓惶出逃。其他妃嫔、公主、皇孙等皆被弃于城中。七月，安禄山部将孙孝哲攻占长安，先后杀戮霍国长公主（皇帝之姐）、永王妃、驸马及王孙等一百多人。在如此残酷的杀戮中，王孙们惶惶如丧家之犬，景状凄惨万分。此诗所描述的王孙，就是在这场洗劫中幸存下来的皇室后代，诗人对他们表示了深切的同情和诚挚的抚慰。

诗一开头就借物起兴，以白头乌夜飞而呼预示社会的动荡将临，又以其飞啄大屋，暗示皇戚达官们将有灭顶之灾。紧接着诗人运用金鞭断、九马死这一高度典型的艺术概括，揭示玄宗仓皇出逃，无暇顾及嫔妃王孙的狼狈处境，这就为王孙的泣避路隅埋下伏笔。尽管这位王孙不敢暴露其真实身份，但从他腰间佩带的珍贵饰物和长时间被荆棘刺得身无完肤的景状看,非王孙谁又能如此呢?诗人这种委婉的叙事手法十分高妙,不仅揭示出叛军对皇子皇孙的大肆搜捕,而且生动再现出千金之躯的王孙如今却不得不乞为人奴的悲惨遭遇,这怎能不让人哀怜呢。

这首诗在哀伤乱时、体恤王孙方面,写得十分出色。诗人以饱含辛酸的语言,朴实自然的白描手法,真实地反映了皇家后代在特定历史环境下的悲惨遭遇。尤其是诗人那种惊惧不安的神情刻画和语重心长的语言描写更是笔力不凡,可谓是"忠臣之盛心,仓猝之隐语,备尽情态"(刘辰翁《集千家注评点杜工部集》)。

岑参

岑参（公元715—770年），河南南阳人，盛唐杰出诗人，在文学史上与高适齐名，并称"高岑"。少年丧父，家道衰落，在兄长的帮助下，他刻苦读书，"遍览史籍，尤工缀文"。二十岁到洛阳献书，出入京、洛，为出仕奔波，仍无收获。天宝三年（公元744年）三十岁中进士，才做了右内率府兵曹参军，为八九品小官。当时边疆战争频繁，岑参为报效国家，实现建功立业的雄心壮志，曾两度出塞。

天宝十三年（公元754年），封常清上任安西节度使兼北庭都护。岑参受其赏识，再度出塞，先后任大理评事，摄监察御史，和安西、北庭节度使判官。佐理军政要事，处理文书，运筹帷幄，供应军需，安定民族，发展经济。为建设西域，民族团结，巩固边疆做出了重要贡献。岑参以判官的身份，经常往来于北庭（今吉木萨尔），安西（今库尔勒）、焉耆、交河（今吐鲁番）与轮台之间。边疆的自然风光、军队的征戍生活和广泛地接触各族风情，使他积累了丰富的生活经验，为创作提供了取之不尽的源泉。岑参在西域五六年间，共创作了三百六十首诗歌。

岑参的诗歌，以慷慨报国的英雄气概和不畏艰苦的乐观精神为基本特征，富有浪漫主义的特色，气势雄伟，想象丰富，色彩瑰丽，热情奔放，使他的边塞诗显出奇情异彩的艺术魅力。

"安史之乱"起，至德元年（公元756年），岑参离开庭州，至甘肃酒泉。次年春，返回陕西凤翔，任右补阙，因遭权贵排斥，出为虢州（今河南灵宝县）长史、四川嘉州（今乐山）刺史。后世称为岑嘉州。东归途中，于大历五年（公元770年）冬客死于成都旅舍，著有《岑嘉州诗集》。南宋爱国诗人陆游在《夜读岑嘉州诗集》中评价道："笔力追李杜。"并在《跋岑嘉州诗集》中说："以为李白、子美之后一人而已。"

逢入京使①

故园②东望路漫漫③,双袖龙钟泪不干。马上相逢无纸笔,凭④君传语⑤报平安。

[注释]

①逢入京使:天宝八年(公元749年),安西四镇节度使高仙芝入朝,诗人被派为高仙芝幕府掌书记。此诗是作者在边地见到入京使者时作。入京使,指从边地到京城长安去的官吏。

②故园:指作者在长安的家。

③漫漫:漫长,遥远。

④凭:靠,托。

⑤传语:传口信,捎话。

[赏析]

《逢入京使》诗写岑参远赴边陲途中适逢入京使者,因见他人归京而触动了自己对亲人的思念,遂当即命笔,记下了瞬间的矛盾心态。由于写得特别情真意深,亲切感人,所以能深入人心,世代传诵。众所周知,岑参是一个有志向、有雄心的盛唐诗人。他曾吟唱道:"功名只向马上取,真是英雄一丈夫"(《北庭作》),"近来能走马,不弱并州儿"(《北庭西郊侯封大夫受降回军献上》),可见其勇于进取的精神。因此岑参在前后两次出塞轮台、北庭的生涯中,诗歌创作的主旋律无疑是激扬高昂、奋发向上的。本诗写于天宝八年(749),此时诗人才过而立之年不久,卓荦的才华,充沛的精力,新奇的眼光,乐观的性格,正是诗人一生中创作大为丰收的好时光。岑参的许多名诗如《走马川行》、《轮台歌》、《白雪歌》、《热海行》、《天山雪歌》等均写于天宝八年以后,所以本诗写作背景决非为"他此行只是迫于君命,实非所愿"(黄雨评语)。那么又如何解释诗中的"泪不干"呢?其实很是简单。因为这首诗一方面包含了诗人功名进取的精神和行为("马上相逢"),但诗人也是人,他也是要思乡的("故园东望"),可由于望而不见("路漫漫"),因而只能是"泪不干"了。所以这首诗极为真实地描写了诗人既欲仕进、又要思乡的矛盾心态,而且解决方式又是如此实在,如此平凡,如此本色:"凭君传语报平安"。它把普通人时常也会遇到的问题的解决方式提炼成这样一句名句,于是成为不朽,成为绝唱,于是就给岑参的诗作增添了新的光色。后来岑参又有思乡名作《赴北庭度陇思家》:"西向陇台万里余,也知乡信日应疏。陇山鹦鹉能言语,为报家中数寄书。"诗中虽有奇思异想(望鹦鹉能飞返故乡传送口信),但总觉有雕琢之痕迹,不如此诗纯为天籁之作,无法可逾越的。另外岑参还有《碛中作》也是写思乡的:"走马西来欲到天,辞家见月两回圆。今夜未知何处宿,平沙莽莽绝人烟。"此诗虽以"见月两回圆"的精妙之辞道出了离乡之久,但毕竟不如"马上相逢"两句来得直率真切,因而就无法匹敌了。

走马川①行奉送封大夫②出师西征

君不见走马川行雪海③边,平沙莽莽黄入天。轮台④九月风夜吼,一川碎石大如斗,随风满地石乱走。匈奴草黄马正肥,金山⑤西见烟尘飞,汉家⑥大将西出师。将军金甲⑦夜不脱,半夜军行戈相拨⑧,风头如刀面如割。马毛带雪汗气蒸,五花⑨连钱⑩旋作冰,幕中草檄⑪砚水凝⑫。虏骑闻之应胆慑⑬,料知短兵不敢接,军师⑭西门伫⑮献捷。

[注释]

①走马川:据说是且(jū)末河。

②封大夫:即封常清。当时任御史大夫。

③雪海:位于今新疆以北,俄罗斯伊塞克湖以东一带,据说春夏常下雪。

④轮台:今新疆轮台县。

⑤金山:即阿尔泰山,在新疆北部。

⑥汉家:借指唐朝。

⑦金甲:铁衣,铠甲。

⑧相拨:相互碰撞。

⑨五花:花色斑驳的名贵之马。一说将良马鬃毛剪绞成五瓣花样。

⑩连钱:即连钱骢,毛纹有如金钱相连。

⑪草檄:起草声讨敌人的檄文。

⑫凝:冻结。

⑬慑(shè):惧怕。

⑭军师：安西都护府所在地，今新疆吐鲁番附近。
⑮伫（zhù）：立待。

[赏析]

此诗作于天宝十三年（公元754年）九月，安西、北庭节度使封常清从北庭轮台戍地出师西征之时。诗中热情讴歌将士们不畏险阻、奋勇杀敌的英雄气概，是岑参出色的边塞诗代表作之一。

诗的首句，就以飞来之笔精彩描绘了令人触目惊心而又神奇壮阔的西域风光，暗示出征路途的艰险。唐军将士的征战之地，是黄沙滚滚的戈壁大漠。他们出发之时狂风怒吼，漆黑一片。他们途经之地，是斗大的碎石，满地乱滚。这一环境描写，夸张而不失真，惊险而不畏怯，壮阔而不雕琢，可谓极有声势，苍茫壮阔。接着又用秋高马肥、回纥入侵、尘土飞扬、烽烟迭起点出西征的原因。不仅与前几句相呼应，而且以敌人咄咄逼人的声势，反衬唐军的正义抵御与更为强大的声威。由于军情十分紧急，将军重任在身，故而夜不御甲，常备不懈。战士们也衔枚疾走，夜行神速。在凛冽刺骨的寒风中，唯有兵器相互碰撞的叮当响声，绝无人语马嘶的喧闹景象。不难看出，这支大军不仅军纪严明，训练有素，而且精悍勇猛，充满斗志。接着，诗人不写雪满苍穹、悬冰百丈，却刻意落笔于汗气蒸腾的马毛顷刻凝结成冰，就连幕府中用于起草战斗檄文的砚墨，也很快被冻结。如此，仿佛一支顶风冒雪、横枪跃马、头顶冒汗、胡须悬冰的精锐骑兵队伍就出现在读者的眼前。他们不仅精神饱满、斗志昂扬，而且文武兼备、无所畏惧、一往直前。他们所到之处，一定会令敌人闻风丧胆、望之披靡的。最后诗人用立等报捷之语，预祝大军马到成功，其爱国热情与必胜信念溢于言表。

此诗，运用生动的比喻，奇特的夸张，强烈的烘托，典型的细节，生动地再现了边塞的奇景和战况的危急，同时也写出行军的劳苦和将士的斗志，从而构成了慷慨豪壮的艺术风格，充分表现了蓬勃向上的盛唐气象。

白雪歌送武判官①归京

北风卷地白草②折，胡天③八月即飞雪。忽如一夜春风来，千树万树梨花开。散入珠帘湿罗幕④，狐裘⑤不暖锦衾⑥薄。将军角弓⑦不得控，都护⑧铁衣冷难著。

瀚海⑨阑干⑩百丈冰，愁云惨淡万里凝。中军⑪置酒饮归客，胡琴琵琶与羌笛⑫。纷纷暮雪下辕门⑬，风掣⑭红旗冻不翻。轮台⑮东门送君去，去时雪满天山路。山回路转不见君，雪上空留马行处。

[注释]

①判官：官职名，辅助节度使处理公文及日常政务。

②白草：西域的一种草，秋天变白，冬枯不萎，性极坚韧。

③胡天：泛指西北地区的天气。

④罗幕：用丝绸制的幕帐。

⑤狐裘：狐皮制的大衣。

⑥锦衾：锦缎制的被子。

⑦角弓：用兽角作装饰的硬弓。

⑧都护：官名，统领边疆重镇的军政大权。

⑨瀚海：大沙漠。

⑩阑干：纵横。

⑪中军：古时兵分左、中、右三军，主帅在中军。

⑫羌（qiāng）笛：古代西北地区羌族的乐器。

⑬辕门：军营的门。

⑭掣（chè）：扯动。

⑮轮台：在今新疆境内，唐时隶属北庭都护府。

[赏析]

这首诗作于天宝十三载（公元754年），诗人担任安西节度使判官之职时。诗中咏雪寄别，"语奇体峻，意亦造奇"。色彩瑰丽浪漫，气势浑然磅礴，堪称盛唐边塞诗的压卷之作。

诗人落笔即以神奇苍劲之势，尽传疾风暴雪之精神。强劲的北风，铺天盖地，席卷而来，就连茎秆坚韧、能抵御强风的白草也为之纷纷折断。因而风域之广，风力之劲，也就可想而知了。在风猛气寒中，西北边塞刚进八月就大雪飘飞。著一"即"字，不仅准确道出飞雪早临，而且传神地揭示出诗人惊奇之情。接下来，诗人运用浓重笔墨，借助新颖比喻，恣意描绘明媚绮丽、壮阔无际、令人心摇魄动的西域雪景图：一夜之间，漫天银装，遍地素裹，一望无垠。而在森林丛中，千树万树，挂满雪花，团团簇簇，拥满枝头。

举目望去，宛如青帝垂临，风绽梨花，不觉寒风凛冽，倒似春意融融。此可谓是妙语天成，令人惊叹。诗人是在茫茫雪原中的莽莽林野间，描绘琼枝玉蕊的。并以"忽如一夜"的传神之笔，幻化出令人惊喜交集的奇丽景色。用清淡妩媚、蕊艳枝垂的梨花比喻白雪，不仅巧妙、新颖、明丽，具有灵动之势，充满勃勃生机；而且还能激发起人们的傲风斗雪，抵御苦寒的勇气，充满着奋发向上的时代精神，体现出了令人称道的"盛唐气象"。

有了以上对旷野雪景的有力铺垫，待人笔锋一转便从帐外转到帐内。那漫天飞舞的雪花，凭借强劲的北风，纷纷扬扬，穿帘入户，沾于幕帷，渐渐消融。这就生动、形象地描绘出营帐奇寒、狐裘不暖、锦衾单薄、铁衣难着、角弓难控的天气，具体、真实地传达出诗人独特的感受。写完内景之后，诗人又将场景移向苍茫的原野和广阔的天穹：纵横起伏的沙丘上冰封雪盖，万里长空遍布阴云。如此高低不平的雪谷如何行走？更何况云聚雪飘，丝毫不见转晴，归途是如此险恶，武判官的使命该有多么的艰苦，诗人对归客的挂念又是何等的浓重。

最后四句，写次日上午的送别情景。一夜过后，大风既住，飞雪已停。诗人走出轮台东门，目送友人归去，他久久地伫立于门外，遥望友人渐渐远去的身影，直到起伏的山峰完全遮住视线，行人彻底消失在茫茫的雪野，诗人还是不忍回去，犹自怅然若失地凝望着雪地上的马蹄印迹。诗至结尾，即景生情，寄情于景，融咏雪别情于一体，含不尽之意于言外，达到了"情与景会、意与象通"的美妙境界，与李白《黄鹤楼送孟浩然之广陵》中的"孤帆远影碧空尽，惟见长江天际流"异曲而同工。

这首诗，以奇丽多变的雪景，纵横矫健的笔力，开阖自如的结构，抑扬顿挫的韵律，准确、鲜明、生动地制造出奇中有丽、丽中寓奇的美好意境，不仅写得声色相宜，张弛有致，而且刚柔相间，急缓相济，是一首不可多得的边塞佳作。

左省①杜拾遗②

联步③趋丹陛，分曹④限紫微⑤。晓随天仗⑥入，暮惹御香⑦归。白发悲花落，青云羡鸟飞。圣朝无阙⑧事，自觉谏书稀。

[注释]

①左省：即门下省。因与中书省并列，位置有左右之分，故又称左省、右省。

②杜拾遗：即杜甫，时在门下省任左拾遗。

③联步：指同行。

④分曹：分别属于不同的部门。当时岑参为右补阙，属中书省，杜甫则属门下省，故云。

⑤限紫微：为紫微省所限。《唐书·百官志》："开元二年，改中书省为紫微省。"时岑参在中书省供职，故云。

⑥天仗：天子朝会时的仪仗。

⑦御香：朝会时殿中设炉燃香。《新唐书·仪卫志》："朝日殿上设黼扆、蹑席、香案。"

⑧阙：同"缺"，错失。时杜甫与岑参的职务就是拾遗、补阙，负责纠正朝政中的过失，故有尾联。

[赏析]

诗题中的"杜拾遗"即杜甫。杜甫在唐肃宗至德二年至乾元元年（公元757—758年）初，任左拾遗，属门下省，也称左省。岑参任右补阙，属中书省。"拾遗"、"补阙"都是谏官。岑、杜二人既是诗友，又是同僚，这是他们的唱和诗。

前四句叙述作者与杜甫同为朝官的生活境况。诗中连续铺写"天仗"、"丹陛"、"御香"等字眼，有一种雍容华贵的气象，好像在炫耀朝官的显赫。如仅此四句，尚可作如是解。但颈联转折，语意明显不同，诗人向老友倾吐了内心的悲愤，这两句诗是理解全篇的关键。"悲"、"羡"二字可谓全诗之眼。"悲花落"是悲叹时光空逝，无所建树；"羡鸟飞"是羡慕鸟可自由飞翔，自由鸣叫，这就反衬出作者生活没有自由，言论也没有真正的自由了。从这两句再反过来思考前四句，便可体味出诗人表面似颂，骨子里却表现出对空虚、无聊、呆板、俗套的朝官生活的厌倦之情。

尾联是全诗的高潮，披露出诗人对这种生活厌倦的真正原因。"圣朝无阙事"是反语，讽刺中含有无奈。"自觉谏书稀"反映出诗人对文过饰非、讳疾忌医的朝廷的失望心情。

本诗采用的是曲折隐晦的笔法，寓贬于褒，绵里藏针。抒情婉曲，颇耐品味。

司空曙

司空曙（公元720—794年？），字文明，一作文初，广平（今河北永年东）人，或谓京兆（今陕西西安）人。唐代诗人。登进士第，不详何年。曾官主簿。大历五年任左拾遗，贬长林（今湖北荆门西北）丞。贞元间，在剑南西川节度使韦皋幕任职，官检校水部郎中，终虞部郎中。曙为卢纶表兄，亦是"大历十才子"之一。其诗多为行旅赠别之作，长于抒情，多有名句。胡震亨曰："司空虞部婉雅闲淡，语近性情。"（《唐音癸签》卷七）有《司空文明诗集》。

云阳馆韩绅宿别

故人江海别，几度隔山川。乍①见翻②疑梦，相悲各问年③。孤灯寒照雨，深竹暗浮烟。更有明朝恨，离杯惜共传④。

[注释]

①乍：突然。

②翻：反而。

③各问年：互相询问午时光景。

④传：传递。

[赏析]

这首诗从过去的分别写到突然相逢，再写到即将到来的分别。会难别易，聚少离多，处于混乱的时代，诗人对此更是感慨万端。"乍见翻疑梦，相悲各问年"和李益的"问姓惊初见，称名忆旧容"（《喜见外弟又言别》），均为描写久别忽逢的绝唱。

刘方平

刘方平，生卒年不详，河南（今河南省洛阳市）人。生活在开元、天宝年间，一生隐居不仕。工诗，善画山水。与元德秀、皇甫冉友善，时有唱和。诗多咏物写景之作，尤擅绝句。《全唐诗》录其诗一卷。

月夜

更深月色半人家，北斗阑干①南斗斜。今夜偏知②春气暖，虫声新③透绿窗纱。

[注释]

①阑干：横斜的样子。

②偏知：方知，始知。

③新：初。

[赏析]

这首诗观察敏锐，体物入微，给人以平凡而又新鲜的感受。写夜阑不寐，仰望星月，而尤注意于"虫声新透绿窗纱"，节物感人，诗人盼春、望春、爱春、赏春的情怀跃然纸上。至于为什么见月难以成眠，闻虫声无法入睡，并未说出，而惆怅之情自在言外。

李绅

　　李绅（公元772—846年），字公垂，祖籍安徽亳州，生于湖州，父李晤，历任金坛、乌程（今浙江吴兴）、晋陵（今常州）等县令，携家来无锡，定居梅里抵陀里（今无锡县东亭长大厦村）。李绅幼年丧父，由母教以经义。十五岁时读书于惠山。青年时目睹农民终日劳作而不得温饱，以同情和愤慨的心情，写出了千古传诵的《悯农》诗二首，内有"四海无闲田，农夫犹饿死、谁知盘中餐，粒粒皆辛苦"的名句，被誉为"悯农诗人"。

　　贞元二十年（公元804年）李绅再次赴京应试，未中，寓居元稹处。曾为元稹《莺莺传》命题，作《莺莺歌》，相得益彰，流传后世。元和元年（公元806年）中进士，补国子监助教。后离京至金陵，入节度使李锜幕府。因不满李锜谋叛而下狱。李锜被杀后获释，回无锡惠山寺读书。元和四年赴长安任校书郎，与元稹、白居易共倡新乐府诗体（史称新乐府运动），作有《乐府新题》二十首。元和十四年升为右拾遗。元和十五年任翰林学士，卷入朋党之争，为李（德裕）党重要人物，任御史中丞、户部侍郎等要职。与李德裕、元稹被誉为三俊。长庆四年（公元824年），李党失势，李绅被贬为端州（今广东肇庆）司马。放逐期间，李绅写了不少描绘路途艰险、发泄心中怨气的诗文。自宝历元年（公元825年）至太和四年（公元830年），李绅历任江州刺史、滁州刺史、寿州刺史，处境有所改善。

　　太和七年，李德裕为相，起用李绅任浙东观察使。开成元年（公元836年）任河南尹（管理东都洛阳的长官），旋又任汴州刺史、宣武军节度使、宋亳汴颖观察使。开成三年八月，编《追昔游诗》三卷，并作序。诗序历述从少年起至入汴止的经历。开成五年任淮南节度使，后入京拜相，任中书情郎、同中书门下平章事，继又晋升为尚书右仆射门下侍郎，封赵国公。居相位四年，会昌四年（公元844年）因中风辞位。后又出任淮南节度使。会昌六年病逝扬州，终年七十四岁，归葬于故乡无锡。赠太尉，谥文肃。作品流传至今的有《追昔游诗》三卷、《杂诗》一卷,收录于《全唐诗》。另有《莺莺歌》,保存在《西厢记诸宫调》中。

悯农

(一)

春种一粒粟①,秋收万颗子。四海无闲田②,农夫犹饿死。

(二)

锄禾③日当午④,汗滴禾下土。谁知盘中餐⑤,粒粒皆辛苦?

[注释]

①粟:谷子,去皮为小米。泛称谷类。

②闲田:荒废不种之田。

③锄禾:为禾苗锄草、培土。

④当午:正值中午。

⑤餐:饭食。

[赏析]

这两首诗咏农事的艰辛和农民受剥削的深重,妇孺皆知,千古流传。第一首诗用鲜明的形象,写耕种,写收成,写田地垦殖。既非歉收,又非懒惰,那农夫为什么饿死呢?强烈对比,震撼人心,使人深思剥削的残酷。第二首诗用相似蒙太奇手法,在汗珠与米粒的相似间构成诗意。形象、感情、道理浑然一体,发人深省。

钱起

钱起（公元722—782年），字仲文，吴兴（今浙江湖州）人。唐代诗人。天宝九载（公元750年）参加进士试，所作《省试湘灵鼓瑟》诗末二句"曲终人不见，江上数峰青"，为人传诵，称为绝唱。乾元年间（公元758—760年），任长安附近的蓝田县尉，与王维时相过从，有诗酬答。王维晚年某些山水田园诗的风格对他有一定影响。大历中，任司勋员外郎、司封郎中，官至考功郎中，后人因称为钱考功。

钱起的诗多为五、七言近体。五言善写自然景物，颇有佳作。高仲武《中兴间气集》列钱诗为首，称他的诗"体格新奇，理致清赡"，并举出"鸟道挂疏雨，人家残夕阳"（《太子李舍人城东别业与二三文友逃暑》），"牛羊上山小，烟火隔林疏"（《题玉山村叟屋壁》，"疏"当作"深"）等警句。这些诗语言精工，词采清丽，代表钱起的艺术风格。钱起还作了不少投献或赠送达官贵人的诗篇，当时与郎士元共享盛名，甚至形成"自丞相已下，更出作牧，二公无诗祖饯，时论鄙之"（《中兴间气集》）的风气。

今存《钱考功集》十卷，有《四部丛刊》本、《唐诗百名家全集》本。《全唐诗》编录为四卷。

赠阙下裴舍人

二月黄鹂飞上林①，春城紫禁②晓阴阴。长乐③钟声花外尽，龙池④柳色雨中深。阳和⑤不散穷途⑥恨，霄汉⑦常悬捧日⑧心。献赋⑨十年犹未遇，羞将白发对华簪⑩。

[注释]

①上林：上林苑，秦汉时皇家园囿。这里指唐宫苑。

②紫禁：指皇宫，因以紫微星坦喻皇帝居处而称。

③长乐：汉宫名，在长安西北。此借指唐宫。
④龙池：在兴庆宫内。
⑤阳和：指仲春二月的温暖。
⑥穷途：这里指自己落第。
⑦霄汉：天上，借指朝堂。
⑧捧日：三国时程昱少时曾梦登泰山两手捧日，后果显达。
⑨献赋：这里借指应进士举。
⑩华簪：高官的冠饰。这里指裴舍人。

[赏析]

　　这首诗是钱起在长安落第期间投赠裴舍人的。前四句描写宫阙景物，庄严雅丽，是对舍人官职和生活的赞颂；后四句写自己落第"穷途"而心存"捧日"，十年不遇已羞对"华簪"，曲折含蓄地表现了期望裴舍人援引之意。"长乐钟声花外尽，龙池柳色雨中深"一联最为后人推崇。

顾况

顾况（公元727—820年），字逋翁，苏州（今江苏苏州市）人，或说苏州海盐（今属浙江）人。唐代诗人。至德二载（公元757年）登进士第。建中二年（公元781年）至贞元二年（公元786年），曾召为幕府判官。贞元三年为李泌荐引，入朝任著作佐郎。贞元五年，李泌去世，他也于此年三、四月间贬饶州司户参军。被贬的原因据说是"傲毁朝列"（李肇《唐国史补》），"不能慕顺，为众所排"（皇甫湜《顾况诗集序》）。在贬途经苏州时，与韦应物有诗酬唱。约于贞元十年离饶州，晚年定居茅山。今从顾况《送宣歙李衙推八郎使东都序》考订，顾况于公元757年登第后约五十年，即大致在公元806年前后尚在人世。存有《华阳集》三卷。

过山农家

板桥人渡①泉声，茅檐日午鸡鸣。莫嗔②焙③茶烟暗，却喜晒谷天晴。

[注释]

①人渡：人走过（板桥）。

②嗔（chēn）：嫌怨。

③焙（bèi）茶：用微火烘烤茶叶。

[赏析]

这首诗写访问山村农家的生活情趣。首句写山行途中景观，次句写农舍景象，三四句则如话家常，山农谓"莫嗔"，诗人谓"却喜"，感情融洽无间。语言自然朴实，格调明快和谐，对仗工稳谨严，情韵天成，是唐代六言绝句中的佳品。

韩翃

韩翃（？—公元785年），字君平，南阳（今属河南）人。天宝十三年（公元754年）进士。肃宗宝应元年为淄青节度使幕府从事。后闲居长安十年。大历后期，先后入汴宋、宣武节度使幕府为从事。建中初，德宗赏识其"春城无处不飞花"一诗，任驾部郎中，知制诰，官终中书舍人。当时有两个韩翃，大臣问选谁，皇帝说要写"春城无处不飞花"的那个韩翃，可见这首诗在当时是多么出名。为"大历十才子"之一。其诗多送行赠别之作，善写离人旅途景色，发调警拔，节奏琅然，但乏情思，亦无深致。明人辑有《韩君平集》。

同题仙游观

仙台①初见五城楼②，风物凄凄③宿雨④收。山色遥连秦树晚，砧声⑤近报汉宫⑥秋。疏松影落空坛⑦静，细草香生小洞幽。何用别寻方外⑧去，人间亦自有丹丘⑨。

[注释]

①仙台：指仙游观前的祭坛。

②五城楼：传说中神仙居住之地，此指仙游观。

③凄凄：清冷的样子。

④宿雨：久雨。

⑤砧（zhēn）声：捣衣声。

⑥汉宫：借指唐宫。

⑦坛：祭神用的台子。

⑧方外：犹言世外。

⑨丹丘：神话传说中神仙居住之地，昼夜长明。

[赏析]

这首诗写仙游观的景物，突出它地处京郊而又凄清异常的特点，刻画出长安城附近这个小巧玲珑的清静所在。摄景远近结合，描绘细致生动，给人留下鲜明的印象。

寒食

春城无处不飞花①，寒食②东风御柳③斜。日暮汉宫④传蜡烛⑤，轻烟散入五侯⑥家。

[注释]

①花：此处指柳花、柳絮。

②寒食：清明节前一天为寒食节，禁火三日。相传是纪念春秋时晋国介子推被焚死绵山中而形成的一种风俗。

③御柳：宫廷中种植的柳树。

④汉宫：借指唐代宫殿。

⑤传蜡烛：挨家传送蜡烛燃火。

⑥五侯：泛指天子近幸之臣。《后汉书·宦者传》以桓帝时宦官单超、徐璜等五人同日封侯为"五侯"。

[赏析]

这首诗咏京城寒食节景况。诗的前两句写长安城的明媚春光，后二句描写皇帝给近臣的恩宠。以特许燃烛、先给近臣事为喻，说明近水楼台先得月，最先受到皇帝恩泽的总是那些接近皇帝的特权阶层。借古讽今、立意含蓄是这首诗的特点。

张继

张继，生卒年不详，字懿孙，襄州（今湖北襄阳）人。天宝十二年（公元753年）进士，曾官盐铁判官、检校祠部郎中。全唐诗录存其诗一卷。其诗多登临纪行之作，多写抑郁怨愤之思，不事雕琢，而清新可喜。

枫桥夜泊

月落乌啼霜满天，江枫渔火①对愁眠。姑苏城②外寒山寺③，夜半钟声到客船。

[注释]

①渔火：渔舟中灯火。

②姑苏城：苏州城外有姑苏山，故以姑苏名其城。

③寒山寺：在苏州西南，相传因唐初诗僧寒山居此而得名。

[赏析]

枫桥，在江苏苏州阊门外。这首诗写夜半泊舟枫桥不眠的情景，着重写景，寓情于景，景色如画，反增乡愁。诗中形象、色彩、音响交融，在静寂的深夜里画出了一幅活动着的世界。"夜半钟声到客船"，以最省略的笔墨写出最幽远的意境，展示了诗人的孤寂情怀。

韦应物

韦应物（公元737—792或793年），长安（今陕西西安）人。唐代诗人。自天宝十载（公元751年）至天宝末，以三卫郎为玄宗近侍，常出入宫闱，扈从游幸。安史乱起，玄宗奔蜀，他流落失职，始立志读书。广德二年（公元764年）前后，为洛阳丞。后因惩办不法军吏，被讼于府衙，愤而辞官，闲居东城同德精舍。大历十年（公元775年）为京兆府功曹参军，代理高陵宰。十三年，任鄠县令。建中二年（公元781年）擢比部员外郎，在长安与畅当、刘太真、李儋、吉中孚等相交游。次年出为滁州刺史。兴元元年（公元784年）冬罢任，因贫不能归长安，暂居滁州西涧。贞元元年（公元785年），为江州刺史。贞元四年，入朝为左司郎中。次年出为苏州刺史，与顾况、秦系、孟郊、丘丹、皎然等均有唱酬往来。贞元七年退职，寄居苏州永定寺。世称韦江州、韦左司或韦苏州。韦应物诗中最为人们传诵的是山水田园诗。后人每以"陶韦"或"王孟韦柳"并称，把他归入山水田园诗派。今传韦应物集有《四部丛刊》影印明嘉靖十卷本《韦江州集》，清汪立名辑订两卷本《韦苏州诗集》，民国时陶风楼影印南宋刘辰翁校点十卷本《韦苏州集》。《千唐志斋藏石》有韦应物广德元年所撰《唐东平郡巨野县令李璀墓志》，为诸本韦集及《全唐文》所不载，韦应物传世散文仅此一篇。事迹见《唐诗纪事》、《唐才子传》。孙望《韦应物事迹考述》，傅璇琮《唐代诗人丛考·韦应物系年考证》可参看。

滁州西涧

独怜①幽草涧②边生,上有黄鹂深树鸣。春潮带雨晚来急,野渡③无人舟自横④。

[注释]

①独怜:最爱。
②涧:指滁州西涧,俗名上马河,在今安徽滁州市西。
③野渡:无人管理的渡口。
④横:指随意漂浮。

[赏析]

这首诗描写滁州西涧的幽深景色。由"独怜"二字映带全篇,用涧边幽草、树上黄鹂、暮雨春潮、野渡横舟等自然景物,组成一幅清幽疏旷的西涧春色图,自然而富有生机。

寄李儋元锡

去年花里逢君别,今日花开又一年。世事茫茫①难自料,春愁黯黯②独成眠。身多疾病思田里,邑③有流亡④愧俸钱。闻道欲来相问讯⑤,西楼望月几回圆。

[注释]

①茫茫:变化不清的样子。
②黯黯:心神沮丧的样子。
③邑:州郡县的通称,此指滁州,当时诗人任滁州刺史。
④流亡:外出逃亡、逃荒。
⑤问讯:探望。

[赏析]

这首诗是诗人写给好友李儋(字元锡)的。诗中怀念好友,抒发自己的怀抱和苦闷,表现了忧国忧民的情怀和思归田里的心愿。"身多疾病思田里,邑有流亡愧俸钱"一联多被称道,范仲淹赞为"仁者之言"。全诗情思深挚,朴质厚重,章法严整,婉约尽意。

秋夜寄丘员外

怀君①属②秋夜,散步咏凉天。空山松子落,幽人③应未眠。

[注释]

①君:指丘丹,苏州嘉兴(今浙江嘉兴)人,曾为仓部员外郎、祠部员外郎。

②属(zhǔ):适值。

③幽人:隐者,此时丘丹隐居临平山。

[赏析]

秋夜凉爽,散步吟咏,忽然想到在山中隐居的友人,他在幽寂的秋夜,可能还独自在松下徘徊,因而寄赠这首诗。诗境清幽如画,韵味深厚。丘丹得诗后,写了《和韦使君秋夜见寄》作答:"露滴梧叶鸣,秋风桂花发。中有学仙侣,吹箫弄山月。"也同样表现出一种悠然自得之趣。

李益

　　李益（公元748—829年），字君虞，陇西姑臧（今甘肃武威）人。大历四年（公元769年）登进士第。唐代诗人。建中四年（公元783年）登书判拔萃科。因仕途失意，客游燕赵。贞元十三年（公元797年）任幽州节度使刘济从事，献诗有"感恩知有地，不上望京楼"（《献刘济》）之句。贞元十六年南游扬州等地，写了一些描绘江南风光的优美诗篇。元和后入朝，历任秘书少监、集贤学士、右散骑常侍、太子宾客、左散骑常侍，大和元年（公元827年）以礼部尚书致仕。李益是中唐边塞诗的代表诗人，他擅长绝句，尤工七绝。今存《李益集》二卷，辑入朱警《唐百家诗》和黄贯曾《唐二十六家诗》；《李君虞诗集》二卷，辑入《唐诗百名家全集》。《二酉堂丛书》本《李尚书诗集》一卷。事迹见《新唐书》本传、《唐才子传》。卞孝萱撰《李益年谱稿》，载《中华文史论丛》1979年第二辑；谭优学撰《李益行年考》，见《唐诗人行年考》。

从军北征

　　天山①雪后海风寒，横笛偏吹②行路难③。碛④里征人三十万，一时回首月中看。

[注释]

①天山：汉代称甘肃境内的祁连山为天山。
②偏吹：遍吹。偏，同"遍"。
③行路难：乐府古题，备言世路艰险及离别悲伤之意。
④碛（qì）：此指沙漠。

[赏析]

　　这首诗写行军场景，表现军旅生活的艰辛和征人对故乡的思念。景色、笛声和征人的心理变化浑然一体，格调悲壮。施补华认为，这首诗与王昌龄的"秦时明月"、王之涣的"黄河远上"和李益的"回乐烽前"皆边塞名作，"意态绝健，音节高亮，情思悱恻，百读不厌也"。

喜见外弟又言别

十年离乱后，长大一①相逢。问姓②惊初见，称名③忆旧容。别来沧海④事，语罢暮天钟。明日巴陵⑤道，秋山又几重。

[注释]

①一：乃，有事出意料之意。

②问姓：询问姓氏。

③称名：互道名字。

④沧海：沧海桑田，喻指世事的巨大变化。

⑤巴陵：唐代巴陵郡，治所在今湖南岳阳市。

[赏析]

诗人和他的表弟自幼相熟，经过十年离乱之后偶然相逢，惊喜交集。这首诗抓住"喜见"和"又别"这一特定环境，以一笔一折的气势，抒写了亲友间聚散离合的复杂感情。

孟郊

孟郊（公元751—814年），字东野，湖川武康（今浙江省德清县）人。唐朝著名诗人，与当时著名诗人，哲学家韩愈结为"忘年交"。韩愈曾以"我愿身为云，东野变成龙"来形容和他的交情之深。孟郊两次参加会试不中，直到四十六岁才中进士。他欣喜至极，作诗《登科后》，其中"春风得意马蹄疾"一句，常为后人所引用。他五十岁任溧阳县尉，五十六岁时由河南尹郑余庆推荐为水陆转运判官。元和九年（公元814年），郑余庆再次荐他任兴元府参军。他带着妻子前往，走到河南阌乡县时突然得疾而死，时年六十四岁，葬在洛阳。韩愈撰写了墓志铭。宋朝景定年间在孟宅保（今武康千秋村清河桥）孟郊旧居建贞曜失生祠。元朝至正年间在战乱中被毁掉。祠旁原有"东野古井"，新中国成立后被列为文物保护单位，现已被毁，仅存清代修建的井碑和井圈，现由县博物馆收藏。孟郊性格耿直倔强，在官场上失意，终身清贫。但诗作享有盛名，被人称为苦吟诗人。他的自我写照的诗"夜学晓不休，苦吟神鬼愁，如何不得闲，心与身为仇"，表明他作诗态度极为严谨，往往苦思力锤，反复推敲。他以亲身经历，创作了不少反映世态炎凉、民间苦难的诗篇，如《择交》："虽笑未必笑，虽哭未必戚；面结口头交，胆里生荆棘"。《伤时》："有财有势即相识，无财无势即路人。"孟郊的诗立意新颖，具有独创风格。韩愈称他是继唐朝大诗人陈子昂、李白、杜甫而起的优秀诗人。宋代大文学家苏东坡称他："诗从肺腑出，出辄肺腑。"他的诗当时流传到远方，对后世也很有影响，著名《孟东野集十卷》。

列女操[①]

梧桐[②]相待老，鸳鸯[③]会双死。贞妇[④]贵殉夫[⑤]，舍生亦如此。波澜誓不起[⑥]，妾心古井水。

[注释]

①列女操:乐府《琴曲》歌辞。列,同"烈"。操,琴曲中的一种体裁。
②梧桐:相传梧为雄、桐为雌,两相偕老。
③鸳鸯:水鸟,雄雌相随,同生共死。
④贞妇:坚守贞节操守的妇女。
⑤贵殉夫:贵在以死殉夫。殉,陪葬,以死相从。
⑥波澜誓不起:意谓永不会泛起情感波澜。

[赏析]

在爱情方面,我国古代妇女始终有着坚贞不渝的美德。然而从一而终的行为,往往并非出于其本心,而是"夫为妻纲"的封建纲常伦理使然。由于妇女不论在经济上还是在人格上,都要依附于丈夫,所以男子可以三妻四妾,女子却必须守操殉节,这是十分不合情理的,是对人性的极大摧残。然而孟郊这首诗,却是另有寄意的。从他的穷困忧伤的身世,啼饥号寒的吟咏,愤世嫉俗的呼声,尤其是耿介不阿的气节上看,他对寡妇守节不嫁的不幸,是不可能没有清醒认识的,也绝不可能作封建伦理道德的附庸者。他之所以在此诗中盛赞贞妇烈女,恐怕意在表达人穷志洁、誓不与奸佞权贵同流合污的高尚气节。在古代,像诗人这样以美人、贞妇表心志的作品是屡见不鲜的。

这首诗先用梧桐偕老、鸳鸯同死作比兴,盛赞之情溢于笔端。接着用"贞妇贵殉夫,舍生亦如此"表达自己坚守节操、至死不变的志向。最后用心如古井、波澜不起,抒发不为世俗所动,绝不攀附权贵的决心。写得一气贯注、流畅自然而又寄意幽微。

游子吟

慈母手中线,游子身上衣,临行密密缝,意恐迟迟归。谁言寸草①心②,报得三春晖③。

[注释]

①寸草:小草。
②心:草中抽出的嫩芽,朝阳生长,双关游子向母之心。
③三春晖:春天的阳光,象征母爱的温暖。

[赏析]

  孟郊自幼丧父，家境贫寒。他秉承母意，三次科考，直到四十六岁，才进士及第，却因刚正不阿，拒攀权贵，竟悬职四年之久。直到天命之年，才被任为溧阳县尉（掌管一县治安）。尽管他并未把这低微官职放在心上，但毕竟可以藉此奉养老母。所以他一到住所，便立即"迎母溧上"，同时写下了这首脍炙人口的佳作。

  前两句"慈母手中线，游子身上衣"以朴实无华的语言，通过"慈母"与"游子"的对举，"线"与"衣"的衬托，揭示出母子之间至亲至密的情感。在人世间，还有什么情感能比母爱更博大、更无私、更圣洁、更令人情思缱绻呢？这两句好似随意写来，毫无雕琢痕迹，实则饱含着作者浓重的深情，恰如江河之暗漩，虽无涛惊浪卷的喧闹，却更为深邃和涌动。

  有了前两句的深沉铺垫，三四句便运用典型的细节描写与心理刻画，再现慈母的一片爱心。"临行密密缝，意恐迟迟归"，作为年迈的老母，虽然儿子早已成年，但对他的离家远行，还是心中忐忑，难释于怀。她是多么希望儿子能早日归来呀，她又是多么害怕儿子因迟迟不归而着凉受寒呀。为此，她在给儿子赶制衣服时，缝了一针又一针，连了一线又一线，而且针针精细，线线密实，能使奔波在外的儿子尽量穿得久些。这两句，意承前句，仍然是用最普通的语言，描绘最普通的事件，但是，在这普通中，却寄寓着深情。它已远远超越诗人的独自感受之上，而成为千百万人引为共鸣的心声，使人在心弦频频震颤之中，泪水也随之汩汩溢出。

  最后两句"谁言寸草心，报得三春晖"，运用强有力的反问，把诗意拓向纵深。诗人巧用比喻、双关手法，以草心向阳比喻子女孝母，又以春日阳光比喻博大母爱。这就把慈母恩情的浩大无边与子女孝心的细微渺小生动地揭示出来了，实在令人遐思不尽，感喟不已。

张籍

张籍(公元767—830年),字文昌,吴县人。唐代著名诗人。幼家贫,但才思过人,为韩愈赏识。贞元十五年(公元799年)中进士,历官水部员外郎、国子司业。是中唐新乐府运动的主要骨干。其乐府诗采用通俗、浅近、妇孺皆知的民间语言,以类似民谣的形式和素描手法,细致而真实地刻画人民的艰难生活,同情人民的疾苦,有很强的感染力。为白居易所推崇,与王建齐名,称"张王乐府"。他的近体诗也十分清新婉丽,深受人民喜爱,他自己说:"新诗才上卷,已得满城传。"有《张司业集》。

野老歌

老农家贫在山住,耕种山田三四亩。苗疏①税多不得食,输入官仓化为土。岁暮锄犁傍空室,呼儿登山收橡实②。西江贾客③珠百斛④,船中养犬长食肉。

[注释]

①苗疏:禾苗稀少。

②橡实:橡树的果实。

③贾客:商人。

④斛(hú):十斗。

[赏析]

中唐商业畸形繁荣,商绅对农民的剥削十分严重。这首诗将这一现象压缩在短诗中表现,通过层层衬托、强烈对比,反映农民在重税盘剥下人不如狗的生活。善摆事实而少议论,一针见血,凝练精悍。

秋思

洛阳城里见秋风，欲作家书意万重①。复恐匆匆说不尽，行人②临发又开封③。

[注释]

①万重：形容想说的话多。
②行人：送信的使者。
③开封：打开封好的信。

[赏析]

这首诗摄取临发家书又重新开启这一细节，刻画游子思家的急切心态。描写入木三分，感人至极。

王建

　　王建（约公元767—约831年），字仲初，颍川（今河南许昌）人。唐代诗人。门第衰微，早岁即离家寓居魏州乡间。二十岁左右，与张籍相识，一道从师求学，并开始写乐府诗。贞元十三年（公元797年），辞家从戎，曾北至幽州、南至荆州等地，写了一些以边塞战争和军旅生活为题材的诗篇。在"从军走马十三年"（《别杨校书》）后，离开军队，寓居咸阳乡间，过着"终日忧衣食"（《原上新居十三首》）的生活。元和八年（公元813年）前后，"白发初为吏"（《初到昭应呈同僚》），任昭应县丞。长庆元年（公元821年），迁太府寺丞，转秘书郎。在长安时，与张籍、韩愈、白居易、刘禹锡、杨巨源等均有往来。大和初，再迁太常寺丞。约在大和三年（公元829年），出为陕州司马。世称王司马。大和五年，为光州（治所在今河南潢川）刺史，贾岛曾往见赠诗。此后行迹不详。王建的乐府诗和张籍齐名，世称"张王乐府"。王建的著作，《新唐书·艺文志》、《郡斋读书志》、《直斋书录解题》等皆作十卷，《崇文总目》作二卷。今传刻本有：《王建诗集》十卷，南宋陈解元书棚本；1959年中华书局上海编辑所以此为底本，并参照其他刊本校补排印。《王建诗集》八卷，明汲古阁刻本。《王建诗》八卷，《唐六名家集》本。《王司马集》八卷，清胡介祉刊本。《王建诗集》十卷，《唐诗百名家全集》本。《宫词》一卷，有单刻本及明顾起经注本。

雨过山村

雨里鸡鸣一两家,竹溪村路板桥斜。妇①姑相唤浴蚕②去,闲著③中庭栀子花。

[注释]

①妇:媳妇。

②浴蚕:选育蚕种的一种方法,立春时将蚕种浸于盐水或其他花草制成的液体中,去弱留强。

③闲著:随意戴着。

[赏析]

这首诗写山村景物,句句充满诗情画意。诗中重点突出妇女们的生活情趣,在安详、质朴、纯真的环境中显示着生命活力。

韩愈

韩愈（公元768—824年），字退之，河南河阳（今孟县）人，祖籍昌黎、世称韩昌黎，晚年任吏部侍郎，又称韩吏部。谥号"文"，又称韩文公，北魏贵族后裔，父仲卿，为小官僚。唐代文学家、哲学家。韩愈三岁丧父，受兄韩会抚育。后随韩会贬官到广东。兄死后，随嫂郑氏北归河阳。后迁居宣城。七岁读书，十三岁能文，从独孤及、梁肃之徒学习，

究心古训，二十岁赴长安应进士试，三试不第。二十五岁登进士第，然后三试博学鸿词不入选，便先后赴汴州董晋、徐州张建封两节度使幕府任职，后至京师，官四门博士。三十六岁任监察御史，因上书论天旱人饥状，请减免徭役赋税，指斥朝政，被贬为阳山令。顺宗即位，用王叔文集团进行政治改革，他持反对立场。宪宗即位，获赦北还，为国子博士。改河南令，迁职方员外郎，历官至太子右庶子。因先后与宦官、权要相对抗，仕宦一直不得志。五十岁从裴度征讨淮西吴元济叛乱，任行军司马，贯彻了加强中央集权反对藩镇割据的主张。淮西平定后，升任刑部侍郎。他一生排斥佛教。元和十四年（公元819年）宪宗迎佛骨入大内，他奋不顾身，上表力谏，为此被贬为潮州刺史。移袁州。不久回朝，历官国子祭酒、兵部侍郎、吏部侍郎、京兆尹等显职。为兵部侍郎时，镇州王庭凑叛乱，他前往宣抚，成功而还。最后这一阶段，政治上较有作为。韩愈一生，在政治、文学方面都有所建树，而主要成就是文学。他反对魏晋以来的骈文，提倡古文，进行了长期的激烈斗争。由于他和柳宗元等人的倡导，终于形成了唐代古文运动，开辟了唐宋以来古文的发展道路。他的诗歌有独创成就，对宋诗的发展有重要影响。韩愈的集子，为其弟子李汉所编，外集为宋人所辑。现存韩集古本，以南宋庆元魏怀忠所编刻的《五百家音辨昌黎先生文集》、《外集》为最善，它保存了不少原本已失传的宋人旧注，今有影印本。

八月十五夜赠张功曹①

纤云②四卷天无河③，清风吹空月舒波。沙平水息声影绝，一杯相属④君当歌。君歌声酸⑤辞正苦，不能听终泪如雨。洞庭连天九疑⑥高，蛟龙出没猩⑦鼯⑧号。十生九死⑨到官所，幽居默默如藏逃⑩。下床畏蛇⑪食畏药⑫，海气湿蛰⑬熏腥臊。昨者州前捶大鼓⑭，嗣皇⑮继圣登夔皋⑯。赦书⑰一日行千里，罪从大辟⑱皆除死。迁者⑲追回流者⑳还，涤瑕荡垢㉑清朝班㉒。州家㉓申名㉔使家㉕抑，坎轲㉖只得移荆蛮㉗。判司㉘卑官不堪说，未免捶楚㉙尘埃间。同时流辈㉚多上道㉛，天路㉜幽险㉝难追攀。君歌且休听我歌，我歌今与君殊㉞科。一年明月今宵多㉟，人生由命非由他，有酒不饮奈明何㊱。

[注释]

①张功曹：即张署。

②纤云：丝丝游云。

③河：银河。

④属（zhǔ）：倾注，此引申为劝酒。

⑤酸：辛酸，形容声音悲凉。

⑥九疑：即苍梧山，在今湖南宁远县南。

⑦猩：猩猩。

⑧鼯（wǔ）：亦称"大飞鼠"，形似松鼠，尾长能低飞，栖于树洞中，昼伏夜出。

⑨十生九死：犹言九死一生。

⑩藏逃：藏逃的罪犯。

⑪下床畏蛇：由于南方地下多蛇，故有此惧。

⑫药：指蛊毒，据说是用毒虫制成的杀人药。

⑬湿蛰（zhē）：藏伏于潮湿之地的虫蛇所放射出的毒气。蛰，藏在土中的虫蛇之属。

⑭捶大鼓：唐代宣布大赦令时，击鼓千声，集合百官、父老、囚犯，公开宣布。

⑮嗣皇：继嗣的新皇帝，此指顺宗。

⑯登夔皋（kuí gāo）：进用夔和皋陶（yáo）那样的贤臣。夔、皋陶皆

虞舜的贤臣。

⑰赦书：皇帝颁发的大赦令。

⑱大辟：死刑。

⑲迁者：降职贬官的人。

⑳流者：流放到荒远之地的人。

㉑涤瑕荡垢：洗刷瑕疵，荡涤污垢。此指革除朝中弊政。

㉒清朝班：清除朝中邪恶。

㉓州家：州刺史。

㉔申名：提名向上申报。

㉕使家：指湖南观察使。

㉖坎轲（kǎn kě）：不顺利，艰难。

㉗移荆蛮：指调往江陵任职。江陵旧属荆州，又处南蛮之地，故称荆蛮。

㉘判司：唐代对诸曹参军的总称。

㉙捶楚：受鞭挞。唐代凡参军、簿、尉有过即受杖笞之刑。

㉚同时流辈：指和张署、韩愈同时遭贬的人。

㉛上道：走上回京之路。

㉜天路：喻指进身朝廷的途径。

㉝幽险：幽暗险阻。

㉞殊科：不同类，不一样。

㉟多：指明月最圆最亮。

㊱奈明何：怎能对得起今宵明月呢？

[赏析]

贞元十九年（公元803年），韩愈、张署同在长安任监察御史。此年因关中大旱，二人出于忧国忧民之心，进谏德宗减免赋税，却因被人谗毁，激怒德宗而同时遭贬。韩愈为阳山令，张署为临武令。贞元二十一年（公元805年），顺宗李诵即位，大赦天下，韩愈、张署同到郴州待命。该年八月顺宗禅位于宪宗李纯，再次大赦。按理说韩张二人在两次大赦中，本应返回京都任职，却因湖南观察使杨凭从中作梗，而分别改派为江陵府法曹参军和江陵府功曹参军。这一消息传来，使得尚处于"回头笑向张公子，终日思归此日归"的兴奋之中的诗人，再次蒙受了沉重的打击。

此诗就是直接表达韩、张二人的愤懑之情的。诗人借张署之悲声长歌，淋漓尽致地抒发了二人的不平之鸣。

诗人先用清风明月、沙子波静、四野无声的安谧氛围强烈映衬二人举酒无欢的悲凉心境，并引出张署的悲吟苦述。又借助其歌声的辛酸苦楚和诗人的泪下如雨，表达二者天涯沦落与同命相怜的悲惨境遇。接着便刻意描述贬谪途中的不尽苦难：水阔山高、蛟出兽号、凶险四伏、九死一生；到达任所的艰难景状：下床惧蛇、吃饭忧蛊、毒气害体、腥臊难闻，已濒临朝不保夕的绝境；大赦后的不幸遭遇："州家申名使家抑，坎轲只得移荆蛮"，"判司卑官不堪说，未免捶楚尘埃间"。如此等等，无处不是借张署之语表达自己的悲情。最后诗人变直为曲，看似旷达无怨，实则深深抒发了诗人那无可奈何的穷途之哭。

这首诗在叙述遭遇、表达情感上，颇有开阖自如、波澜曲折、一唱三叹之妙，加之以苍劲古朴的语言，雄奇激越的气势，使得全诗始终充溢着悲凉慷慨之情和愤愤不平之气，令人读后，哀悯顿生，唏嘘不已。

石鼓①歌

张生②手持石鼓文③，劝我试作石鼓歌。少陵④无人谪仙⑤死，才薄将奈石鼓何。周纲⑥陵迟⑦四海沸，宣王⑧愤起挥天戈⑨。大开明堂⑩受朝贺，诸侯剑佩鸣相磨。蒐⑪于岐阳骋雄俊，万里禽兽皆遮罗⑫。镌⑬功勒成告万世，凿石作鼓隳⑭嵯峨⑮。从臣才艺咸第一，拣选撰刻留山阿。雨淋日炙野火燎，鬼物守护烦⑯伪呵⑰。公⑱从何处得纸本，毫发尽备无差讹。辞严义密读难晓，字体不类隶⑲与蝌⑳。年深岂免有缺画，快剑斫断生蛟鼍㉒。鸾翔凤翥㉓众仙下，珊瑚碧树交枝柯。金绳铁索锁㉔钮壮，古鼎跃水㉕龙腾梭㉖。陋儒㉗编诗㉘不收入，二雅㉙褊迫㉚无委蛇㉛。孔子西行不到秦，掎摭㉜星宿遗羲娥㉝。嗟余好古生苦晚，对此涕泪双滂沱㉞。忆昔初蒙博士徵㉟，其年始改称元和。故人从军在右辅㊱，为我度量㊲掘臼科。濯冠沐浴告祭酒㊳，如此至宝存岂多？毡包席裹可立致，十鼓只载数骆驼。荐诸太庙㊴比郜鼎㊵，光价㊶岂止百倍过。圣恩若许留太学㊷，诸生讲解得切磋。观经鸿都㊸尚填咽㊹，坐见举国来奔波。剜苔剔藓露节角，安置妥帖乎不颇。大厦深檐与盖覆，经历久远期无佗㊺。中朝大官老于事，讵肯感激㊻徒婩婀㊼。牧童敲火牛砺角，谁复着手为摩挲㊽。日销月铄㊾就埋没，六年西顾空吟哦。羲之㊿俗书趁姿媚，数纸尚可博白鹅。继周八代㈤争战罢，无人收拾理则那㈥？方今太平日无事，柄任㈥儒术崇丘㈥轲㈥。安能以此上论列，愿借辩口如悬河㈥。石鼓之歌止于此，呜呼吾意其蹉跎㈥。

[注释]

①石鼓：唐初在今陕西凤翔县发现十个石鼓，每个鼓上刻有一篇韵诗。

②张生：张彻，韩愈的学生。一说为张籍。

③石鼓文：石鼓上的文字拓本。

④少陵：指杜甫。

⑤谪仙：李白。

⑥纲：纲纪。

⑦陵迟：衰微。

⑧宣王：周宣王，被称为周朝的中兴之王。

⑨挥天戈：指宣王征讨淮夷、西域等少数民族叛乱。

⑩明堂：天子接受诸侯朝见的地方。

⑪蒐（sōu）：春猎。

⑫遮罗：拦捕。

⑬镌（juān）功：刻记功业。

⑭隳（huī）：毁坏。

⑮嵯峨（cuó é）：山势高峻的样子，此指高山。

⑯（huī）：同"挥"。

⑰呵：呵斥。

⑱公：张彻。

⑲隶：隶书。

⑳蝌：蝌蚪文，周时文字。

㉑蛟：蛟龙。

㉒鼍（tuó）：鼍龙，俗称"猪婆龙"，鳄鱼的一种。

㉓翥（zhù）：飞。

㉔锁纽：坚固钩连。

㉕古鼎跃水：相传周显王时，有九鼎没于泗水。

㉖龙腾梭：据传晋代陶侃年少时打鱼于雷泽，打上一个织布梭，挂于墙上，不久，雷雨大作，该梭变成龙飞去。此句形容文字变化莫测。

㉗陋儒：见识短浅的儒生。

㉘诗：指《诗经》。

㉙二雅：指《大雅》和《小雅》。

㉚褊迫：褊狭局促。

㉛委蛇（wēi yí）：从容大度。

㉜掎摭（jǐ zhí）：偏颇地采取。

㉝羲娥：犹言日月。

㉞滂沱：指泪下如雨。

㉟忆昔初蒙博士徵：唐宪宗元和元年（公元806年），韩愈入京为权知国子博士。

㊱右辅：即风翔府。

㊲度量：指谋划。

㊳祭酒：国子监的主管官。

㊴太庙：帝王的祖庙。

㊵郜（gào）鼎：郜国造的鼎。

㊶光价：光荣的声价。

㊷太学：即国子监，中央所立学校名。

㊸观经鸿都：指东汉人在藏书的鸿都门观看蔡邕所撰的熹平石经。

㊹填咽（yè）：阻塞。

㊺无佗（tuō）：不出问题。佗，同“他”。

㊻感激：受感动而激发热情。

㊼媕（ān）婀：无主见。

㊽摩挲（suō）：抚摸爱惜。

㊾铄（shuò）：熔化。

㊿羲之：晋代王羲之，著名书法家，据载，他曾给一道士书写《道德经》，得一笼鹅而归。

(51)继周八代：指周以后的汉、魏、晋、宋、齐、梁、陈、隋。

(52)则那（nuò）：又奈何。

(53)柄任：重用。

(54)丘：孔子。

(55)轲：孟子。

㊺口如悬河：指善于议辩。《晋书·郭象传》有"如悬河泻水，注而不竭"之语。

㊼蹉跎：此指白费心思。

[赏析]

这首诗作于元和六年（公元811年），表达了诗人对古代文物的珍视与保护之情。

诗中所写的石鼓文，是我国最早的石刻文字，为我国珍贵的古代文物。诗人认为是周宣王时的文字，然经近人考证，认为是秦朝的篆文。诗人以他特有的文学家、史学家的敏感，看到它对研究我国古代文字学和历史学的重要意义，并奔走呼号，希望朝廷予以重视。诗中还对朝中重臣和"陋儒"们进行了无情的嘲讽。在描绘石鼓文书法的妙处时，运用了多种比喻，进行淋漓尽致的渲染，文辞十分精美，颇有感染力量。

山石

山石荦确①行径微②，黄昏到寺蝙蝠飞。升堂③坐阶新雨足，芭蕉叶大支子④肥。僧言古壁佛画好，以火来照所见稀⑤。铺床拂席置羹饭，疏粝⑥亦足饱我饥。夜深静卧百虫绝⑦，清月出岭光入扉⑧。天明独去无道路⑨，出入高下穷烟霏⑩。山红涧碧纷烂漫，时见松枥⑪皆十围⑫。当流⑬赤足踏涧石，水声激激风吹衣⑭。人生如此自可乐，岂必局促⑮为人鞿。嗟哉吾党二三子⑯，安得至老不更归。

[注释]

①荦（luò）确：大石矗立、险峻不平的样子。

②行径微：山路狭窄。

③升堂：进入堂屋。

④支子：即栀（zhǐ）子，常绿灌木，花大而白，有香气。

⑤稀：依稀，隐约。

⑥疏粝（lì）：此指简单的饭菜。疏，同"蔬"。粝，糙米。

⑦百虫绝：听不到一点虫声。

⑧扉：门。

⑨无道路：指晨雾迷茫，辨不清道路。
⑩穷烟霏：走遍了云遮雾绕的山路。
⑪枥（lì）：同"栎"，一种高大的落叶乔木。
⑫围：两手合抱为一围。
⑬当流：对着水流。
⑭风生衣：风吹衣动，而诗人似乎觉得风是从衣中生发的，故云。
⑮局促：拘束，不自由。
⑯吾党二三子：指和自己志同道合的几个朋友。

[赏析]

诗人采用"以文为诗"的形式，借鉴传统的山水游记写法，按照时间顺序和空间变幻展开情节，为我们描绘了一幅幅形声并茂、情景相宜的美好画面。

作者先用山石险峻、道路狭窄铺垫攀山不易，暗示游人雅兴正浓；后用"蝙蝠飞"联结幽山暗寺，造成空灵境界，说明景点的雅致。继而描述春雨丰足、芭蕉叶大、栀花肥美，表达小憩时的轻松愉快心情。末以主人好客、出示佛画、疏粝疗饥，表现对山居的好感，潜伏隐居之愿。

"夜深静卧百虫绝，清月出岭光入扉"是承上启下、以境显意的妙句，意蕴十分丰富，表达时间由初夜到深夜的全过程。在月升之初，山中百虫各呈鸣技，齐奏谐曲，诗人也因之而忘情。明月西斜，大自然已万籁俱寂，而诗人兴犹未尽，仍在静静凝视悄悄洒向门扉的月光，默默地等待着天亮。这是何等畅达的氛围，怎样的闲适心境！"天明独去"六句是写早行所见的奇景。诗人赏完幽静的夜境，便水到渠成地转写悦目的晨景。由于起得太早，春山中的浓重雾霭犹自四处弥漫。诗人目不能远视，行不能辨向。在这里"穷烟霏"的描述极妙，准确地展现了雾重径纤，诗人从高处向低行，直到迷途走尽，晨雾才渐渐散去的情景。因而才会看到姹紫嫣红的烂漫山花和碧波荡漾的清澈涧水，并为艳丽清爽的美景所吸引，兴致极高地穿过古木参天的幽径，涉足水声激激的涧石。任凭春风拂面，清水濯足，甚至整个身心都陶醉于美妙的大自然中了。难怪他要寄终身于此境，不愿"局促为人鞿"呢。

崔护

崔护，字殷功，博陵（今定州）人，唐朝诗人，唐贞元十二年（公元796年）进士，任岭南节度使，年少时曾作《题都城南庄》诗，即世传《人面桃花》诗。诗中写道："去年今日此门中，人面桃花相映红。人面不知何处去，桃花依旧笑春风。"此诗连同崔护向村女要水喝，村女死而复活并与其结为伴侣的故事很快流传开来。到元代，被剧作家白朴、尚忠贤等分别写出《崔护谒浆》、《登楼记》、《题门记》、《桃花庄》、《人面桃花》等剧目，有的流传至今。《全唐诗》中，收录崔护小诗六篇。沈括在《梦溪笔谈》中评论他的诗是"诗人以诗主人物，故虽小诗，莫不挺揉极工而后已，所谓旬锻月炼者，信非虚言"。

题都城南庄

去年今日此门中，人面桃花相映红。人面不知何处去，桃花依旧笑春风[①]。

[注释]

①笑春风：在春风中欢笑。

[赏析]

相传崔护清明独游都城南，求饮叩谒一村姑，二人一见钟情。第二年清明崔护再寻女子，却不见踪影，因题此诗于门上。诗本由今追昔，而前两句先写去年桃花丛中的美丽邂逅，后两句写旧地重游时桃花依旧而不见伊人的怅惘之情。诗以生动的情节构成一个美丽动人的故事，抒发物是人非之感，令人遐想。

白居易

白居易(公元772—846元)字乐天,号香山居士,原籍太原,后迁居下邽(今陕西渭南县附近),生于唐代宗大历七年,卒于武宗会昌六年。贞元进士,官至校书郎、赞善大夫,宪宗时为翰林学士、左拾遗,后因宰相武元衡事贬为江州司马,移忠州刺史。长庆时,累迁杭、苏二州刺史,后任太子少傅,因不缘附党人,乃移病分司东都。会昌二年,以刑部尚书致仕,最后卒于洛阳的香山,世称白香山。白居易文章精彻,尤工诗,作品平易近人,老妪能解,是新乐府运动的倡导者。白居易认为"文章合为时而著,歌诗合为事而作"(《与元九书》),强调继承《诗经》的优良传统和杜甫的创作精神。晚年放意诗酒,号醉吟先生。初与元稹相酬咏,号为"元白",共创"元白诗集",又与刘禹锡齐名称为"刘白"。著有《白氏长庆集》等。

问刘十九①

绿蚁②新醅③酒,红泥小火炉。晚来④天欲雪⑤,能饮一杯无⑥?

[注释]

①刘十九:作者在江州时的友人,名字不详。作者另有《刘十九同宿》诗云:"唯共嵩阳刘处士",可知刘十九为河南省登封县人。十九,是指排行。

②绿蚁:指新酿的米酒,在未过滤时上有浮渣如蚁,呈绿色,称为"绿蚁"。

③醅(pēi):没有滤过的酒。

④晚来:晚上。来,语助词。

⑤雪:下雪。此处用作动词。

⑥无:表疑问的语气词,相当于"否"。

[赏析]

这是一首邀友聚饮的诗篇。由于写得短小精悍,可以当作一份请柬阅读。

诗作从日常生活中的一个侧面落笔，充满了普通人的生活气息，写得极有情趣。

诗的前两句即以"绿蚁"、"红泥"相对列出，色彩的配合极为鲜艳明丽，首先给人赏心悦目的感受。"新醅酒"和"小火炉"又显得这样清清冷冷和红红火火，足以让人产生"酒欲"。诗人用这两句描绘精致、溢光流彩的语句告示对方，快来这里饮一杯酒吧，你看酒质和酒具是这样不凡，若错过了机会就很难追寻回来的呀！三句用"天欲雪"再加重这种告谕：天将下雪，天气将寒，在这百无聊赖之时，唯有对雪畅饮才是人生一大乐趣，你为何还不打算动身来呢？末句更是劝告，意谓即使你不擅长饮酒，那也没有关系。那么，就小酌一杯吧，就这一小杯，你看行不行？诗人通过以上三个层次的铺叙，先摆出酒是好酒一条，再续说天是饮酒天一条，最后一条说饮多饮少随你便。看来，任何人在白居易这首小诗的三条理由的感召下也会动心的，会被他的真诚打动的，因而也就会准时赴约的。

从这首诗的内容看，白居易十分重视友情，即使是无官无职的普通人刘十九（他只是个处士，也就是说是位隐士，并无官职），白居易也将他视为知己，写诗请他来相聚会首，请他共饮美酒，畅谈友谊，从中可知白居易是个十分珍惜友情的人。白居易还有一首《招东邻》诗也是写他同平民百姓的关系："小榼二升酒，新簟六尺床。能来夜话否？池畔欲秋凉。"此诗是写白居易邀请邻居来自家乘凉饮酒，表现出他那热情好客的性格特征，可作为本诗的姊妹篇阅读。

宫词[①]

泪尽[②]罗巾梦不成，夜深前殿按歌声[③]。红颜[④]未老恩[⑤]先断，斜倚熏笼[⑥]坐到明。

[**注释**]

①宫词：此诗一作王建作，诗题又作《后宫词》。
②尽：此处有"湿透"之意。
③按歌声：依照歌曲的声律打拍子。
④红颜：此指宫女。
⑤恩：君恩。

⑥熏笼：覆罩香炉的竹笼，香炉用来熏衣被，为宫中器物。

[赏析]

这首宫词的内容为写失宠宫人无可奈何的悲境。

首句"泪尽罗巾"是对惨淡现实的不满，故泪如泉下，湿透罗巾。"梦不成"是尽力做梦而不成的意思，并不是仅仅欲入睡而不能。那么联系二句，便可知她欲做的梦一定是追忆过去受宠时代的欢乐了。比如能同君王一起听乐观舞，出入御花园，甚至能侍候君王于床笫之侧等等。二句即写宫人所欲梦着的事。诗人略举一例并让它成为眼前的事实，而且又不让这位宫人亲身加入，这就是夜深时分前殿的歌乐演奏。"按歌声"是说依照曲子打拍子，从诗意上看，既可以是宫人想象前殿中的君王和宫妃正在"按歌声"，也可以理解为宫人自己想起过去曾经经历过的那些热闹欢快的场面，所以就不由自主地也"按歌声"了。三句是宫人的申诉之辞，也是她为命运不公而所作抗争的"资本"，大概她的容貌还真的很美，她的失宠只是偶尔的失误或过失，因此她感到似乎还有一丝希望，让皇恩重新降临于她身上，所以才有末句"斜倚熏笼坐到明"。坐在熏笼之侧，说明她依然在使用这台香炉，依然在为衣被熏香，她的这个举止明显带有期盼的内蕴，她是多么希望君王能重新来到她的身旁，因此，就呆呆地"坐到明"。等待天明，也就是等待日出，这也是一种暗语，其内涵便是渴盼重新见到君王。因为在古诗中，"日"就是君王的化身，这是不言而自明的。

因此，本诗中的宫中女子恐怕同某些宫词中的失宠女子不同，她大概只为某些微小事而遭贬，但以后重新得宠的机遇也存在着，诗作便写出这位宫人在此过程中的心理活动和行为举止。而这一切内容诗人又写得十分委婉隐蔽，往往被人们所疏忽，这是不可不加以辨明的。

草①

离离②原上草，一岁一枯荣。野火烧不尽，春风吹又生。远芳侵古道，晴翠接荒城。又送王孙去，萋萋③满别情。

[注释]

①草：诗题一作《赋得古原草送别》。"赋得"二字，类似咏物诗的

"咏"字。

②离离：长貌。形容草遍地都是。荣，茂盛。

③萋萋：春草茂盛貌。《楚辞·招隐》："王孙游兮不归，春草生兮萋萋。"王孙，贵族公子。

[赏析]

诗题一作《赋得古原草送别》，其中"赋得"，是限题做诗的一种形式。按照本诗题意，必须把"古原"、"草"、"送别"三者关系融化统一在一起，构成一个完整的意境才可。

前四句重点写"草"，因这是中心词，是构成全诗意境的主体意象。开篇入题，"离离"形容草的普遍与繁茂，"一岁一枯荣"道出草的生长规律。作者未写荣——枯，而是写成枯——荣，强调了草的强大的生命力，描状出一幅生生不息的情景，为下文蓄势。颔联紧承"枯荣"二字写来，描绘出一种非常醒目、令人激动不已的壮观的场面。野火燎原，枯草成灰，大地焦灼。但春风一来，野草复生，遍野绿色。野草的旺盛的生命力令人钦佩，值得高声咏唱。这种在烈火中再生的理想也给人一种鼓舞的力量。两句诗一写枯，一写荣，对仗自然巧妙，语势生动流转，卓绝千古。

颈联侧重写"古原"，把草置于古原的大背景下。充满诗情画意的富有生命力的春草与"古道"、"荒城"这古香古色的词语结合起来，意境很别致，并为尾联的送别提供了典型环境。尾联关合全篇，结清题意，点出送别之意，而且是在古原草的烘托下送别，使"古原"、"草"、"送别"打成一片，意境极为浑然完整，确是"赋得"体中的佳作。

长恨歌

汉皇①重色思倾国②，御宇③多年求不得。杨家有女初长成，养在深闺人未识。天生丽质难自弃，一朝选在君王侧。回眸一笑百媚生，六宫粉黛无颜色。春寒赐浴华清池④，温泉水滑洗凝脂。侍儿扶起娇无力，始是新承恩泽时。云鬓花颜金步摇⑤，芙蓉帐暖度春宵。春宵苦短日高起，从此君王不早朝。承欢侍宴无闲暇，春从春游夜专夜。后宫佳丽三千人，三千宠爱在一身。金屋妆成娇侍夜，玉楼宴罢醉和春。姊妹弟兄皆列土⑥，可怜⑦光彩生门户。遂令天下父母心，不重生男重生女。骊宫高处入青云，仙乐风飘处处闻。缓歌谩[8]舞凝丝竹，尽日君王看不足。渔阳鼙鼓动地来[9]，惊破霓裳羽衣曲[10]。九重城阙[11]烟尘生，千乘万骑西南行。翠华[12]摇摇行复止，西出都门百余里。六军不发无奈何，宛转蛾眉马前死。花钿委地无人收，翠翘金雀玉搔头。君王掩面救不得，回看血泪相和流。黄埃散漫风萧索，云栈萦纡[13]登剑阁[14]。峨嵋山下少人行，旌旗无光日色薄。蜀江水碧蜀山青，圣主朝朝暮暮情。行宫[15]见月伤心色，夜雨闻铃肠断声。天旋地转[16]回龙驭，到此踌躇不能去。马嵬坡下泥土中，不见玉颜空死处。君臣相顾尽沾衣，东望都门信马归。归来池苑皆依旧，太液[17]芙蓉未央[18]柳。芙蓉如面柳如眉，对此如何不泪垂。春风桃李花开日，秋雨梧桐叶落时。西宫[19]南内[20]多秋草，落叶满阶红不扫。梨园弟子[21]白发新，椒房[22]阿监[23]青娥[24]老。夕殿萤飞思悄然，孤灯挑尽未成眠。迟迟钟鼓初长夜，耿耿[25]星河欲曙天。鸳鸯瓦[26]冷霜华重，翡翠衾[27]寒谁与共。悠悠生死别经年，魂魄不曾来入梦。临邛[28]道士鸿都[29]客，能以精诚致魂魄。为感君王辗转思，遂教方士[30]殷勤觅。排空驭气奔如电，升天入地求之遍。上穷碧落[31]下黄泉，两处茫茫皆不见。忽闻海上有仙山，山在虚无缥缈间。楼阁玲珑五云[32]起，其中绰约[33]多仙子。中有一人字太真[34]，雪肤花貌参差是[35]。金阙[36]西厢叩玉扃[37]，转教小玉[38]报双成[39]。闻道汉家天子使，九华帐[40]里梦魂惊。揽衣推枕起徘徊，珠箔[41]银屏[42]迤逦[43]开。云鬓半偏新睡觉，花冠不整下堂来。风吹仙袂[44]飘飘举，犹似霓裳羽衣舞。玉容寂寞泪阑干[45]，梨花一枝春带雨。含情凝睇[46]谢君王，一别音容两渺茫。昭阳殿[47]里恩爱绝，蓬莱宫[48]中日月长。回头下望人寰处，不见长安见尘雾。惟将旧物[49]表深情，钿合[50]金钗[51]寄将去。钗留一股合一扇，钗擘黄金合分钿。但教心似金钿坚，天上人间会相见。临别殷勤重寄词，词中有誓两心知。七月七日长生殿[52]，夜半无人私语时。在天愿作比翼鸟[53]，在地愿为连理枝[54]。天长地久有时尽，此恨绵绵无绝期。

[注释]

①汉皇：此指唐玄宗李隆基。

②倾国：指绝代佳人。

③御宇：统治全国。

④华清池：在今陕西南部骊山上，有温泉。

⑤金步摇：一种金质首饰。

⑥列土：此指加官晋爵。

⑦可怜：值得羡慕。

⑧谩：同"曼"。

⑨渔阳鼙鼓动地来：指天宝十四年（公元755年）安禄山起兵造反。

⑩霓裳羽衣曲：舞曲名。

⑪九重城阙：指京城。

⑫翠华：翡翠羽毛装饰的旗子。此指皇帝的车驾马队。

⑬萦纡：盘环萦绕。

⑭剑阁：即剑门关，在今四川剑阁县北。

⑮行宫：皇帝出行时的居所。

⑯天旋地转：形势好转。

⑰太液：宫中池名。

⑱未央：宫殿名。

⑲西宫：太极宫。

⑳南内：兴庆宫。

㉑梨园弟子：指玄宗亲自教练的乐师与宫女。

㉒椒房：后妃住的宫殿。

㉓阿监：指宫中女官。

㉔青娥：宫女。

㉕耿耿：明亮貌。

㉖鸳鸯瓦：嵌合成对的琉璃瓦。

㉗翡翠衾：用翡翠羽毛装饰的被子。

㉘临邛（qióng）：今四川邛崃县。

㉙鸿都：东汉京城洛阳宫的门名，此借指长安。

㉚方士：精通神仙法术的道士。

㉛碧落：指天空。

㉜五云：五色彩云。

㉝绰约：姿态美好貌。

㉞太真：杨玉环为女道士时，号太真。

㉟参差是：看起来差不多。

㊱金阙：金碧辉煌的神仙宫殿。

㊲玉扃（jiōng）：玉制的门。

㊳小玉：相传是吴王夫差的女儿。

㊴双成：传说为西王母的侍女，姓董名双成。小玉、双成在此借指太真的侍女。

㊵九华帐：装饰极华美的帷帐。

㊶珠箔（bó）：珠帘。

㊷银屏：嵌有银花的屏风。

㊸迤逦（yǐ lǐ）：接连不断。

㊹袂（mèi）：衣袖。

㊺阑干：泪水纵横满面貌。

㊻含情凝睇（dì）：目光中含着无限的深情。

㊼昭阳殿：汉宫殿名，为汉成帝皇后赵飞燕居所。此借指杨贵妃生前宫殿。

㊽蓬莱宫：传说中海上仙山中的宫殿。

㊾旧物：指定情时的信物。

㊿钿合：用黄金、珠宝镶成花纹的盒子。

(51)金钗：金制的首饰，分股如花枝。

(52)长生殿：建于天宝元年，在华清宫内。

(53)比翼鸟：传说中雌雄二鸟，各自只有一目一翼，并排而飞。比，并列，紧靠。

(54)连理枝：两棵树的枝条连生在一起。

［赏析］

这首诗作于元和元年（公元806年）十二月。时作者任盩厔县（今陕西周至）尉，与友人陈鸿、王质夫同游仙游寺，谈起唐明皇、杨贵妃之间的爱情故事及相关遗闻传说，唯恐这一“希代之事”“与时消没，不闻于世”，遂推擅长抒情的白居易为之作歌。

作为古代长篇叙事诗的著名诗章，这首诗紧紧围绕“长恨”二字，生动地描绘了唐玄宗、杨贵妃骄奢淫逸的生活和缠绵悱恻的哀思。

由于历史事件的复杂性、人物遭遇的复杂性，尤其是诗歌内容的多重性，因而诗歌的主题也较复杂。故而千百年来，人们的理解始终未能统一。那么如何才能正确认识此诗的思想意义呢？诗人在《新乐府·胡旋女》中说：“贵妃胡旋惑君心，死弃马嵬念更深”，在《编集拙诗成一十五卷因题卷末赠元九李二十》中又有“一篇长恨有风情”之语。而陈鸿《长恨歌传》中则云：“乐天因为《长恨歌》，意者不但感其事，亦欲惩尤物，窒乱阶，垂于将来者也。"从白、陈二人的诗文中可以看到，诗人创作此诗的目的既有对唐玄宗荒淫误国、杨贵妃恃貌得宠的揭露和讥讽，又有无限同情他们生死不渝的爱情的成分。而这两方面的内容，在诗歌中都有极为鲜明的体现。诗人开篇便以"汉皇重色思倾国"统领全诗，点明一代君王不思贤才辅政，只求倾城倾国之色。而"倾国"，除了为美色绝代的杨贵妃出场埋下伏笔之外，同时也暗示了势必要导致国破家亡的悲惨结局来。正因为君王重色、求色，才给杨贵妃的受宠提供了机缘。又由于杨贵妃的貌美姿娇，使得"六宫粉黛"黯然失色，正称君王心意，故又进一步加深了君王的误国程度。这集中表现为两个方面，一是"春宵苦短日高起，从此君王不早朝"，"缓歌谩舞凝丝竹，尽日君王看不足"。一是"姊妹弟兄皆列土，可怜光彩生门户，遂令天下父母心，不重生男重生女。"这表明君王不仅纵情声色、沉溺歌舞、荒废朝政，而且爱屋及乌、封赏不公、任人唯亲。造成杨氏一家权倾朝野、贵显京都，引起人们既慕又恨，甚至产生重女轻男的心理变化。这不仅仅是为了给"渔阳鼙鼓动地来"和"六军不发无奈何，宛转蛾眉马前死"埋下伏笔，而且明显流露出诗人对唐玄宗的讥讽之意。正如清沈德潜《唐诗别裁》所云："《长恨歌》讥明皇之迷于色而不悟也，以女宠几于丧国，应知从前之谬戾矣。"

安禄山反叛后攻破潼关，李隆基只能自食荒淫乱国的恶果，率领群臣仓皇弃京出逃。在离长安百里左右的马嵬驿，将士哗变。他在"六军不发"面前，只有眼睁睁地看着心爱的妃子"马前死"，却掩面流涕救不得，"回看血泪相和流"。这种君威丧尽、自身难保的惩罚犹不能改变他对杨贵妃的一片深情，反而更为加重了他那无休无止的思念。全诗自此以后，除了表达不尽的感伤，就是寄寓无限的同情，从而把绵绵"长恨"逐步引向纵深。诸如入蜀时的"蜀江水碧蜀山青，圣主朝朝暮暮情。行宫见月伤心色，夜雨闻铃肠断声"；返京途中的"马嵬坡下泥土中，不见玉颜空死处。君臣相顾尽沾衣，东望都门信马归"；与归京后的"芙蓉如面柳如眉，对此如何不泪垂"；失权后的"夕殿萤飞思悄然，孤灯挑尽未成眠。迟迟钟鼓初长夜，耿耿星河欲曙天"。以上这些描写，都十分准确、形象、生动，深刻地揭示出隐藏在主人公内心深处的刻骨冥思和不可言传的痛苦。在缠绵悱恻、凄楚动人的细节描绘中，使读者发出回肠荡气的感喟。这不仅远远超过了开篇时的讽喻之意，而且成为整篇诗歌的主旋律。尤其是后部分派使者上天入地，"穷碧落"，"下黄泉"，登仙山，叩玉门，历尽千辛万苦寻找杨贵妃的描写。而杨贵妃则是"玉容寂寞泪阑干，梨花一枝春带雨"。再继之以目蕴深情、托物寄词、再述盟誓的描述，就把一样相思、两处深情状写得淋漓尽致。诗末以"天长地久有时尽，此恨绵绵无绝期"收束全篇，不仅点明题旨，而且余韵无穷。

　　作为古代叙事长诗的脍炙人口之作，《长恨歌》艺术上的成就是很高的，也是多方面的。如现实主义和浪漫主义高度结合的创作手法，融叙事、写景和抒情于一体的酣畅笔墨，寓褒贬于鲜明形象之中的委婉风格，以情造景、借景抒情的强烈环境烘托，精美动人、流畅自然的语言运用等，都具有很强的艺术感染力量。尤其在故事情节设置上，显示了十分曲折而巧妙的艺术构思。诗人开篇便极写李杨二人间如胶似漆的甜蜜爱情与杨氏全家"一人得道，鸡犬升天"的荣耀，从而为爱情的悲剧作了有力的反衬。接着反复描绘李隆基因失去爱妃而泪流魂销、五内俱摧的痛苦心境，最后写杨玉环置身仙境的寂寞憔悴与一往深情。这种起落有致、一波三折的情节设置，不仅使人物形象主次分明又相互映衬，情感表达层层推进又回环往复，而且在千回百转的境界变幻中，把一部由喜到悲的爱情故事，描绘得撼人心魄、凄楚动人。

琵琶行[①] 并序

　　元和十年，余左迁[②]九江郡司马[③]。明年秋，送客湓[④]浦口，闻舟中夜弹琵琶者。听其音，铮铮然有京都声[⑤]。问其人，本长安倡女[⑥]，尝学琵琶于穆、曹二善才[⑦]。年长色衰，委身[⑧]为贾[⑨]人妇。遂命酒，使快弹数曲，曲罢悯然[⑩]。自叙少小时欢乐事，今漂沦憔悴，转徙于江湖间。余出官二年，恬[⑪]然自安；感斯人言，是夕始觉有迁谪意。因为长歌以赠之。凡六百一十二言，命曰《琵琶行》。

　　浔阳江头夜送客，枫叶荻花秋瑟瑟[⑫]。主人下马客在船，举酒欲饮无管[⑬]弦[⑭]。醉不成欢惨将别，别时茫茫江浸月。忽闻水上琵琶声，主人忘归客不发。寻声暗问弹者谁，琵琶声停欲语迟。移船相近邀相见，添酒回灯[⑮]重开宴。千呼万唤始出来，犹抱琵琶半遮面。转轴[⑯]拨弦[⑰]三两声，未成曲调先有情。弦弦掩抑[⑱]声声思[⑲]，似诉平生不得志。低眉信手[⑳]续续[㉑]弹，说尽心中无限事。轻拢[㉒]慢捻[㉓]抹[㉔]复挑[㉕]，初为《霓裳》[㉖]后《六幺》[㉗]。大弦[㉘]嘈嘈[㉙]如急雨，小弦㉚切切㉛如私语㉜。嘈嘈切切错杂弹,大珠小珠落玉盘。间关㉝莺语花底滑㉞,幽咽流泉水下滩㉟。水泉冷涩弦凝绝㊱,凝绝不通声渐歇。别有幽愁暗恨生,此时无声胜有声。银瓶㊲乍破水浆迸,铁骑突出刀枪鸣。曲终收拨㊳当心画㊴,四弦一声如裂帛。东船西舫悄无言,唯见江心秋月白。沉吟放拨插弦中,整顿衣裳起敛容。自言本是京城女,家在虾蟆陵㊵下住。十三学得琵琶成,名属教坊㊶第一部。曲罢常教善才服,妆成每被秋娘㊷妒。五陵㊸年少争缠头㊹,一曲红绡不知数。钿头银篦㊺击节碎,血色罗裙翻酒污㊻。今年欢笑复明年,秋月春风等闲度。弟走从军阿姨死,暮去朝来颜色故。门前冷落车马稀,老大嫁作商人妇。商人重利轻别离,前月浮梁㊼买茶去。去来江口守空船,绕舱明月江水寒。夜深忽梦少年事,梦啼妆泪红阑干㊽。我闻琵琶已叹息,又闻此语重唧唧。同是天涯沦落人,相逢何必曾相识。我从去年辞帝京,谪居卧病浔阳城。浔阳地僻无音乐,终岁不闻丝竹声。住近湓江地低湿,黄芦苦竹绕宅生。其间旦暮闻何物,杜鹃啼血猿哀鸣。春江花朝秋月夜,往往取酒还独倾。岂无山歌与村笛,呕哑嘲哳㊾难为听。今夜闻君琵琶语,如听仙乐耳暂明。莫辞更坐弹一曲,为君翻㊿作《琵琶行》。感我此言良久立,却坐促弦弦转急。凄凄不似向前声,满座重闻皆掩泣。座中泣下谁最多,江州司马青衫㉛湿。

[注释]

①行:古诗的一种体裁。

②左迁:贬官。

③司马:州刺史的副官,在唐代实际是闲职。

④湓(pén)浦口:即湓口,在九江西湓水的入江处。

⑤京都声:都城长安流行的曲调。

⑥倡女:古代以歌舞曲艺为业的人。

⑦善才:唐代对琵琶师的称谓。

⑧委身:托身,出嫁。

⑨贾(gǔ):商人。

⑩悯然:含愁不语。

⑪恬(tián)然自安:犹言随遇而安。

⑫瑟瑟:风吹草木声。

⑬管:管乐器。

⑭弦：弦乐器。

⑮回灯：移灯。

⑯轴：琵琶上收紧弦线的把手。

⑰转轴拨弦：弹奏前调弦校音。

⑱掩抑：声调低沉幽咽。

⑲声声思（sì）：声声都含有深长的情思。

⑳信手：随手。

㉑续续：连续。

㉒拢：扣弦。

㉓捻（niǎn）：揉弦。

㉔抹：下拨弦。

㉕挑：上拨弦。

㉖霓裳：即《霓裳羽衣曲》。

㉗六幺：本名《录要》，又叫《绿要》，当时京城流行的曲调名。

㉘大弦：最粗的弦。

㉙嘈嘈：声音沉重悠长。

㉚小弦：最细的弦。

㉛切切：声音清柔细密。

㉜私语：低声细语。

㉝间关：宛转。

㉞滑：形容声音流利。

㉟幽咽流泉水下滩：指乐声如流水之经沙滩那样幽咽。

㊱水泉冷涩弦凝绝：乐曲如冷涩的泉水一样沉滞，弦似凝固断折一般。

㊲银瓶：吸水器。

㊳拨：拨弦的用具。

㊴当心画：在弦槽的中心对着四弦猛然一划。画，同"划"。

㊵虾蟆陵：即下马陵，在长安城东南曲江附近。

㊶教坊：唐代管理宫廷音乐的官署。

㊷秋娘：唐代歌妓的通称，此指同行。

㊸五陵：汉代五个皇帝的陵墓都在长安附近，其地多富豪。

㊹缠头：当时习俗，歌舞完毕，多以绢帛之类为赠，称"缠头彩"。争

缠头，即竞相赠她财物。

㊺钿头银篦：两头镶有金玉或珠宝的银篦子。

㊻血色罗裙翻酒污：意谓和少年们戏谑，泼翻酒而污染了红色罗裙。

㊼浮梁：今江西景德镇。

㊽阑干：纵横貌。

㊾呕（ōu）哑嘲（zhāo）哳（zhā）：形容声音杂乱繁碎、刺耳。

㊿翻：按曲调谱写歌辞。

(51)青衫：唐代文官品级最低（八品、九品）的服色。时白居易职为司马，而官阶则是将仕郎，从九品，故着青衫。

［**赏析**］

谈这首诗，不能忽略序言部分，因为序言不仅交代了时间、背景与写作的原因，而且巧妙地点明了全诗的主旨：“感斯人言，是夕始觉有迁谪意”。这为我们准确把握全诗的思想内容，起到了良好的提示作用。

全诗可分为四部分。

从开头到“犹抱琵琶半遮面”为第一部分。这部分通过秋夜浔阳江头景色与送客场面的描写，烘托出一派凄凉冷落的氛围。诗人首先摄取富有典型特色的枫叶、荻花和瑟瑟风声，来渲染秋夜的荒凉，然后以“举酒欲饮无管弦”的苦闷，为全诗造成蓄势，继之又以“醉不成欢惨将别，别时茫茫江浸月”极写环境的寂寥和诗人心境的悲戚。这种层层渲染的手法，不仅步步拓深了诗人的离愁，而且有力地衬托了“忽”闻琵琶声的惊喜。可想而知，就在主、客二人目睹清波冷月，心中惨然欲别之际，忽然水上传来动人心弦的琵琶声，这无异于久旱之甘霖，空谷之传响。难怪诗人为之“添酒回灯”、移船相邀，甚至千呼万唤了。而琵琶女的欲言又止，迟迟不出和出来后的“犹抱琵琶半遮面”，则又暗示她自惭漂泊的身世，心有难言的隐衷，从而为她不幸的身世埋下伏笔。

从“转轴拨弦三两声”到“唯见江心秋月白”为第二部分。这部分正面描述琵琶女的高超技艺和感人至深的音乐效果，并为其自叙身世作了有力的铺垫。诗人先描写她“转轴拨弦三两声”的校弦试音，“低眉信手续续弹”的姿态，“轻拢慢捻抹复挑”的指法和《霓裳》、《六幺》的名曲，并用“未成曲调先有情”初露她的难言隐衷，“弦弦掩抑声声思”揭示她的满腹幽怨之情。更以“似诉平生不得志”、“说尽心中无限事”，直接描述她的不平身世和苦闷情怀。这种凝情于弦、寄意于指的写法，巧妙地将动作、音响、情感融于一体了。"大弦嘈嘈如急雨"以下十六句是对音乐效果的精细描绘。大弦的声音沉重舒长、雄浑激越，宛如惊风急雨；小弦的声音急促细密、清丽婉转，好似轻声细语。而大弦、小弦交错弹奏时，声音则清脆圆润、和谐动人，犹如一粒粒大大小小的珍珠滚落玉盘一样，声萦色绕，令人耳目一新。有时，乐声像百花丛中清亮流利的莺鸣，有时又像泉流入滩那样幽咽、滞涩。渐渐地乐声消失了，宛如水凝弦断。一时间，一切音响都归于沉寂。这不仅再现了弹奏者高超的技艺，而且生动地表达出她激荡不平的内心，又潜滋暗长着不尽的愁恨。而这无声的间歇所表达的"幽愁暗恨"，甚至比有声的乐调更丰富、更动人、更令人拍案叫绝。经过一段沉默之后，弹奏者再也无法压抑那积蓄了无穷力量的激情，乐声猛烈爆发，就像银瓶爆破、水浆喷涌般易发而难收，又如"铁骑突出"、刀枪撞击，铿然作响。就在那激越雄壮的乐声推向高潮时，艺人则用弹拨在四弦上用力一划，顿时爆发出一声清脆的音响，就像撕裂丝帛一般，同时乐曲也随之戛然而止。然而，四周大大小小的船舫悄然无声，人们犹自沉浸在这令人回肠荡气的乐曲声中，久久回味，神思难收。唯有那倒映在水中的明月，在清波闪烁中，为这绝妙的音乐境界增添了不尽的诗意。

这部分的精彩细描，既回应了"忽闻水上琵琶声"所暗含的奇音佳韵，又为琵琶女自叙身世作了强烈的气氛渲染。

从"沉吟放拨插弦中"到"梦啼妆泪红阑干"为第三部分。这部分主要是介绍琵琶女由少年欢乐到老年伤悲的不同寻常的经历。在她自述之前，作者还写了她插拨、整衣、沉吟与敛容的动作、神态，表明这位不幸的女子和最初诗人邀她相见时一样，内心是经过了一番矛盾斗争的。原来，她十三岁就学成了弹琵琶的绝技，并且名列教坊魁首。她色艺双绝，名噪京都，不仅使名手叹服，同行嫉妒，而且富豪子弟争相取悦她，甚至经年呈现门庭若市、欢宴不绝的盛况。诗人通过她放情纵酒、如醉如痴，不惜打碎金钿银篦、击节欢歌，不顾酒污大红罗裙、恣意戏谑的细节描绘，生动展现了她在追欢逐乐中，"秋月春风等闲度"的悲戚。这种以盛衬衰的手法，使得她处于家道衰败、人老珠黄、门前冷落、独守空船的孤独悲凉中，更为凄楚感人，甚至催人泪下。因为琵琶女那由盛而衰的凄凉身世与辛酸泪水，既不是偶然的，也不是个别的，而是代表了封建社会中被侮辱、被损害的乐伎、艺人们所共有的悲惨命运,她已成为封建艺人的典型写照。因此,她的乐技越是精妙,越能引起人们对她那"珍珠坠泥"般遭遇的不平之感。

从"我闻琵琶已叹息"到结束为第四部分。这部分紧密地把这个遭损害、受冷落的艺人命运和诗人自身仕途受挫、遭贬外放的命运联系起来,抒发了诗人政治失意的郁闷之情。在这里,诗人道出了"同是天涯沦落人,相逢何必曾相识"的千古名句。这是诗人因卧病、寂寥、凄清,因而怜人自怜,忧人自忧,叹人自叹。他那湿透青衫的泪水,如其说是为琵琶女而洒,倒不如说更多的是为自己而流。同时,我们还应看到,诗人把琵琶女的不幸身世及现实感受和自身的命运、感受、不平,高度地融合在一起,这不仅表达了诗人对人民的深切同情和对现实的强烈批判精神,而且还具有高度的典型性和普遍的社会意义。

这首名传千古的艺术杰作,显示了诗人多方面的巨大的创作才能。如叙事与抒情的高度融合,详略虚实的变化与互补,环境气氛的烘托与渲染,江水、月色的明勾与暗连,人物形象的细节描写与心理刻画,人物命运的相互映衬与补充等,都是十分成功的。而此诗最为杰出的艺术成就,当属于魅力无穷、美不胜收的音乐描写。我们知道,在艺术中,没有什么会比音乐形象更为抽象难描了,而诗人,不仅做到了"状难写之景如在目前",而且还做到了"含不尽之意见于言外",可谓是空前绝后的一首绝唱了。首先,巧妙地运用环境气氛与人物情感烘托音乐效果。诗一开头,就成功地运用"枫叶荻花秋瑟瑟"的典型环境渲染主客临别、相对无言的惨凄氛围,从而为琵琶声的惊人效果埋下伏笔。写琵琶女初次弹奏便用"未成曲调先有情"先声夺人,曲调间歇时,用"别有幽愁暗恨生,此时无声胜有声"表达弹者的深情和听者的感受,在张弛有致的描写中,体现了艺术的辩证法,道出了人人心中皆有,笔下实难叙述的艺术境界。乐声结束时,用"东船西舫悄无言,唯见江心秋月白"表达听者的陶醉与沉默,从而强烈地衬托出音乐的袅袅余音,着实迷人。最后弹奏时,虽然惜墨如金,但还是特别强调"满座重闻皆掩泣"、"江州司马青衫湿",从而在点面结合中,有力地突出了以乐传情的非凡感人效果。作者三次写音乐,表达三种不同的效果,这与环境的渲染、人物的烘托,是紧紧分不开的。

其次为形象鲜明的拟人语言与精妙绝伦的比喻效果。诗人十分善于选择和运用极富有音乐效果的语言,如秋风的"瑟瑟"、江水的"茫茫"、大弦的"嘈嘈"、小弦的"切切",乐调流动时的"间关"、"幽咽"等,这些词语,或叠音、或叠语、或叠韵、或叠声,极大地增强了诗歌的节奏感与音乐美。再如对音乐形象和效果的描绘,更是悦人耳目。如以狂风暴雨比喻大弦的促密声势,以柔声细语比喻小弦的和缓韵律,以大小珍珠落玉盘比喻两弦交错的清脆和谐,以莺语花下比喻乐声的圆润明快,以流泉下滩比喻音乐的缓慢低沉,以银瓶乍破、铁骑突出比喻高昂乐调的突然迸发,以刀枪齐鸣比喻乐声的激越雄健、势不可遏。这些比喻,不仅化抽象为具体,而且化无形为有形,使读者既能感受那轻重、缓急、高低的节奏变幻,又能分辨出音色、韵律的不同,从而把一支完整而优美的乐曲描绘得低缓而不滞涩、热烈而不紊乱、多变而富有层次。

总之,这首诗,在艺术上的卓越贡献,是旷古稀今的。

刘禹锡

刘禹锡（公元772—842年），字梦得，洛阳（今属河南）人，祖籍中山（今河北定县）。唐代文学家、哲学家。他是匈奴族后裔，七世祖刘亮随魏孝文帝迁洛阳，始改汉姓。父刘绪因避安史之乱，举族东迁，寓居嘉兴（今属浙江）。刘禹锡出生在嘉兴，十九岁左右游学长安。贞元九年与柳宗元同榜登进士第，接着又登宏词科。贞元十一年登吏部取士科，授太子校书，开始踏上仕途。贞元十六年入杜佑幕掌书记，参与讨伐徐州乱军。贞元十八年调任渭南县主簿。次年任监察御史。贞元二十一年（当年八月改元永贞）一月，德宗死，顺宗即位，任用王叔文等人推行一系列改革弊政的措施。刘禹锡当时任屯田员外郎、判度支盐铁案，与王叔文、王伾、柳宗元同为政治革新的核心人物，称为"二王刘柳"。革新只进行了半年，就遭到宦官、藩镇的强烈反对。顺宗被迫退位，宪宗即位。九月，革新失败，王叔文被赐死。刘禹锡初贬为连州（今广东连县）刺史，行至江陵，再贬朗州（今湖南常德）司马。同时贬为远州司马的共八人，史称"八司马"。元和九年十二月，刘禹锡与柳宗元等人一起奉召回京。次年三月，刘禹锡写了《元和十一年，自朗州召至京，戏赠看花诸君子》诗，得罪执政，被外放为连州刺史。后来又担任过夔州刺史、和州刺史。宝历二年冬，从和州奉召回洛阳。二十二年的贬谪生涯至此结束。大和元年，刘禹锡任东都尚书省主客郎中。次年回朝任主客郎中。他一到长安，就写了《再游玄都观绝句》，表现了屡遭打击而始终不屈的意志。以后历官苏州、汝州、同州刺史。从开成元年（公元836年）开始，改任太子宾客、秘书监分司东都的闲职。会昌元年（公元841年），加检校礼部尚书衔。世称刘宾客、刘尚书。

诗歌创作刘禹锡生前与白居易齐名，世称"刘白"。白居易则称他为"诗豪"，推崇备至。他的诗歌，传诵之作极多。刘禹锡在元和十三年曾自编其著述为"四十通"，又删取四分之一为"集略"。这是最早的刘禹锡集和选本，今都不传。《新唐书·艺文志》载《刘禹锡集》四十卷。宋初亡佚十卷。宋敏求搜集遗佚，辑为《外集》十卷，但仍有遗漏。

乌衣巷[①]

朱雀桥[②]边野草花[③]，乌衣巷口夕阳斜。旧时王谢[④]堂前燕，飞入寻常[⑤]百姓家。

[注释]

①乌衣巷：当时金陵城中的一条街，位于秦淮河之南，与朱雀桥相近。三国时吴国曾在此设军营，士兵多穿黑衣，所以称乌衣巷（见《能改斋漫录》卷四引《丹阳记》）。东晋时王导、谢安等豪门大族多聚居于此。

②朱雀桥：金陵城朱雀门外横跨秦淮河的大桥。

③花：开花。

④王谢：指东晋时的王导、谢安，为当时最大的士族。

⑤寻常：平常。

[赏析]

这是一首怀古诗，但它在写法上同一般怀古诗迥然不同。诗中以燕子为着眼点，从它的归宿之主由富豪而演为平民，表达了诗人在追怀金陵历史遗迹后的今昔之感，故极具特色。若诗中大写燕子他去，则显得过于平直。因为原先在王、谢厅堂间筑巢的燕子见王、谢家境败落，直至屋塌房毁，便飞入他户。这样写诗便同实录现实生活毫无二致，缺少诗意。现在诗人却道燕子还来，但所居人家已与先前大不相同，竟化成普通平民了，由此表达了诗人的历史沧桑感。这样便使意境有了顿挫，手法更趋曲折，这就是诗的语言和诗的笔法。

蜀先主庙

天下英雄[①]气，千秋尚凛然。势分三足鼎[②]，业复五铢钱[③]。得相能开国，生儿不象贤[④]。凄凉蜀故妓[⑤]，来舞魏宫前。

[注释]

①天下英雄：《三国志·蜀志·先主传》曹操曾对刘备说："天下英雄，惟使君与操耳。"

②三足鼎：指魏、蜀、吴三国鼎立的局面。

③业复五铢钱：五铢钱是汉武帝以后所用的钱币。王莽篡汉后废止不用。此句指恢复汉业。

④象贤：学习先主的贤才。注："象，法也。"

⑤凄凉蜀故妓，来舞魏宫前：刘禅降魏后，被迁洛阳。"司马文王（昭）与禅宴，为之作故蜀伎。旁人皆为之感怆，而禅喜笑自若。"

[赏析]

这是一首传诵较广的咏史诗。蜀先主就是刘备，庙在夔州（今四川奉节）。

首联突兀劲挺，高唱入云。"天下"两字囊括宇宙，对空间上下笔，极言"英雄气"之充塞天地；"千秋"二字贯穿古今，从时间着墨，极写"英雄气"之万古长存。表现出诗人对先主业绩的无比崇敬之情。颔联高度概括先主的英雄业绩。他百折不挠，屡经磨难，开创三足鼎立的局面，实属不易。终生要光复汉室，其志可嘉。颈联转折，为先主功业未能卒成而叹惜。用刘备长于择相，知人善任与后人不肖相对比，感慨颇深，尾联用典，讽刺后主不能继承前人之业，致使国灭身俘，使先主的事业半途而废。这一结尾大有深意。

诗人咏史怀古，多是有感而发。此诗前半咏盛德，后半叹业衰，在鲜明的对比中显示出这样一个主题：创业难，守业更难。后人的贤良与否是国家事业能否发展兴旺的关键。中唐时期，多是昏庸平凡之君，国势日益衰颓。诗人的感慨乃为此而发，读者不可不察。

柳宗元

柳宗元（公元773—819年），字子厚，祖籍河东（今山西永济），后迁长安（今陕西西安），世称柳河东。因官终柳州刺史，又称柳柳州。他是唐代杰出的文学家、哲学家，同时也是一位政治改革家。他与韩愈共同倡导唐代古文运动，并称韩柳，为唐宋八大家之一。有《柳河东集》

唐代宗大历八年（公元773年），柳宗元出生于祖籍河东（今山西省永济市）的一个世代仕宦之家，他家有几百亩田地，父亲柳镇曾任长安主簿、侍御史等职，是一个刚直不阿、学识渊博的封建官吏。母亲卢氏勤俭温柔，也有很好的文化素养。柳宗元四岁时，因家中缺书，母亲向他传授古赋十四篇，令其诵习。史称柳宗元少年"精敏绝伦，为文章卓伟精致"，是与这个家庭的教育和熏陶分不开的。

唐德宗兴元元年（公元784年），柳宗元十二岁时，第一次离家随父亲到南方任所，初步接触了社会，开拓了视野。第二年，即贞元元年，十三岁的柳宗元应崔中丞之请，代为向德宗皇帝写了一篇贺平李怀光表。少年才俊一时，传为美谈。但其早年为考进士，文以辞采华丽为工。

贞元九年（公元793年）二月，柳宗元二十一岁，得中进士，并与同科刘禹锡结识。第二年他专程赴汾州叔父的任所，在西北一带游历考察，接触边地将士，向老兵退卒了解到不少奇闻逸事，后来写出了著名传记文《段太尉逸事状》。贞观十二年，叔父病逝，他扶柩回到长安。不久，便与弘农杨氏结婚。贞元十四年，柳宗元登博学宏辞科，授集贤殿正字，进入了仕途。其后又担任了蓝田县尉、监察御史里行等职务。从青少年起，他就十分仰慕史籍上说的那些"古之大有为者"，决心"以中正信义为志，以兴尧、舜、孔子之道"。

柳宗元在柳州受到了人民的欢迎和支持，很多有志青年，不远千里投到他的门下，向他请教，时人称为"柳柳州"。

元和十四年（公元819年）十一月八日（一说十月五日），柳宗元于柳州病逝，年仅四十七岁。他的灵柩被停放在他生前喜爱的罗池的西北侧。第二年，由他的上级、朋友裴行立资助，运回长安万年县（今临潼）栖凤原安葬。柳宗元死后三年，柳州人民为了纪念他，在停放灵柩的地方建了一座衣冠墓，兴建了庙宇，对他寄以永远的怀念。现在柳州市有柳侯祠和他的衣冠墓，供人们浏览瞻仰。

江雪

千山鸟飞绝①，万径②人踪③灭。孤舟蓑④笠⑤翁⑥，独钓寒江雪。

[注释]

①绝：绝迹。

②径：小道。

③踪：踪迹，此特指足迹。

④蓑（suō）：用棕皮或莎草编成的雨具，称蓑衣。

⑤笠：斗笠，戴在头上的雨具。

⑥翁：渔翁。

[赏析]

这首诗表面上写一位在雪野江畔独自垂钓的老渔翁，实则是作者自我形象的写照。作者以老翁不怕严寒，不惧孤独的高傲品性比喻自己遭贬迫害之后仍不向邪恶势力低头的昂扬斗志和不屈的战斗精神！

这首诗在艺术上也很有特色，主要是环境气氛的烘托写得十分出色。如前两句，前句在"鸟飞绝"三字中藏有一个"雪"字，为何连一只飞鸟的踪影都见不到，因为下了大雪。后句在"人踪灭"三字中也藏有一个"雪"字，为何连一个行人的足迹都见不到，也因为是下大雪的缘故。所以前两句除了写雪还是写雪，而且再加上"千山"、"万径"的夸张，可见这天地之间到处都堆砌着雪了。三句作者改换角度，写一位正在垂钓的老渔翁，但句首用了一个"孤"字，下面四句句首又用一个"独"字，两字相连便成为"孤独"，这两字既是实景描写，又是老渔翁心理活动的外现。这也是环境气氛的烘托。

再加上"寒江雪"三字既为直接点题,又是前四句环境气氛描写的总汇。至此这位老渔翁身边的氛围可谓已被烘染尽致,即是天寒又地冻,一片肃杀、冷清和孤寂的景象包围着他。然而这位老人却如此镇定自若、不惧严寒,可见他有着多么坚强的毅力和战胜困难的信念,所有这一切精神力量又尽在诗人所落笔的"独钓"两字中被体现出来了。

另外,本诗组词精炼,"寒江雪"三字容量极大,为常人所不能叙出。何谓"寒江雪",即除了这一条流淌着寒水的大江之外,四周的田野、山峦和堤岸一片银白,均是积雪。然而诗人只用三字就能予以综合概括,这不能不说是高手所为。柳宗元的散文创作和诗歌创作共具同一特色,即用字特别精致,这里便为突出的一例。

登柳州①城楼寄漳汀封连四州刺史

城上高楼接大荒②,海天愁思正茫茫。惊风乱飐③芙蓉④水,密雨斜侵薜荔⑤墙。岭树重遮千里目,江流曲似九回肠。共来百越⑥文身⑦地,犹自音书滞一乡。

[注释]

①柳州:唐州名,故治在今广西柳州市。

②大荒:泛指荒僻的边远地区。

③飐(zhǎn):风吹物动貌。

④芙蓉:荷花的别名。

⑤薜荔(bì lì):一种常绿蔓生植物,常缘壁而生。

⑥百越:一作"百粤",泛指五岭以南的少数民族。

⑦文身:身上刺花纹。古时南方少数民族有"断发文身"的习俗。

[赏析]

这是一首在特殊情境中写成的抒情诗。赋中有比,象中含兴,是首情景交融的名篇。

唐顺宗时,柳宗元参加了王叔文领导的永贞革新。失败后,革新派人物被残酷镇压,领袖人物王叔文、王伍被贬斥而死。柳宗元等八名年轻有为的骨干人物皆被贬为远州司马,这就是历史上有名的"八司马事件"。唐宪宗元和十年(公元815年)年初,柳宗元、刘禹锡、韩泰、韩晔、陈谏五人奉诏进京,将受重用。但朝廷又变卦,把他们再次贬到更荒远的柳州、漳州、汀州、封州、连州任刺史。这五州均在岭南,十分落后。柳宗元心情郁闷,刚到柳州时便写了这首诗。

开篇从登楼所见的景色写起,视野开阔。"愁思"二字统摄全篇。茫茫的愁思与大荒的景色相互生发,境界阔大。颔联写所见近景,刻画细致。就描绘风急雨骤的景象而言,用的是赋笔。但仔细体味,又有比兴的意义。芙蓉、薜荔可象征人格的高洁芳馨,屈原的作品中不止一次地用过这两个词。风雨很明显是比喻那些当政弄权的小人。"惊"、"斜"二字表现出诗人对政治形势莫测的恐惧心理。颈联写远景,一仰观,一俯视,以景出情。从字面看,两句诗铢两悉称,可属"工对"。但从意义上看,前实后虚,前因后果,因望不见而更增愁思,又有流水对的优点。尾联用音书阻隔进一步抒发对友人的思念之情。前边用"共来百越文身地"一句作垫,使孤独忧伤之情更加深重,具有撼人心灵的艺术效果。抒情强烈而又不露筋骨,有含蓄蕴藉之致。

渔翁

渔翁夜傍西岩①宿,晓汲②清湘③燃楚竹④。烟销⑤日出不见人,欸乃⑥一声山水绿。回看天际⑦下中流,岩上无心⑧云相逐。

[注释]

①西岩:永州(今湖南永州市)的西山。

②汲(jí):打水。

③清湘:清澈的湘江。湘江又称湘水,流经永州。

④楚竹:楚地之竹,因永州古为楚国之地,故称。

⑤烟销:烟雾散开。

⑥欸(ǎi)乃:摇橹声,兼指渔歌声。唐代民间渔歌有《欸乃曲》。

⑦天际:天边。

⑧无心:无意识地,自由自在地。语出陶渊明《归去来辞》:"云无心而出岫。"

[赏析]

这是作者被贬永州时所写的一首颇有情趣的山水诗,艺术构思十分奇妙。

第一,本诗之意奇特。诗中的渔翁,是一个远离尘世、独往独来而又悠然自得的人物形象。他宿山林、饮清水、燃楚竹,颇有超凡脱俗之气。红日初升,炊烟渐起,渔翁踪迹隐约其中;而烟消雾散之时,他却反而销声匿迹了,剩下的只是一幅清秀开阔的青山绿水图画,这是多么的空灵、静谧和充满神秘色彩呵!尤其是一声棹歌突然响彻于青山绿水之间,使人只闻其声,不见其容。循声遥望,这才发现山色更青、水色更绿了。这是何等神奇的人物,何等秀美的景色,又是何等奇妙的感受啊!

其次是语言独到。本来渔翁早晨汲水为炊只是件寻常小事,但诗人偏不说打水烧柴,而用"清湘"、"楚竹"借代,这就使得渔翁具有一种不食人间烟火般的仙气。而"烟消日出"也极有动态美感,不仅给幽静怡人的环境涂抹上一笔璀璨斑斓的曙色,而且为"不见人"造成有力的反跌,使得渔人的行迹无踪,达到神奇莫测的境界。特别是"欸乃一声山水绿",造句更奇。"欸乃一声"不仅是静中之动,而且仿佛那青山绿水,皆因这一声脆响而尽现姿容。这种声、色相衬的手法,使得全诗的意境充满了盎然生机。

晨诣①超师②院读禅经③

汲④井漱寒齿,清心拂尘服⑤。闲⑥持贝叶书⑦,步出东斋读。真源⑧了⑨无取,妄迹⑩世所逐。遗言⑪冀可冥⑫,缮性⑬何由熟。道人⑭庭宇静,苔色连深竹⑮。日出雾露余⑯,青松如膏沐⑰。澹然⑱离言说,悟悦⑲心自足。

[注释]

①诣(yì):到。

②超师:法名叫超的高僧。

③禅经:佛经。

④汲（jí）：打水。

⑤拂尘服：拂去衣上的尘土。

⑥闲：心宁气闲。

⑦贝叶书：即佛经。印度出产一种叫贝多（梵语）的树，僧人最初用其叶书写佛经，故称。

⑧真源：真理的本源。

⑨了：全然。

⑩妄迹：虚妄的事情。

⑪遗言：佛经中传下来的至理名言。

⑫冥：默契，指心领神会。

⑬缮性：修身养性，使之完善。

⑭道人：得道之人，此指超师。

⑮深竹：竹林深处。

⑯雾露余：指早晨残余的雾霭和露珠。

⑰膏沐：古代妇女润发的油脂，此处形容松树为雾露所润泽。

⑱澹然：心境宁静。

⑲悟悦：悟道的喜悦。

[赏析]

这首诗作于永州司马任上。由于诗人政治受挫，谪迁荒蛮，不仅愤懑于官场的角逐倾轧，而且于孤独之中曾一度潜心悟佛，以谋求精神上的解脱。为此，他出于觅寻"不爱官，不争能，乐山水而嗜安闲"的僧人理趣，大清早就入寺诵经，可见其心意的虔诚。

前两句，诗人着意描绘汲水、漱齿、清心、拂服等一系列行为，目的在于充分表达他的虔诚礼佛之心。三四句则写他摒弃杂念，心宁气闲地诵读佛经，领悟其中的真谛。接着便由衷感慨佛理的高深，非至性之人实难领会，并嘲笑世俗之人弃本逐末，专务些荒诞不经的东西。那么诗人本身是否领悟到佛理中的真谛呢？诗中虽然没有作出正面回答，却巧借情景的浑然契合，表达出一种超然物境：清幽雅静的禅院，碧色油亮的苔藓，亭亭玉立的翠竹，挺拔高耸的青松，还有那晨阳掩映的残雾和露珠。这是多么恬淡而和谐的景色，这种环境怎能不与诗人心宁气闲的情致契合无垠呢？难怪诗人最后欣然写出"澹然离言说,悟悦心自足"的彻悟之语,可见他对佛学中的大觉之道已颇有领会了。

我们知道,诗人原本是为了寻求解脱遭贬后的苦闷之情而晨诣超师禅院诵经的,但全诗丝毫不露惆怅之痕迹。由虔心礼佛写到一心悟佛,由一心悟佛写到物我合一。并巧妙化用陶渊明"此中有真意,欲辨已忘言"的意蕴表达超脱、旷达的情怀,颇有"外枯而中膏,似淡而实美"(苏轼《评韩柳诗》)的甘味。

溪居①

久为簪组②束,幸此南夷谪。闲依农圃邻,偶似山林客③。晓耕翻露草,夜榜④响溪石。来往不逢人,长歌楚⑤天碧。

[注释]

①溪居:居住在冉溪,此溪位于今湖南永州。
②簪组:古代官吏的服饰,此代指作官。簪,绾发或插帽的饰品。组,系印的绶带。
③山林客:隐居山林之人。
④榜(bàng):划船的用具,此指划船。
⑤楚:永州,在春秋战国时期地属楚国。

[赏析]

这首诗作于诗人谪居永州之时。据诗人自述,元和五年(公元810年),诗人曾在零陵(今属湖南)西南发现了冉溪,因喜其秀丽风景,便迁居之,又改溪名为"愚溪",并作著名的《八愚诗》与《愚溪诗序》。

诗以抒怀写起,看似旷达超迈,实则饱含不尽幽情。诗人妙著一"累",其为官之艰,因官遭贬的不平之气溢于笔端。巧著一"幸",其感受朝政黑暗的余悸犹在,内心孤独委屈尚存。可见诗人立志的高远,以及诗句蕴意的丰厚。当诗人发出一阵痛苦的微笑之后,便深深感叹遭弃置难重用的凄凉境遇了。"闲依"和"偶似"对映得十分高妙。由于投闲置散、壮志难酬,只好与田农为邻,甚至有时还真像个山林中的隐逸之士呢。然而诗人毕竟胸怀远大的政治抱负，由衷关心人民的疾苦，因此，这二"闲"一"偶"将在诗人的心海中泛起多大的波澜呀。"晓耕翻露草，夜榜响溪石"，看似悠闲自在，其实不过是以辛劳的田间耕作，排遣心中的愤懑情怀罢了。因而，朝露沾衣、晚溪悦耳的环境无论多么清爽宜人，都不能使诗人的心绪得到陶冶，反倒加重了他的苦闷。所以他在无人共语的情况下，只好仰首面对碧落天穹，作长歌一哭了。仿佛也只有苍茫寥廓的宇宙，才能容得下他的满腔悲情。

　　这首诗，最大的特点就是以旷达之笔表不尽悲情，而且言语越是豪迈，怨情越是深沉。

贾岛

贾岛(公元779—843年)，字浪仙，范阳(今北京附近)人。早年出家为僧，号无本。唐代诗人。元和五年(公元810年)冬，至长安，见张籍。次年春，至洛阳，始谒韩愈，以诗深得赏识。后还俗，屡举进士不第。文宗时，因飞谤，贬长江(今四川蓬溪)主簿，世称贾长江。曾作《病蝉》诗"以刺公卿"(《唐诗纪事》)。开成五年(公元840年)，迁普州司仓参军。武宗会昌三年(公元843年)，在普州去世。贾岛诗在晚唐形成流派，影响颇大。唐代张为《诗人主客图》列为"清奇雅正"升堂七人之一。清代李怀民《中晚唐诗人主客图》则称之为"清奇僻苦主"，并列其"入室"、"及门"弟子多人。晚唐李洞、五代孙晟等人十分尊崇贾岛，甚至对他的画像及诗集焚香礼拜，事之如神(《唐才子传》、《郡斋读书志》)。贾岛著有《长江集》十卷，通行有《四部丛刊》影印明翻宋本。李嘉言《长江集新校》，用《全唐诗》所收贾诗为底本，参校别本及有关总集、选集，附录所撰《贾岛年谱》、《贾岛交友考》以及所辑贾岛诗评等，较为完备。

寻隐者①不遇

松下问童子②，言师采药去。只在此山中③，云深不知处④。

[注释]

①隐者：隐士，隐居的人。

②童子：指隐者的徒弟。

③只在此山中，云深不知处：意谓只是不知在此山云深的何处。

④不知处：即何处。

[赏析]

这首诗通过诗人寻隐者而不遇的经过的描写，展示了隐者的生活环境以及他的所作所为，从中表现了他的高洁的志向和作者对他仰慕的态度。全诗写得空灵飘逸，有着颇似隐者本人性格般的风格特征。

　　这首诗在表现隐者高尚情操方面很注意环境气氛的描写，通过这种不是渲染的渲染，不是烘托的烘托，便将这位隐者的性格特征刻画出来了。诗中主要是抓住了以下这些意象的描写：首先是诗题中的"不遇"两字，这两字下得很重要，很多评析者往往略而不论，其实正是这"不遇"两字，写出这位隐者是位以隐为业的真隐。设想一下，若这位隐者是个身在深山而心系官爵的企慕荣华富贵的假隐者，他必定耐不住寂寞，必定注重同外界的联系，因而也必定不会日日去云深处采药，他要做的必定是待价而沽、静候外来寻访者之类的事了。再就是"松"、"云"的描写，这更容易解释。青松的伟岸挺拔，正好是隐者正直品行的象征；青松的长绿不凋，也正是隐者坚抱操守的象征。而白云的洁白无瑕，恰是隐者高尚道德的暗喻；白云的悠然自得，更是隐者的内心有着无限愉悦、无限欢畅的形象说法。在古典诗词中，用松云写隐者其人的名句不计其数，本诗只是其中的一例。而"采药"这一举动，也有深意。药为救人济世之物，言其师入深山采药去，即喻有隐者所重乃欲为社会多作贡献，故笔者认为他很可能是位虽不欲同官场合作，但仍关注着国家和百姓命运之人。诗人这种忧国忧民精神难能可贵！

元稹

元稹（公元779—831年），字微之，别字咸明。河南洛阳（今属河南）人。为北魏鲜卑族拓跋部后裔。唐代文学家。贞元九年（公元793年）以明两经擢第。次年得陈子昂《感遇》诗及杜甫诗数百首读之，始作诗。贞元十五年，初仕于河中府。十九年登书判拔萃科，授秘书省校书郎，娶名门女韦丛。数年后，妻亡。元和元年（公元806年），登才识兼茂明于体用科，授左拾遗，后为监察御史，出使剑南东川，劾奏不法官吏。为此得罪宦官权贵。元和五年，宦官与元稹争宿驿舍正厅，击伤元稹，反贬元稹为江陵府士曹参军。元和六年，元稹转而依附藩镇严绶和监军宦官崔潭峻，为时论所薄。元和十年一度回朝，不久出为通州司马，转虢州长史。这一时期作诗甚多，与白居易等酬唱频繁。元和十四年，再度回朝任膳部员外郎。次年得崔潭峻援引，擢祠部郎中、知制诰，迁中书舍人，充翰林学士承旨。长庆二年（公元822年），拜平章事、居相位三月。为依附另一派宦官的李逢吉所倾轧，出为同州刺史，改浙东观察使。大和三年（公元829年），入为尚书左丞，又出为武昌军节度使，逝世于镇。元稹的创作，以诗的成就最大。他与白居易齐名，并称"元白"，同为新乐府运动的倡导者。元稹生前曾自编其诗集、文集、与友人之合集多种。其本集收录诗赋、诏册、铭诔、论议等共一百卷，题为《元氏长庆集》。

遣悲怀

（一）

谢公①最小偏怜女，自嫁黔娄②百事乖③。顾我无衣搜荩箧④，泥⑤他沽酒⑥拔金钗。野蔬充膳甘⑦长藿⑧，落叶添薪仰古槐。今日俸钱过十万，与君营奠⑨复营斋⑩。

（二）

昔日戏言身后意[11]，今朝都到眼前来。衣裳已施行看[12]尽，针线[13]犹存未忍开。尚想旧情怜[14]婢仆，也曾因梦送钱财[15]。诚[16]知此恨人人有，贫贱夫妻百事哀[17]。

（三）

闲坐悲君亦自悲，百年多是[18]几多时[19]。邓攸无子[20]寻知命[21]，潘岳悼亡[22]犹费词[23]。同穴[24]窅冥[25]何所望，他生缘会更难期。惟将终夜长开眼[26]，报答平生未展眉[27]。

[注释]

①谢公：指东晋谢奕。谢奕的小女儿谢道韫聪慧有才识，元稹的妻子韦丛为太子少保韦夏卿的小女儿，故以相比。

②黔娄：春秋时齐国洁身自好的贫士，此以自比。

③乖：不顺。

④荩箧：草编的箱子。

⑤泥（nì）他：即柔言软语缠着他。泥，柔言索物。

⑥沽酒：买酒。

⑦甘：这里是吃得香甜的意思。

⑧藿：豆叶，此泛指蔬菜。

⑨营奠：准备祭品。

⑩营斋：延请僧人为亡者超度。

⑪身后意：死后的打算；施：施舍。

⑫行看（kān）尽：眼看即将完了。

⑬针线：指针线盒。

⑭怜：爱怜，同情。

⑮送钱财：指烧化冥钱。

⑯诚：信，真。

⑰百事哀：每样事都伤心。

⑱是：同"实"。

⑲几多时：好多一点时间。

⑳邓攸无子：西晋末，河东太守邓攸避乱途中为了保全自己的侄儿，遗弃了儿子，后来竟无子嗣。

㉑知命：知道是天命。
㉒潘岳悼亡：西晋诗人潘岳在妻子死后，曾作三首《悼亡诗》。
㉓费词：白费词语。
㉔同穴：合葬。
㉕窅冥：深远、幽暗的样子。
㉖长开眼：鳏鱼终日不闭眼，所以古人称无妻为鳏。言外有誓不再娶意。
㉗未展眉：心情不舒畅，眉头紧蹙。

[赏析]

诗人的原配妻子韦丛，出身高门，美而贤淑，死时年仅二十七岁。这是诗人悼念亡妻的一组诗，以"遣悲怀"为题，正说明其悲哀是不可排遣的。第一首诗追怀往事，从生前到死后，极力描写韦丛安于贫困、关怀丈夫的贤淑品德，慨叹夫妻贫贱相随，而未能同享富贵。第二首诗睹物思人，从死后到生前，从死者生前的留言遗物中，追忆起过去的艰苦生活。第三首诗顾影自怜，从现在到将来，抒写自己无法排遣的悲痛。三首诗组成一个整体，通过具体的事物，带着深厚真挚的感情，从各方面抒发了对亡妻的忆念。这是古代悼亡诗中不可多得的佳作。

柳中庸

柳中庸,名淡,以字行。河东人,宗元之族,御史并之弟也,与弟中行皆有文名。萧颖士以女妻之,仕为洪府户曹。诗十三首。

征人怨

岁岁金河①复玉关②,朝朝马策③与刀环④。三春白雪归青冢⑤,万里黄河绕黑山⑥。

[注释]

①金河:今称大黑河,源出内蒙古呼和浩特市南,流入黄河。
②玉关:玉门关,在今甘肃敦煌市西北。
③马策:马鞭。
④刀环:刀柄上的铜环。古人常以刀环谐"还",作为回归的暗示。
⑤青冢:王昭君墓,在今内蒙古呼和浩特市南。
⑥黑山:一名杀虎山,在今内蒙古呼和浩特市境内。

[赏析]

这首诗写征人久戍不归的怨思。前两句叙事,写征人长年累月的劳苦、艰辛;后二句写景,状征人跋涉万里、忍饥号寒之态。直起直收,不作转折,景色鲜明,意在言外,全诗不作一"怨"字而怨自见。

许浑

许浑(公元788？—860年？)，字用晦，一作仲晦，郡望安陆(今属湖北)，籍贯洛阳(今属河南)。唐代诗人。寓居润州丹阳(今属江苏)丁卯涧，并自名其集为《丁卯集》，故人称"许丁卯"。大和六年(公元832年)进士及第。后授当涂县尉，转令，移摄太平县令。武后朝宰相许圉师六世孙。文宗大和六年(公元832年)进士及第，先后任当涂、太平令，因病免。大中年间入为监察御史，因病乞归，后复出仕，任润州司马。历虞部员外郎，转睦、郢二州刺史。晚年归丹阳丁卯桥村舍闲居，自编诗集，曰《丁卯集》。其诗皆近体，五七律尤多，句法圆熟工稳，声调平仄自成一格，即所谓"丁卯体"。诗多写"水"，故有"许浑千首湿"之讽。许浑唐代诗人。字用晦，一作仲晦。润州丹阳(今属江苏)人。生卒年不详。大和六年(公元832年)进士。任当涂、太平县令。大中三年(公元849年)，为监察御史，"抱疾不任朝谒，坚乞东归"(《乌丝阑诗自序》)，居润州丁卯村舍。后复起为润州司马。历虞部员外郎，睦、郢二州刺史，世称许郢州。晚年退居丁卯村舍，辑缀诗作，因名《丁卯集》。许浑以登临怀古见长。名篇如《咸阳城东楼》、《金陵怀古》、《故洛城》等等，追抚山河陈迹，俯仰古今兴废，颇有苍凉悲慨之致。但往往限于伤今吊古，别无深意，读多难免有落套之感。其宦游、寄酬、伤逝诸作，亦时有佳句，如"马上折残江北柳，舟中开尽岭南花"(《暮宿东溪》)，"两岩花落夜风急，一径草荒春雨多"(《郑秀才东归凭达家书》)，都能在写景中托寓情思，婉丽可讽。而意境浅狭，气格卑弱，是其通病。一般说来，他的警句常出现在第二联，如"溪云初起日沉阁(一作"谷")，山雨欲来风满楼"(《咸阳城东楼》)、"水声东去市朝变，山势北来宫殿高"(《故洛城》)，而到后半篇往往流于平沓，各首间句意也时见复出。他喜欢将律句三字尾的声调改为"仄平仄"对"平仄平"，以显示拗峭变化，为后人所仿效，称作"丁卯句法"。《全唐诗》析为十一卷，有相当数量诗篇与杜牧及他人诗作重见互出。事迹见《唐诗纪事》、《唐才子传》。

塞下曲

夜战桑乾①北,秦兵半不归②。朝来有乡信③,犹自寄寒衣。

[注释]

①桑乾:河名,源出山西马邑县桑乾山。

②半不归:一半回不来,指战死。

③乡信:家乡来信。

[赏析]

这首诗写了一个在战争年代很普遍也很真实的悲剧。诗用纯客观的叙事,真实地反映现实,情调凄婉。诗人十分同情在战争中牺牲的战士,用以少总多的手法,选择了一个寄寒衣情节,突出牺牲的悲剧。诗人的倾向性自然流露,思想深刻,耐人寻味。

咸阳城东楼

一上高楼万里愁,蒹葭①杨柳似汀洲②。溪云初起日沉阁③,山雨欲来风满楼。鸟下绿芜④秦苑⑤夕,蝉鸣黄叶汉宫秋。行人⑥莫问当年事⑦,故国⑧东来渭水流。

[注释]

①蒹葭:芦苇。蒹,指没长穗的芦苇。葭,指初生的芦苇。

②汀洲:水中的小洲。

③阁:指慈福寺阁。

④芜:乱草。

⑤秦苑:咸阳城是秦、汉故都。

⑥行人:旅人,诗人自指。

⑦当年事:即前朝事。

⑧故国:指咸阳城。

[赏析]

这首诗写诗人登上咸阳城楼远眺时的感慨,抒发了今昔兴亡之感。"溪云"一联,写气候变化的迅速和暴风雨将临的征兆,是广为传诵的名句。诗于平易中藏凝练。

杜牧

杜牧（公元803—852年），字牧之，唐京兆万年（今陕西省西安市东）人，宰相杜佑之孙。唐文宗太和二年（公元828年）考中进士，复举贤良方正，授弘文馆校书郎，历任黄州、池州、睦州、苏州刺史，后入朝为司勋员外郎，唐武宗会昌年间迁中书舍人。杜牧为人刚直，不肯逢迎权贵，敢于论列大事，指陈时病，生平留心当世之务，论政谈兵，卓有见地。他在《上李中丞书》中说他自己对于"治乱兴亡之迹，财兵甲之事，地形之险易远近，古人之长短得失"颇有研究。

杜牧是晚唐著名诗人。他擅长诗歌与古文，在唐朝开国二百年后诗歌昌盛、名家如林之时，他能创造明朗俊秀的风格，独树一帜于晚唐诗坛。人称为"小杜"，以别于盛唐时期的杜甫。诗与李商隐齐名，并称"小李杜"。世称杜樊川。他的古文也笔势硝健，内容充实，其中多关系国计民生之作。清洪亮吉结评说："有唐一代诗文兼擅者，惟韩、柳、小杜三家。"（《北江诗话》卷二）全诸望在《杜牧之论》里更把他比为西汉的贾谊，说："杜牧之才气，其唐长庆以后第一人耶！望其诗、古文词，感时恨世，殆于汉长沙太傅相上下。"著有《樊川集》。

赠别

娉娉①袅袅②十三余③，豆蔻④梢头⑤二月初。春风十里扬州路，卷上珠帘总不如。

[注释]

①娉娉（pīng）：女子貌美的样子。
②袅袅：形容女子体态修长、亭亭玉立的样子。
③十三余：十三四岁。

④豆蔻：多年生草本植物，至初夏开花，二月初尚含苞未放，故常用以喻作少女。后称十三四岁女子为豆蔻年华，即本于此。

⑤梢头：枝头，梢端。枝头的花先含苞。

[赏析]

这首诗在艺术上最成功的地方是塑造了一位美丽多姿的少女形象，尤其是将她比作春光明媚的二月时初萌的豆蔻花蕾，这在前人笔下是从未有过的。豆蔻为多年生常绿草本植物，外形似芭蕉，叶片细长。初夏开花，花淡黄色，也有浅红色，成密集型穗状花序，生长在我国南方地区。将这种色彩鲜艳、外形美观的豆蔻花比作美貌少女，确是诗人创造。杜牧以后的诗人依然很少有将豆蔻喻作少女的，恐怕是被杜牧的这首《赠别》诗给震慑住了，故或者就此搁笔，或者转移角度，另求突破。可以这样说，古今诗作中把豆蔻的形象描绘得最美的，大概便是非杜牧这首《赠别》莫属了。

那么，杜牧将豆蔻花喻作少女，究竟给人以什么美感呢？本人认为，首先是色彩的鲜亮明艳，能给人以清纯可爱之感。生长在我国南方的豆蔻花有浅黄、浅红两大类，只是淡淡的色晕，并非为大紫大红眩人眼目的光芒。如此清嫩淡雅的花色，似乎应该同少女相联系才和谐，而大紫大红却是妇人衣饰的特色。因此当读者念到"豆蔻梢头二月初"时，马上就会联想到那肤色白皙、双眸清亮的少女形象来。其次是形态的纤细柔曼，尤给人以娉婷袅娜之感。豆蔻花的花成穗状，嫩叶卷之而生，叶渐展，花渐出，花生叶间，颤颤悠悠，用来形容少女的轻柔苗条的身姿十分适宜。诗人用"娉娉袅袅"四字写少女之美，真让读者联想到诗人笔下的豆蔻花大约是这位少女的化身吧。

赤壁①

折戟②沉沙铁未销③，自将④磨洗认前朝⑤。东风⑥不与⑦周郎⑧便⑨，铜雀⑩春深⑪锁⑫二乔⑬。

[注释]

①赤壁：指赤壁山，在今湖北蒲圻（qí 奇）县西北，地处长江南岸，耸峙江边。三国时孙权、周瑜在江中以火攻大破曹军于此。又，湖北省黄冈县

城外江上有赤鼻矶，后人误称为赤壁。杜牧曾于会昌二年（公元842年）至会昌四年（公元844年）在黄州（治所黄冈）任刺史，此诗当为诗人游黄冈赤壁后有感而作，故赤壁应指黄冈赤壁。

②折戟：折断了的戟。戟，一种既能直刺又能横击的似矛兵器。

③销：销蚀。

④将：拿起。

⑤认前朝：认出是前朝遗物。

⑥东风：赤壁大战中，东吴军队统帅周瑜用船载油与柴，又派人诈降，当船队接近曹军水师时，吴军放火焚船，正巧此时东风相助，火势向曹军水师蔓延，烧毁了曹操的大船队，使曹兵大败而逃。

⑦不与：假如不给。

⑧周郎：周瑜，时年二十四岁，吴国人称他为周郎。

⑨便：方便，便利。

⑩铜雀：台名，汉建安十五年曹操在邺城（今河北临漳县西南）所建，因楼顶有大铜雀而得名。曹操的姬妾皆居住在台中。

⑪春深：形容铜雀台四周戒备森严，台中女子同外界社会相隔。

⑫锁：关闭。

⑬二乔：东吴乔公的两个女儿，均有美色，大乔嫁给孙策，小乔嫁给周瑜。乔，本作"桥"，可通用。

[赏析]

这是一首咏史诗。诗篇的重心在后两句，"东风不与周郎便，铜雀春深锁二乔"，写法上纯属议论，对此古今评家均无异议。但诗人对历史故事的议论自有其特色，即用形象议论，而非为抽象评说，如此便使本来枯燥无味的历史教训极具可视性和可感性，并能使读者深受其艺术力量的烘染，感到回味无穷。具体说，便是末句写得尤为匠心独运，作者以"铜雀春深锁二乔"这样一个生动场景告示读者，若东风不与周郎方便，那么就将会是吴败魏胜，而不是吴胜魏败的结局了。如此下笔，便叫形象性议论，便叫以点带面，以具体写抽象，这是文艺创作的一般性规律，大凡稍有文学修养的创作家和文论家都深谙于此。可是宋人许顗的《彦周诗话》在评本诗时，却抨击杜牧说："社稷存亡、生灵涂炭都不问，只恐捉了二乔，可见措大（是对读书人的讥笑之辞）不识好恶"，意思是说杜牧对东吴关心的只是二乔被捉之事，而对国家存亡、人民生死都不闻不问，可见他只是个迂腐夫子，什么都不懂。这真是曲解了杜牧。其实质是许顗不懂得文学中的议论应须有形象性，选择形象又须有典型性。"二乔被捉"便是典型形象，写二乔锁入铜雀台便是说曹操胜利，许顗本人连这些起码的常识都不懂，反对杜牧大加笔伐，岂不可悲又可笑？

其次，本诗另一个重要手法便是角度新颖。大凡写咏史诗，特别是同古迹有关的，诗人往往从名胜古垒入手，咏叹物是人非一番，这样的模式沿袭已久，至刘禹锡可谓到达顶峰。他的《金陵五题》《西塞山怀古》等均为这类诗作中不朽的名篇。但既为高峰，后人便难以超越，总不能步趋于刘禹锡之后，再写与"淮水东边旧时月，夜深还过女墙来"或"旧时王谢堂前燕，飞入寻常百姓家"相同构思和句式的诗篇吧。像杜牧这样有才华的诗人是不屑此道的，所以他转移角度，另辟蹊径，尽抛前人窠臼，勇闯新路，以一把折断了的戟头为导引物，先将读者的视线与思维拉回悠远的历史长河中，再去聆听他的一番高论。这便是杜牧的聪明之处，也是他咏史诗高人一筹之处。

泊秦淮①

烟②笼寒水月笼沙，夜泊③秦淮近酒家。商女④不知亡国恨，隔江⑤犹唱《后庭花》⑥。

[注释]

①秦淮：今南京秦淮河，发源于江苏溧水县东北，向西横贯南京城流入长江。河道相传是秦始皇时为南巡会稽所开凿，用来疏通淮水，故名秦淮。从六朝至唐，秦淮河一直是官僚富商征逐声色的场所。

②烟：此指雾气。首句互文见义，即烟和月均笼罩着水和沙。

③泊：停舟。

④商女：歌女。

⑤江：指秦淮河。

⑥后庭花：即《玉树后庭花》，陈后主所作，著名的淫靡之曲，后人称为亡国之音。《南史》说"陈后主、袁大舍等为友客共赋新诗，采其尤艳者有《玉树后庭花》、《临春乐》等曲。"陈后主《玉树后庭花》曲辞为"丽

宇芳林对高阁,新妆艳质本倾城,映户凝娇乍不进,出帷含态笑相迎。妖姬脸似花含露,玉树流光照后庭。"

[赏析]

本诗在艺术造诣上很有分量。首先是线脉清晰,不枝不蔓。首句先写环境,给全诗定下凄迷暗淡的抒情基调。二句"夜"字上承首句环境描写,"秦淮"为点题,"近酒家"三字下启后两句。三四句以"后庭花"作结,其曲调之沉婉哀怨正好同首句朦胧景色相吻合,在结构上便是暗中呼应。四句诗一气贯注,上接下承,首尾相应,似有神气相随,不是大手笔很难有此佳构。

其次是气氛烘托出色,尤其是首句的两个"笼"字,将秦淮河一带雾气缠绕、月色清寒、水面阴暗的环境生动描摹出来,为下文亡国之音的沉滓复起涂抹上一层低沉的色调,使全诗沉浸在悲凉凄暗的气氛之中,达到了为作品主题服务的目的。

再次是作者运用借题发挥的笔法,明里指摘"商女",实际讽刺官僚富商之流。三句中的"不知"两字,将罪责从商女身上轻轻推去。言外之意即是说在酒楼中歌唱之商女并不懂得什么国家大事,倒是那帮拥红簇绿、脑满肠肥的统治者们,早已沉溺于纸醉金迷的腐朽享乐生活之中而不能自拔。他们将国家大事丢于脑后,在酒楼上点唱靡靡之音《后庭花》,恐怕他们的下场将会同陈后主一样。

关于本诗的写作背景,各注本均不提及,唯黄肃秋先生定于大中二年(公元848年),杜牧由睦州(治所在今浙江建德)启程,取道金陵赴京任职时所作。杜牧在九月初出发,十二月抵长安,则过金陵大致在十月间,与首句"烟笼寒水月笼沙"相合,故黄说可信。

寄扬州韩绰判官①

青山隐隐水迢迢②,秋尽江南草木③凋。二十四桥④明月夜,玉人⑤何处教吹箫。

[注释]

①韩绰判官:生平不详。判官,观察使、节度使下面的僚属。时韩绰拟任淮南节度使判官。文宗大和七年至九年(公元833—835年),杜牧曾任

淮南节度使掌书记,与韩绰是同僚兼挚友。

②迢迢:遥远的样子。

③木:一作"未"。

④二十四桥:唐时扬州繁华,城内有二十四座桥。宋人沈括《梦溪笔谈·补笔谈》卷三曾略记这二十四座桥名,如茶园桥、大明桥、九曲桥、下马桥等。另一说是桥名,清人李斗《扬州画舫录》以为即吴家砖桥,又名红药桥,在熙春台后。

⑤玉人:比喻美貌的人;男女均可,此指韩绰。《晋书·裴楷传》、《卫玠传》均载此两人有"玉人"之称,但后世多指美女。

[赏析]

这是一首抒写友情的诗篇,表现手法委婉,可谓曲尽其妙。首句先以山之隐忽难见真容和水之迢迢远去暗写友人不在身边,故惹动了对他的思念之意。二句以"江南草木凋"反衬地处江北的扬州的豪华热闹,是由人及景的抒情手法。在事实上江南若"草木凋",江北就更应零落不堪。但由于友人在那里,作者想象扬州就将是另一番可供赏玩的大好景象了。这叫情至深时连天时气候都可为之改变。谢枋得认为这句写"厌江南之寂寞,思扬州之欢娱,情虽切而辞不露",是很有见地的。三四句以想象之辞写扬州名胜之美景,表达了诗人欲与友人再次共游的渴盼。"玉人教吹箫"中的"教吹箫"只是虚言,实处在"玉人"两字,即是友人韩绰。此句一用以点题,二用来想象他的游踪,从而表明作者对他现状的关心,同时也就表示了对他的遥念。其间抒情之迹线不可不审视清楚。

"二十四桥明月夜,玉人何处教吹箫",作者虽重在抒情,但在后世读者的心目中,其中对扬州胜景的赞美成分已大大超过前者,成为描写古都扬州的不朽名句之一。其他尚有杜牧的《赠别二首》其一的"春风十里扬州路,卷上珠帘总不如",张祜的"十里长街市井连,月明桥上看神仙",王建的"夜市千灯照碧云,高楼红袖客纷纷",徐凝的"天下三分明月夜,二分无赖(可爱之意)是扬州"等。本诗中的二十四桥,在宋代依然是文人墨客的描写热点,姜夔的《扬州慢》词中有"二十四桥仍在,波心荡,冷月无声",写的虽是旧时胜地,表达的却是伤乱忧世的悲情,打上了深深的时代烙印。宋人黄庭坚还有"淮南二十四桥月,马上时时梦见之"名句,秦观也有"二十四桥人望处,台星正在广寒宫"传世。明人唐顺之留下了"二十四桥云雾里,看君骑鹤上天游"的佳句。清人孙枝蔚的"斜阳纵没西山里，二十四桥明月多"尤令人神往。现代有郁达夫的"销魂一卷《樊川集》，明月扬州廿四桥"的概括力极强的诗句为人传诵。扬州还有大虹桥名扬天下。虹桥原名红桥，清人王士禛有《冶春绝句》歌咏它："红桥飞跨水当中，一字栏杆九曲红。日午画船桥下过，衣香人影太匆匆。"乾隆元年（1736年）改名虹桥。王士禛以后为此桥写诗赞美的有七千余人，编成三百多卷的诗集一部，一时蔚为壮观，成为文学史上的美谈。乾隆十六年（1751年）曾在桥上建桥亭，后因年久失修倒塌，现桥为1972年重建。

遣怀①

落魄②江湖③载酒④行，楚腰⑤纤细⑥掌中轻⑦。十年⑧一觉⑨扬州梦⑩，赢得⑪青楼⑫薄幸⑬名。

[注释]

①遣怀：抒怀。

②落魄：潦倒失意。一作"落拓"，其意同上。

③江湖：一作"江南"。

④载酒：携酒。

⑤楚腰：用楚王好细腰的典故，这里指身材苗条的扬州妓女。

⑥纤细：一作"肠断"，意为可爱之极。

⑦掌中轻：相传西汉成帝皇后赵飞燕身轻，能为掌上舞，此用来形容扬州妓女体态轻盈的样子。

⑧十年：表示时间久。杜牧自二十六岁中进士一直到三十六岁首尾十一年中绝大部分时间都是在各方镇使府中为幕僚，他本人也说过"十年为幕府吏"（《上刑部崔尚书状》），其中包括在扬州任淮南节度使牛僧孺幕府中掌书记一职。他在扬州任职时间不到三年（从三十一岁至三十三岁），所以"十年"非仅指在扬州，而是包括了各方任幕僚的时间。

⑨觉：醒。

⑩扬州梦：杜牧在扬州时期曾流连于声色歌舞，时作冶游，待其醒悟后自视为"梦"，其中包含了后悔之意。

⑪赢得：获得。
⑫青楼：原指精丽华美的楼房，后专指妓女居住的地方。
⑬薄幸：薄情。

[赏析]

关于本诗的主题，一般有两种说法，一种认为是写杜牧对声伎生活的悔恨，另一种认为既有对歌伎生活的悔恨，也包含对功业未就的叹喟。只有个别人认为此诗只写作者"官场失意后的宣泄而不是浪子回头的忏悔"。本人则认为第一种说法符合实情，但浮于表象；第二种说法就比较深入，更与作者处境相吻；而第三种说法就徒为臆断了。这是因为杜牧在扬州确有冶游放荡的经历。

因此，本诗主旨主要写杜牧对自己放荡生活的悔恨，这是毫无疑义的。当然，杜牧这人少年即有逸才，又是高门之后，诗文兼擅，名重一时，但徒有经邦济世之志，却始终未能得位以施展抱负。十年幕僚，屈身下人，心中自不是滋味，故本诗中有"落魄"、"江湖"、"载酒"、"十年"等语暗示僚属府吏之职实难遂心志。所以说杜牧此诗中包含了对事业无成的感叹，这也是合情合理的。只不过非为明写，而是隐括其中罢了。至于第三种说法显然是不顾事实，一味为杜牧讳饰，似乎杜牧身上不该有此等尴尬事情发生，其实大可不必，连杜牧本人都能正视过失，别人还为他掩盖什么！

秋夕①

银烛②秋光③冷画屏④，轻罗⑤小扇⑥扑流萤。天阶⑦夜色凉如水，卧看⑧牵牛织女星⑨。

[注释]

①秋夕：诗题一作《七夕》。
②银烛：白蜡烛。一作"红烛"。
③秋光：在秋夜中的烛光。
④冷画屏：指烛光的寒意使画屏看上去似有一股凉气包围着。
⑤轻罗：用轻薄的丝织品制作的衣衫。
⑥小扇：团扇，古代宫女手中时执团扇。

⑦天阶：指皇宫中的台阶。一作"瑶阶"，又作"天街"。
⑧卧看：一作"坐看"。
⑨牵牛织女星：《荆楚岁时记》："天河之东有织女，天帝之子也。年年织杼劳役，织成云锦天衣，天帝怜其独处，许嫁河西牵牛郎。嫁后遂废织纴。天帝怒，责令归河东，但使其一年一度相会。"

[赏析]

这首诗的题材应是"宫怨"，而非为"闺怨"。这是因为：首先是诗中选用"天阶"（或"天街"）之词，点明同皇宫建筑或皇城通道有关，若非宫怨之作是不必如此下词的。纵然用"瑶阶"，即"美玉砌成的石阶"，在普通官宦人家中也是修置不起的，故应以前说为好。其次是末句"卧看牵牛织女星"，表似很有闲心，实则是自伤身世而仰美牵牛织女。若为闺怨诗，其怨望程度还达不到连一年一度相会的牛女两星都值得企美；而只有长期幽闭宫中、永无出头之日的宫女在抒情的力度方面才可能达到末句的水准。这是第二条理由。再次是前两句的环境描写中虽带凄凉成分，但颇有一种华贵之气，似乎只是帝王之家中特有的气象。特别是"团扇"的运用，它仿佛已成为宫女手中的专利品，只要它一登场，就能知晓它的主人必定是位宫闱中的女性，作品就必定同皇室有关联，这似乎已成为定说。还有一条重要证据，便是此诗本于崔颢《七夕》诗，其最后四句为："长信深阴夜转幽，瑶阶金阁数萤流。班姬此夕无限恨，河汉三更看斗牛。"从诗中所选用的意象看，"夜幽"、"瑶阶"、"萤流"、"看斗牛"等均录于杜牧诗中，唯将"长信"、"班姬"等隐去不言。尽管如此，两者的承继关系还是极为明显的。纵然崔诗在人物的刻画和抒情的婉曲方面远逊于杜诗，但在同为宫怨诗这点上是毫无疑问的。

赠别（其二）

多情却似总无情①，唯觉樽②前笑不成③。蜡烛有心还惜别④，替人⑤垂泪到天明。

[注释]

①多情却似总无情：此句为倒装句，正常语序应为"多情却总似无情"。

②樽：酒杯。

③笑不成：不能笑。

④蜡烛有心还惜别：此句为倒装句，正常语序为"蜡烛还有心惜别"。心，与"芯"谐音，蜡烛中心有蜡芯，故谓"有心"。

⑤人：指诗中的男女主人公。

[赏析]

这首诗的内容是写杜牧和扬州歌女依依惜别的情怀。

这首诗艺术上的特色是抑扬起伏，曲尽其妙。具体说是先抑后扬，己抑他扬。但抑抑扬扬只是手段，目的是为更好抒发情感。本诗所要抒发的感情十分外露，若借用诗中现成的词句，便是写诗人和歌女"有心还惜别"，"垂泪到天明"，但诗人却不是直接叙出，而是用尽了曲笔。一是先抑后扬，即先说自己和歌女看似多情然却无情，还说在"樽前笑不成"，如此写来双方似乎真的成了无情无意无动于衷的木偶了。其实不然，写人之无情和笑不成，实因情之过深和愁之过多，所以即使勉为其情和勉为其笑，反倒令对方感到别扭和生分了，倒不如保持沉默为好。在古典诗词中存有无数的沉默场面，其实都包蕴着无穷无尽的深邃情意，本诗即为其中一例。以上是抑。另外更有后两句的扬告诉读者，且慢定论，你看连蜡烛都被感动得情浓意重，唏嘘不已，难道男女主人公就真的"总无情"和"笑不成"吗？不是，作者于此要告示读者的是：尽管我们自己"总无情"、"笑不成"，但连蜡烛都在为我们的离别而"有心"（即有情），而"垂泪"（即有意），那就证明了我们才是世上最有情最有意的一对。这就是先抑后扬。至于己抑他扬，是说贬抑自己和歌女的深挚情意，赞誉他方（指蜡烛）被感动后所表现出来的行为，与上文先抑后扬只是一个现象的两种不同视角而已。不论是说先抑后扬还是说己抑他扬，用的都属于曲笔，所谓"写诗要曲"，本诗即为典型的一例。

金谷园①

繁华事散逐香尘②，流水无情草自③春。日暮东风怨啼鸟，落花犹似坠楼人④。

[注释]

①金谷园：西晋石崇所建园林，故址在今河南洛阳市西北。石崇《金谷诗序》谓："余有别庐在河南，界金谷涧中，清泉茂树，众果竹柏药物备具。"园极奢丽。

②香尘：据《拾遗记》载："石崇将沉香木之屑铺在象牙床上，让他所喜爱的舞妓践踏其上，身轻无迹痕者便赏以珍珠。"此极写石崇奢华靡费之举。

③自：自是。此字兼置于"流水"后。

④坠楼人：指绿珠。据《晋书·石崇传》，绿珠是石崇的爱妾，美艳过人，又善吹笛。孙秀派人向石崇要绿珠，石崇说"绿珠吾所爱，不可得也！"孙秀便在赵王司马伦前诬陷石崇，赵王便派甲士前去抓捕石崇。石崇对绿珠说："我今为尔得罪。"绿珠哭着说："当效死于官前"，于是便自坠于楼下而死。

[赏析]

这首诗的主题有两重性，既有抨击石崇奢侈腐化的一面，也有赞扬绿珠刚节直义的一面，两者不可偏废。抨击石崇的倾向可从"事散"、"逐香尘"、"无情"、"自春"等词句中得到信息；赞扬绿珠的观点可从"怨啼鸟"和"落花"中探视出端倪。所谓"事散"，即谓石崇纵然是一世巨富，然百里的长筵也总有散尽之时，语涉讥讽。所谓"逐香尘"，即谓过去的事情已经一了百了，全都随着沉香木细屑的被风吹尽而烟消云散，贬意自现。"无情"、"自春"则以自然物的无动于衷表现历史的正义裁决，更见激愤。因此对石崇的批判构成了主题的一半。主题的另一半则是对绿珠的褒扬。所谓"怨啼鸟"，即可看作此鸟既为石崇的淹没而作哀，也可看成是对奇女子绿珠义行的怨愤。而"落花"则更能透出作者对绿珠坠楼事的同情色彩。因为花从来是美好事物的象征，将绿珠喻作"落花"，显然带有惋惜、赞叹等感情，这是十分清楚的。

本诗主要采用景中寓情的艺术手法。四句诗中共设七景：香尘、流水、草、日、东风、啼鸟、落花。有的是正景，即以此景正面烘托情感，如以"香尘"的被逐表明繁华已经消逝，"落花"的飘零表明作者对心目中所崇敬的人的哀悼。有的是反景，即以此景反面映衬情感，如流水和春草、东风和啼鸟，这些原先都是令人感到快慰的美景，可诗人却用来反衬愁绪和怨情。这都说明诗人确是写景高手。唐人七绝名家中被称作"圣手"的只有两人，一是李白，一是王昌龄。李擅长在七绝中写景，王则擅长抒情。综观杜牧七绝，写景抒情均为高手，对李、王可谓毫厘不让，若称杜牧为唐人七绝作家中的"亚圣手"恐怕不为过也。

高骈

高骈(？—公元887年)字千里,唐末幽州(今北京西南)人,南平郡王崇文之孙,家世禁卫。幼颇修饬,折节为文学,初事朱叔明为司马,后历右神策军都虞侯、秦州刺史。咸通中,拜安南都护,进检校刑部尚书,以都护府为静海军,授骈节度,兼诸道行营招讨使。僖宗立,加同中书门下平章事,迁剑南西川节度,进检校司徒,封燕国公,徙荆南节度,加诸道行营都统、盐铁转运等使,俄徙淮南节度副大使。广明初,进检校太尉、东面都统、京西京北神策军诸道兵马等使,封渤海郡王,为部将毕师铎所害。

山亭夏日

绿树阴浓夏日长,楼台倒影入池塘。水精帘①动微风起,满架蔷薇一院香。

[注释]

①水精帘:水晶帘,指质地精细而色泽莹澈的帘子。

[赏析]

这首诗写夏日风光,突出其清和淑丽之态。绿树成荫、楼台倒影、池塘水波、微风帘动、满架蔷薇,组成了一幅色彩鲜明、情调幽雅的图画,表现了诗人悠然自得的情怀。

张祜

　　张祜，(公元810年—859年)字承吉，清河人，初时寓居苏州，唐代诗人，自称处士。元和、长庆年间，元稹为尚书左丞时，他踌躇满志来到长安，带着自写的荐表及诗作三百首，准备向皇帝投呈，希望被发现而得以援引。可是，事与愿违。元稹虽然文才显赫，但嫉贤妒能，不喜欢有人超过他。所以，当皇帝问张祜的诗时，元稹故作危言，说："张祜是雕虫小技，一般人都看不上他的诗。如果皇上奖励过多，恐怕于整个朝廷的文风有损而无益。"皇帝听信了他的假汇报，张祜扫兴而归。后来到淮南，在丹阳曲阿隐居下来。卒于大中年间。有《张处士诗集》。据传张祜写诗刻苦用心，往往写作之时，别人几呼不应。他还抱怨："不该打断我的思路！"他性喜山水，多游名寺，所到这处，必有题诗唱绝。他以《宫词》诗著名当时，其诗云："故国三千里，深宫二千年，一声何满子，双泪流君前。"这首哀婉动人的诗曾流入宫院，此时赶上唐武宗病重，孟才人就唱了这首歌词，武宗当即"气亟立殒"，一命呜呼了！此说虽近于夸饰，但这首诗确是一首感人肺腑、回肠荡气的名篇佳作。总之，他的诗文词艳丽，颇具晚唐诗人的气质。

纵游淮南

十里长街市井连，月明桥上看神仙①。人生只合扬州死，禅智②山光好墓田。

[注释]

①神仙：指扬州的美女。

②禅智：扬州禅智山，山上有禅智寺。

[赏析]

　　唐淮南节度使治所扬州，即今江苏扬州市。这首诗写扬州繁华胜境，特别突出其商贸与艳游。末二句突发奇想，造成了强烈的艺术效果。

徐凝

徐凝，生卒年未详，唐分水柏山（今桐庐县分水镇柏山村）人。初游长安，因不愿炫耀才华，没有拜谒诸显贵，竟不成名。南归前作诗辞别侍郎韩愈："一生所遇惟元白，天下无人重布衣。欲别朱门泪先尽，白头游子白身归。"抨击了当时只重名望，不重真才实学的社会现象。白居易任杭州刺史，某日游开元寺观牡丹，见徐凝题牡丹诗一首，大为赞赏，邀与同饮，尽醉而归。后与颇负诗名的张祜较量诗艺，祜自愧勿如，白居易判凝优胜。唐元和中，举进士，官至金部侍郎。

徐凝诗朴实无华，意境高远，笔墨流畅、自然。《题处州缙云鼎湖》："黄帝旌旗去不回，空携片石碧崖嵬。有时风卷鼎湖浪，散作青天雨点来。"被奉为绝唱，后来竟无敢题者。

徐凝的书法著称于时。据《宣和书谱》载："徐凝，书有行法，其笔意自具儒家风范，非规规于书者。"其《黄鹤楼》、《荆巫梦思》两诗的墨宝，为宋代宫廷所收藏。

忆扬州

萧娘①脸薄难胜泪，桃叶②眉长易觉愁。天下三分明月夜，二分无赖③在扬州。

[注释]

①萧娘：南朝以来，称男子所恋的女子为萧娘。

②桃叶：晋代王献之的爱妾。

③无赖：即无奈，无可奈何。

[赏析]

这首诗写记忆中的扬州，突出最难忘的物色风情。就临别时美人的颜容、皎洁的月光着色生香，使这一回忆充满朦胧怅惘的无限情意，从此扬州的明月成了世上最美的明月。

李商隐

　　李商隐（公元812—858年），字义山，号玉溪生。怀州河内（今河南沁阳）人，唐朝著名诗人，自祖父起，迁居郑州荥阳（今属河南）。九岁父死，奉丧侍母归郑州。文宗大和三年（公元829年），受天平军节度使令狐楚召聘入幕。大和六年（公元832年），令狐楚调任河东节度使、北都留守，李商隐随至太原。令狐楚病死后，李商隐失去凭依，便到泾州（今甘肃泾川县）入泾原节度使王茂元幕。当时唐王朝内部以牛僧孺和李德裕为首的两大官僚集团的斗争非常激烈。令狐楚父子属牛党，王茂元则接近李党。李商隐转依王茂元门下，在他本人虽并无党派门户之见，但牛党中人却认为他"背恩"、"无行"，对其加以排斥。李商隐因此成了牛李党争的牺牲品。不久他参与博学宏词科考试，先为考官所取，复审时却被中书省内有势力的人除了名。第二年李商隐被任命为秘书省校书郎，后调任弘农县尉。开成五年（公元840年）冬，李商隐辞县尉一职，调到会昌。第二年以书判拔萃，重入秘书省。宣宗即位后，李商隐再一次受到压制，无奈，只好到远方幕府去安身。从大中元年（公元847年）至九年（公元855年），先后三次赴桂州（今广西桂林）、徐州、梓州（今四川三台）随入做幕僚。大中五年（公元851年）去梓州幕府前，妻王氏病故，更使他精神上蒙受沉重打击。居东川时，常抑郁不欢，顶礼佛教，甚至想出家为僧。大中九年冬，梓州幕府罢，李商隐返归长安。第二年年任盐铁推官。大中十二年（公元858年），罢职回郑州闲居。大约就在这一年年底病逝。

　　李商隐诗现存约六百首，他的诗继承、发展了中国古典诗歌的艺术技巧，成就很高。就内容而言，有政治诗、咏史诗、写景咏物诗和爱情诗几方面。李诗广纳前人所长，承杜甫七律的沉郁顿挫，融齐梁诗的华丽浓艳，学李贺诗的鬼异幻想，形成了他深情、缠绵、绮丽、精巧的风格。李诗还善于用典，借助恰当的历史类比，使隐秘难言的意思得以表达。然有用典太多，意旨隐晦之病。有《李义山诗集》。现存,文集已散佚,后人辑有《樊南文集》、《樊南文集补编》。

登乐游原①

向晚②意不适③,驱车登古原④。夕阳无限好,只是近黄昏。

[注释]

①登乐游原:据《玉溪生诗集笺注》,诗题一作"乐游原",另作"登乐游"。乐游原,长安城东南的风景区,地势高,四周开阔,可眺望全城。每到二月初一(中和节)、三月三(上巳节)、九月九(重阳节),有众多游人来此登高畅游。乐游原,又名乐游苑,为汉宣帝所建的园苑,是汉唐时著名的名胜之地。

②向晚:傍晚。

③不适:不快,不惬。

④古原:即指乐游原。

[赏析]

这首诗的主题有多种说法,比较流行的有"慨叹时光流逝"、"悲哀身世遭际"、"忧患时事政局"等观点。如冯浩《玉溪生诗集笺注》引杨致轩评语说此诗"迟暮之感,沉沦之痛,触绪纷来",又引《诗话类编》语:"忧唐之衰"。纪昀认为此诗"百感茫茫,一时交集,谓之悲身世可,谓之忧时事也可"(《玉溪生诗说》)。施补华评本诗曰:"叹老之意极矣,然只说夕阳,并不说自己,所以为妙。"以上种种古人的评说都说明本诗主题的复杂性。

所谓慨叹时光流逝之说,即谓本诗通过对无限美好的夕阳黄昏的景致描写,抒发了好景难驻的叹喟,含蓄地表现出诗人嗟老伤衰,对流光的爱惜和对美好晚年的留恋。作者有一首同题七绝说"万树鸣蝉隔断虹,乐游原上有西风。羲和自趁虞泉(渊)宿,不放斜阳更向东",表现的就是对时光流逝、时不再来的感慨。

所谓悲哀身世遭际之说,即谓本诗通过乐游原观赏晚景的描写,抒发了作者怀才不遇的愤懑。李商隐生活在晚唐衰世,社会黑暗腐败之极,国家处于风雨飘零之中。诗人的一生可用"虚负凌云万丈才,一生襟抱未曾开"(崔珏《哭李商隐》)两句诗作为写照。而本诗中的"夕阳无限好"可视为作者宏才大略的象征,好则好矣,不过将要迅疾消失殆尽,诗人能不为之悲伤吗?因此把本诗主题解释为身世之悲也是可行的。

所谓忧患时事政局之说,即谓本诗末两句是象征性的描写,它以夕阳西下的图景,暗示读者,大唐帝国也正面临着覆亡的危机。论者以为李商隐在晚唐这样混乱黑暗的年代里,既对唐帝国强盛之时如日中天的辉煌过去抱有无限留恋和执着之情,而且也对唐帝国行将衰亡之际的大厦日倾的惨淡今日有着十分沉痛和凄迷之心。本诗中的后两句即是诗人这种复杂心态的形象表现。除此之外,诗人还有不少诗句都有这种情感倾向,"客散酒醒深夜后,更持红烛赏残花"(《花下醉》)、"回头问残照,残照更空虚"(《槿花》)等。因此把本诗主题解释为对国事的忧虑也是符合诗人本意的。

将以上三种观点相合,便是本诗的主旨了。这首绝句是诗人触景生情之作,他对夕阳黄昏的景色赋予哲理性的描写,告谕读者谁也无力挽回这种颓势,这中间既包含了个人的身世之叹,也带有对国家前途命运的哀思,诗中充溢着强烈的感伤气氛。

夜雨寄北[①]

君[②]问归期未有期,巴山[③]夜雨涨秋池[④]。何当[⑤]共剪西窗[⑥]烛[⑦],却[⑧]话巴山夜雨时。

[注释]

①寄北:指寄给在北边的妻子。北,指长安,因在蜀地之北,故称。一作"内",即内人,妻子。
②君:指作者的妻子。
③巴山:即大巴山,又叫巴岭,其山脉横亘于今陕西、四川两省边境。此泛指川东一带。
④夜雨涨秋池:秋夜大雨如注,池塘中的水涨满了。涨,使……上涨。
⑤何当:何时。
⑥西窗:内室西侧的窗户。

⑦剪烛：剪去烛花，使烛光明亮。
⑧却：还，再。

[赏析]

　　这首诗是李商隐在巴蜀时寄怀他妻子王氏之作。首句直诉离情，诗人因暂不能归家而使得离情更为浓烈。二句以秋池迅急上涨喻作诗人离情汹涌不息，内心愈加不能平静。三四句想象来日重逢时刻若回忆起今日分离时的苦恼和品味着来日团聚时的欢欣，必有一番既苦涩又甜蜜的滋味在心头盘旋。此为消释离情之处。四句诗以情起，以情结，首尾相顾，循环往复，脉络清晰明了，思绪起伏跌宕，可谓将离情的产生、上升、高涨，乃至不能抑制，最终又以自慰手段将其平息，写得曲之又曲，足之又足，李商隐真不愧是位抒情高手。

　　本诗艺术手法高明，首先是运用了"悬想反说"的修辞格。诗人写作此诗的本意是因久寓蜀地寂寞之中思家情切，但他偏不先说自己思念妻子，反说妻子来信"问归期"，写亲人对自己的遥念。这样写的好处是为了达到相互映衬的目的，即用双方的共同思念来加深各自的爱恋深度。如李商隐的《无题》（相见时难别亦难）中的"春蚕到死丝方尽，蜡炬成灰泪始干。晓镜但愁云鬓改，夜吟应觉月光寒"四句即用此法。前两句是作者自叙将永远忠于这段难忘的爱情，他的爱心至死不渝。后两句写诗人想象对方晨起梳妆时恐怕因思恋太深而平添几多白发，夜来吟诗时又担心她因在月色下久久徘徊而着凉得病。写得真是体贴入微，情深意切。李商隐在本诗依旧运用这种笔法，首句便说妻子的思念，二句又用自己的思念呼应（但不直说，只托于池水上涨的形象），三四句再用"共剪"、"却话"呼应上文，便把两人之间那种心心相印、灵犀相通的爱恋深情写活了。其次是场景描写跳跃性大，跨度极广。首句即包括长安、巴山两地，二句突出巴山，三四句又重复长安、巴山。四句诗运用电影中的"蒙太奇"手法，时空转换，巧为剪接，妙合无隙，堪称天造地设之作。再次是情景交融，上涨的池水即是诗人胸怀中爱情波涛的外化，"秋池夜雨"之景中充溢了多少作者对妻子的关切和爱恋！另外，本诗中的"期"和"巴山夜雨"复沓为文，读来摇曳多姿，铿锵成韵，富有民歌特色。说这首诗是唐人寄内诗中难得的佳作，恐怕是不会太过分的。

为有①

为有云屏②无限娇③,凤城④寒尽⑤怕春宵⑥。无端⑦嫁得⑧金龟婿⑨,辜负香衾⑩事⑪早朝⑫。

[注释]

①为有:诗题中的"为有"系取首句首二字为题,与诗的闺怨内容无关。
②云屏:用云母石装饰的屏风,为内室中富丽陈设,多官宦人家使用。
③无限娇:指在云屏后面的闺中人。
④凤城:传说秦穆公之女弄玉,吹箫引来凤凰,降于秦京咸阳。后因以"凤城"作为帝都的代称,又叫凤凰城、丹凤城。
⑤寒尽:冬寒已尽。
⑥怕春宵:怕春夜太短。
⑦无端:无故,不料,没来由。
⑧嫁得:嫁与。
⑨金龟婿:《旧唐书·舆服志》:"天授元年,改内外所佩鱼并作龟,三品以上龟袋用金饰,四品用银饰,五品用铜饰。"据此,可知唐代显官才能佩金色的龟袋。婿,指丈夫。
⑩衾(qīn):被子。
⑪事:上。
⑫早朝:封建时代百官早晨时会见君王称早朝。

[赏析]

这首小诗体制虽短却能曲折尽意。首句先说人和环境均佳,人为无限娇女,环境有云屏相围。次句又继之说居地和气候皆好,即身在京都,且适逢冬寒去尽。照理说在这样十全十美的条件下,这对夫妇应能尽情享受家庭生活的乐趣,然而却不能,却要"怕春宵"。这就导致了诗意的转折,使读者产生了悬念,这究竟是为了什么?后两句以"无端"这种带嗔怨、不满口吻的词语为导语,引出了原因。其实第三句谓"嫁得金龟婿"还不能算是作出解释,因为它没有回答前两句设下的疑窦。只是第四句"辜负香衾事早朝"才是真正的答案。原来是因为丈夫须早起上朝,这样做妻子的就不能同丈夫同拥香衾,这岂不要恼杀人也么?丈夫一去,这金碧辉煌的屏风摆在那里还有什么意思，住在繁华的京城里又怎么样。春暖花开的美景带给人的恐怕更多的是烦闷，丈夫纵然能佩得金龟袋，地位显赫一时，可现在人去楼空，让妻子独居于此又有什么意思。所以有了第四句"辜负香衾"四字，前三句中的一切美好事物均形同虚设一般，真的要让这女子气不打一处来，所以要慨叹这种事太"无端"，太没来由，太让人提不起精神来了。

关于这首诗的背景，冯浩所注的《玉溪生诗集笺注》批有"言外有刺"四字，屈复的《玉溪生诗意》也说："玉溪以绝世香艳之才，终老幕职，晨入幕出，簿书无暇，与嫁贵婿、负香衾何异，其怨也宜"，意思是说李商隐在诗中自喻女子，用嫁与贵婿辜负香衾比作他入幕府后个人人格受到污辱。

贾生①

宣室②求贤访③逐臣④，贾生才调⑤更无伦⑥。可怜⑦夜半虚⑧前席⑨，不问苍生问鬼神。

[注释]

①贾生：指贾谊，西汉初著名政论家，曾上书汉文帝提出削弱诸侯割据势力、抗御匈奴侵扰、发展农业生产、加强边防力量等一系列重要主张。贾生是对贾谊的尊称，意思是贾先生。

②宣室：汉代未央宫前殿正室，文帝于此处接见贾谊。

③访：征询。

④逐臣：遭贬被逐的朝臣，此指贾谊。贾谊曾被文帝任为太中大夫，后遭人反对贬为长沙王太傅。过数年后被文帝召回长安，接见时文帝正举行过祭祀，坐在宣室中。

⑤才调：才华，才气。

⑥无伦：无与伦比，无人及得上。

⑦可怜：可惜。

⑧虚：白白地，徒然。

⑨前席：向前挪近坐席上的双膝，为的是靠对方近一些。前，向前移动。席，在座席上。据史书记载，文帝在宣室接见贾谊时向他询问了鬼神的本原，贾谊作了详尽的回答。两人一直谈到半夜，文帝因听得入神，便不自觉地移

膝向前。西汉时仍然沿袭先秦入席地而坐的习惯。

⑩苍生：百姓，此指有关国计民生的大事。

[赏析]

这是一首咏史诗，作者通过讽刺汉代帝王虽能求贤却又不知真贤的行为，反映了唐代的社会现实，即唐代帝王也正像汉文帝那样，表似开明，实质却昏聩无能。他们将国家大事丢置于脑后，只想求得鬼神的保佑，长生不老，因而专搞求仙访道、采药炼丹等荒唐事。诗人借史事而对现实作了辛辣的讥讽。另一方面，作者也借汉代贾谊的遭遇，发出了自己怀才不遇的叹喟；特别应该指出的是，李商隐是把君王能否采纳大臣在国政大略方面的正确主张作为君臣遇合的标准，而并非仅仅把大臣在个人升迁奖赏方面所得的恩宠作为标准，这是非常有见地的，表现了他的政治见解自有超凡脱俗之处。

本诗在艺术上的重要特色是运用了抑扬顿挫的笔法来表现题旨，给人以深刻的印象。本诗的极终目的是要贬抑汉文帝不能识贤任贤，但诗人在前面二句半中却偏偏使用了许多美好的赞扬性词语，如"求贤"、"访逐臣"、"才调无伦"、"夜半"、"前席"等，在读者面前出现的似乎是一片光明。有这等虚心求教的君王，有这等才识超群的大臣，又处在这等融洽和谐的氛围之中，还不能把国家治理好吗？且慢，三句中的另一半词语"可怜"、"虚"却仿佛是一桶桶冷水，浇得读者心头发出一阵阵寒颤，原来上面所说的美辞均是虚设的，没有根基的。再加以末句"不问苍生问鬼神"直接揭出原委，就把读者心中的疑团解开了。原来作者用的是先扬后抑、假扬真抑的艺术曲笔，这样写，讽刺的效果比直白道出要强烈得多。

蝉

本以高①难饱，徒劳恨费声。五更疏欲断②，一树碧无情。薄宦梗犹泛③，故园芜已平④。烦⑤君最相警，我亦举家清。

[注释]

①高：蝉在树上，故曰高。也含清高之意。

②五更疏欲断：谓蝉通夜哀鸣，到五更时力竭声疏。

③梗犹泛：《战国策·齐策》："桃梗谓土偶人曰：'子西岸之土也，

挺子以为人。至岁八月，降雨下；淄水至，则汝残矣。'土偶曰：'不然。吾西岸之土也；吾残，则复西岸耳。今子，东国之桃梗也；刻肘子以为人，降雨下，淄水至，流子而去，则子漂漂者将何如耳！"此句谓自己官小而四处漂泊。

④故园芜已平：化用陶诗句意。陶渊明《归去来辞》："归去来兮，田园将芜胡不归。"

⑤烦：烦劳。

[赏析]

这是一首咏蝉诗，因其妙契物性，巧寓己情，被清代学者朱彝尊誉为"咏物最上乘"。

前四句写蝉，意义上句句生发，前后连贯，以"高"字为筋脉。首联起势突兀，造语奇硬，表面似自怨自艾，实含幽愤之情。蝉栖高枝，暗寓己之清高；蝉"难饱"，又与作者身世境遇相吻合。含恨而鸣又枉费徒劳，亦有潜台词。两句诗含有这样的意思：诗人因清高而仕途偃蹇，生活困顿，向有权势者陈情却无人肯理，无人真心帮助他。颔联紧承首联写来，"上句即承'声'字，谓即力竭声嘶，亦无同情的人。下句承'高'字，谓高栖于树，而树亦无情。字字咏蝉，却字字是自况"（喻守真语）。这几句分析入情入理，很得要领。颈联转折，抛开所咏之物，直抒胸臆。"薄宦"句用典故抒写自己孤苦无依，到处漂泊的身世，言简意丰，非常精当。"芜已平"比"田园将芜"更甚，田中的苗和野草已经连成一片，漫然而不可分，婉转表达作者思归心情的迫切。这两句表面看与蝉无关，但在精神实质上是相通的，因"薄宦"才"难饱"、"费声"的。尾联结题，回到蝉上来。"君"与"我"对举，完全平等，我就是蝉，蝉亦是我，二者在作情感上的交流。是蝉的鸣叫声惊动了我的心，我也真正理解你这个弱小而高洁的小生灵。这样，就把咏物与抒情密切结合起来，在意脉上倒贯全篇，呼应开头，使全诗的意境浑然一体。

风雨

凄凉宝剑篇①，羁泊②欲穷年③。黄叶仍风雨，青楼④自管弦。新知遭薄俗，旧好隔良缘。心断⑤新丰酒⑥，消愁斗几千？

[注释]

①宝剑篇：一作"古剑篇"，唐前期名将郭元振作，有"虽复尘埋无所用，犹能夜夜气冲天"之句，喻怀才不遇和郁勃不平之气。

②羁泊：羁旅漂泊。

③穷年：尽年，长时期地。

④青楼：古有二义，一指妓院，一指富贵之家，此处是后者。

⑤心断：念极、想煞。

⑥新丰酒：唐时名酒，价格昂贵。王维《少年行》："新丰美酒斗十千。"

[赏析]

这首诗当作于晚年羁旅异乡之时。诗人、一生坎坷，仿佛一直在受到风雨的摧残，故慷慨悲歌，一伸抑郁愤懑之气。

诗一开篇就在苍凉沉郁的气氛中展示理想与现实的矛盾。唐初名将郭元振也曾落拓未遇，但因《宝剑篇》而受到武则天的赏识而平步青云，一层雄才。但自己虽也满腹文才，却无法施展。心情凄苦，满纸悲酸。但"宝剑篇"的内容及典故所包含的奇情壮采：又令人有一种釜剑沉埋的勃郁不平和奋力抗争的感觉。

颔联承上，用对比手法抒写漂泊异乡期间无比凄苦的人生感受。上句用比兴手法，实中寓虚，用遭受风雨摧残的黄叶象征自己的身世遭遇，与下句实写的青楼管弦形成对比，用他人的富贵欢乐反衬自己的沉沦贫寒，反差强烈，具有极强的表现力和批判力。"仍"、"自"二字开合相应，极有神采。清代大学者纪昀曾赞叹说："神力完足。'仍'字、'自'字多少悲凉"（《玉溪生诗说》卷上）。

颈联转写人事交往，进一步表现孤苦无援的窘境。"新知"、"旧好"一遭一隔，两种表现一个原因。充分反映出诗人在牛李党争和浇薄世风中举步维艰的生活历程，也蕴含着诗人对薄俗的强烈不满。凄凉的人间风雨，已经渗透到知交的领域，茫茫人世，何处还有温暖？"心断新丰酒，销愁斗几千？"也是暗用典故。初唐的马周落拓未遇时西游长安，住新丰旅舍，受到冷遇，遂取酒独酌，表现出不凡的气度和性格。后来受到皇帝的赏识拔居高位。诗人用此典，寓意不难理解，暗写自己只有马周之落拓而无马周之幸遇，幽怨尤深。诗以问句收，正给人以心绪迷惘茫然的强烈印象。

诗题"风雨",具有象征意蕴。象征着包围、压抑、摧残、扼杀贤才的冷酷无情的社会现实。

落花

高阁客竟①去,小园花乱飞。参差②连曲陌,迢递③送斜晖。肠断未忍扫,眼穿仍欲稀。芳心④向春尽,所得是沾衣⑤。

[注释]

①竟:尽、终。
②参差:状花落纷乱之貌。侧重在花落地面大而不规则。
③迢递:亦状花落纷乱貌,侧重在花落在高低不同之处。
④芳心:花心,亦指看花人之心,有双关意。
⑤沾衣:双关。既指花蕊零落飘飞沾人之衣,又指惜花人观落花伤感而泪落沾衣。

[赏析]

这首咏物诗写于会昌六年(公元846年),作者正闲居永乐。当时李商隐陷入牛李党争之中,境况不佳,心情郁闷,故本诗流露出幽恨怨愤之情。

诗起笔直接描写落花景象。上句叙事,下句写景。如分开看,都很平常,但联系在一起则妙不可言矣。清屈复评此诗云:"首句如彩云从空而坠,令人茫然不知所为。"(《唐诗成法》)这里的"首句"是指首联而言。落花本是自然现象,与客人来去无关。但作者却把二者连在一起,并含有因果关系,这就是"令人茫然"的地方。乍看悖理,细思入情,故有出人意表之致。花早在落,但有客在而未察觉。待客散阁空,孤独寂寞之感顿生,这才发现"小园花乱飞"。因客散方见落花,岂不真有因果关系吗?"高阁"点出诗人所在之地,故可看到满园之景致。

颔联承上,具体描写落花的触目皆是。上句从平面之广来写落花到处都有,下句从立体空间来写落花高低尽是,写足"小园花乱飞"的意象。"斜晖"点出时间,与"客竟去"相呼应。夕阳西下,鲜花飘零,使整个画面笼罩在沉郁黯淡的色调里,透出诗人心灵深处的淡淡忧伤。颈联直抒惜花怜花之情,大有"无可奈何花落去"的感慨,也透露出诗人华年空逝而又无可奈何的悲哀。尾联语意双关。花朵用全部生命装点了春天，无私地奉献出一片芳心，但所得到的只是凋零残破，沾惹人衣的凄凉结局，岂不可哀。这不也正是作者自身的写照吗？他素怀壮志，却报国无门，屡遭打击，"一生襟抱未尝开"，只能低首徘徊，泪落沾衣而已。明代的钟惺评此诗云："落花如此起，无谓而有至情。'所得'二字苦甚"（《唐诗归》）。

凉思

客去波平槛①，蝉休露满枝。永怀②当此节③，倚立自移时。北斗④兼春⑤远，南陵⑥寓使迟。天涯占梦数⑦，疑误有新知。

[注释]

①波平槛：指池水水面与栏杆下的地面几乎相平。
②永怀：长想，绵绵的情思。
③此节：此时此刻。
④北斗：喻指君主，这里代指朝廷。
⑤兼春：即再春、两春，代指两年时间。
⑥南陵：唐属江南西道宣州，今安徽南陵。
⑦占梦数：数占梦。

[赏析]

本诗写初秋夜晚的一段愁思。含蓄蕴藉，颇有神韵。

起笔突兀，耐人深思。"客去"与"波平栏"本无联系，为何要联在一起叙述呢？细细推敲，这样写恰恰能传达出诗人心理感受的微妙变化。客人在时并未注意环境的变化，待人去寂寞，才发现池水上涨，清露满枝。表现诗题中的"凉"。构思上与《落花》的首联"高阁客竟去，小园花乱飞"同一机杼，同样精彩。颔联由凉转思，写客去后在凉夜中长期伫立凝思的情态。紧扣诗题中的"凉思"二字。

后半首转写思的具体内容。颈联写离开朝廷很久，请托无信，尾联抒茫然迷惘之情。诗人终生不得志，在朝廷中只做过短短的两任小官，大半生都寄人篱下，漂泊异乡。由于写作背景不详，故所叙写的情事也难以确指。不过，这并不影响对本诗意境的理解和把握。此诗所表现的是向往当朝官而不得归，寻找新的出路又没有结果,托身无地,苦闷彷徨的愁思。

诗题《凉思》,语意双关,既指"思"由"凉"而生,也意味着思绪的悲凉。情思宛转有致,意境浑成。在写法上,首联用对而颔联不用对,是谓偷春格。所谓偷春,意谓梅花偷春而先开也,即把颔联应用的对仗提前到首联来。

锦瑟①

锦瑟无端五十弦,一弦一柱②思华年③。庄生晓梦迷蝴蝶④,望帝春心托杜鹃⑤。沧海月明珠有泪⑥,蓝田⑦日暖玉生烟。此情可待成追忆,只是当时已惘然。

[注释]

①锦瑟:瑟上有彩绘如锦者。传说古瑟有五十弦。

②柱:瑟上部件,弦的支柱,可活动。

③华年:美好的年华,指青春。

④庄生晓梦迷蝴蝶:《庄子·内篇·齐物论》;"昔者庄周梦为蝴蝶,栩栩然蝴蝶也。"

⑤望帝春心托杜鹃:望帝是周末蜀国一个君主的称号。名叫杜宇,相传死后魂魄化而为鸟,名杜鹃,鸣声凄哀。

⑥沧海月明珠有泪:古人传说,海里的蚌珠与月亮相感应,月满珠圆,月亏珠缺。又有"鲛人泣珠"的传说,鲛人是在海里像鱼一样生活的人,能织绡,哭泣时眼泪变成珠。

⑦蓝田:今陕西蓝田县东南,以产玉著名。

[赏析]

这是李商隐的代表作,自问世以来备受人们的喜爱。但这又是一首意境朦胧颇难解析的诗。自宋元以来,众说纷纭,莫衷一是。归纳起来不下十种,影响较大者起码有四:一是"爱情说",此说又有咏在世情人与悼念亡妻之别。二是"自伤说",三是"诗序说",四是咏物即"咏瑟说"。通观全诗,细绎词语,当以"自伤说"为可取,其他各说均有不尽可通之处。限于篇幅,本文只作简略讲析,不作详细考证。

首联借物起兴,引发对一生遭遇的追忆和联想。此诗写于诗人在世的最后一年，时年四十七岁。说"五十弦"是取其约数，不必拘实。颔联用比兴手法抒写对人生与社会的迷惘与怅恨。他本无意参加党争，却被裹挟在牛李党争之中难以自拔，屡受打击，"一生襟抱未曾开"。为何会如此，他不得其解，所以"迷"。他把这种凄迷与怨恨之情寄托在诗中，故云"春心托杜鹃"，情致婉曲。颈联概括自己诗歌创作的体会和达到的境界。"珠有泪"言诗中含有酸悲，本用血泪铸成；"玉生烟"言诗境氤氲灵动，朦胧美妙而不拘滞。尾联总括一生，回应开头，谓当时已经迷惘困惑，如今追思起来情何以堪。于此可见本诗是作者对人生悲剧的总结性回顾与感悟。

本诗用典浑化工巧，色彩浓郁艳丽，情思幽深细密，意境朦胧绵邈，确实达到了极高的艺术境界。钱钟书先生评此诗曰："《锦瑟》一篇借比兴之绝妙好词，究风骚之甚深密旨，而一唱三叹，遗音远籁，亦吾国此体绝群超伦者也"（《谈艺录》补订）。

无题

昨夜星辰昨夜风，画楼西畔桂堂东。身无彩凤双飞翼，心有灵犀①一点通。隔座送钩②春酒暖，分曹射覆③蜡灯红。嗟余听鼓应官④去，走马兰台⑤类转蓬。

[注释]

①灵犀：《南州异物志》："犀有神异，表灵以角。"《汉书·西域传》如淳曰："通犀，谓中央色白，通两头。"犀牛角中间有一道贯通上下的白线，实为角质，古人以为灵异。

②送钩：又称藏钩。钩弋夫人少时手拳，帝分其手，得一玉钩，手得展，后因有藏钩之戏（见《汉武故事》）。送钩，当指传钩而言。

③射覆：亦古代一种游戏，类现代之猜物。《汉书·东方朔传》注："于覆器之下置诸物，令暗射之，故云射覆。"射，猜，

④听鼓应官：唐制五鼓二点击鼓，街坊门开。应官，应付官差，上衙点卯。

⑤兰台：指秘书省。《旧唐书·职官志》："秘书省，龙朔初改为兰台。"

[赏析]

这是一首抒写艳情的诗。原诗二首，另一首是七绝，其中有"岂知一夜秦楼客，偷看吴王苑内花"之句，可知作者怀恋的是一位富家女子。

对于本诗内容，后人解说不一。此处不作辨析和考证，只就诗说诗，作一简明分析。全诗是追忆情事。首联写情事发生的时间和地点。诗人又来到"画楼西畔桂堂东"，看到风景如昨，星辰春风依旧，但佳人已不可复见，幸福的情景已不能再现，故惆怅惘然，感伤不已。

颔联总写与情人一见钟情而又不能互通款曲的复杂细微的心理感受。比喻贴切而新奇。"身无"与"心有"相互映照生发，组成一个蕴含丰富的意象。相爱的双方相见而不能相合，该是何等的痛苦，但身未接而心灵却契合相通，内心中又是莫大的欣慰。因有希望而又追求不到，心灵相通而身遭阻隔，便令人产生继续执着追求的热望，这种情感极富典型性，也极富感染力，故这一联成为咏爱情的名句而千古传唱。

颈联是对这种情感的深化表现和具体化描写。"隔座送钩"、"分曹射覆"，座位不在一起，游戏又不在一组，身被阻隔而无法接近，即"身无彩凤双飞翼"也。"春酒暖"、"蜡灯红"是抒写心理感受，与情人在一起宴饮嬉戏，故觉酒也热，灯也亮，心情极为畅快，对方的神情亦如此，即"心有灵犀一点通"也。宴会上融洽欢乐的气氛烘托出一对恋人心灵深处的无比喜悦。玩得越开心，忆起来越痛苦，越是遭受阻隔，渴望会合的感情越炽烈，留下的记忆越深刻，可见此联抒情之妙。

尾联叹息被迫分别的憾恨。作者把爱情受阻的遗憾与身世飘蓬的慨叹结合起来，拓展了诗的内容，深化了诗的意蕴，使这首爱情诗也有了自伤身世的意味。

无题二首（其一）

来是空言去绝踪，月斜楼上五更钟。梦为远别啼难唤，书被催成墨未浓。蜡照半笼金翡翠①，麝熏②微度绣芙蓉③。刘郎④已恨蓬山远，更隔蓬山一万重！

[注释]

①金翡翠：用金丝线绣成翡翠鸟图案之锦被。

②麝熏：指麝香烟。

③芙蓉：绣有芙蓉花的帷帐。

④刘郎：用刘晨阮肇遇仙女事。《幽明录》："汉刘晨、阮肇，共入天台山，

溪边有二女子，姿质妙绝，遂留半年而归。"一说指汉武帝刘彻求仙未遂。

[赏析]

这两首诗是《无题四首》中的前两首。第三首是五律，第四首是七律。关于这组诗，清人何焯说得特别肯定："此等只是艳诗"（《义门读书记》卷五十七）。

首联写梦醒后的怅恨。"来是空言"表明恋人曾许诺前来而未来。正因如此，痴情人才彻夜等待，几乎通宵。因极而梦，又为"五更钟"所惊醒。但见空空如也，绝无人来，只有淡淡的斜月之光映照楼阁，不免感到无限的寂寞、无聊、空虚和失望，这才发出一声长叹：唉！"来是空言去绝踪"啊！

颔联追溯梦中之情景和醒后的行为。对上句人们的理解有所不同。余以为当理解为在梦中因要远别而悲啼，且难以唤醒，抒写"远别"对心灵所造成的巨大伤痛，可见主人公怕"远别"到何等程度。梦境尚如此，现实不更令人肝肠寸断吗？因此，醒后的第一个冲动就是给对方写信倾诉衷肠。由于心急情切，墨未研浓就开始挥毫。这种细节描写突出了主人公的痴情，符合当时主人公的心境，有生活实感，格外传神。

颈联写室中之景，渲染气氛，具有一定的象征性和暗示性，呼应首句的等待。被已铺好，烛光尚明，绣帐已熏，唯独恋人未来，情何以堪？尾联抒写阻隔遥深、会合无望的怅恨。用刘晨之典，点明爱情阻隔的主题。末句推进一层，谓自己与恋人之阻隔更远更远，会合岂可望？前六句反复渲染远别相思之苦，后两句集中抒写天涯阻隔之恨，使全诗产生了撼人心魄的艺术力量。

关于本诗抒情线索及结构方式，喻守真分析得简而当，录下备参："第一首写有约而不来的怨思。首句开口即说负约，二句是写痴待到天明。颔联上句是梦中远别，下句醒后寄书，颈联上句是写灯犹可见，下句是写香犹可闻。无如其人不来，都成辜负，是即景生情的写法。末联提出恨字，情虽深挚，其人已远，不得不恨"（《唐诗三百首详析》）。

无题（其二）

飒飒①东风细雨来，芙蓉塘外有轻雷。金蟾②啮锁烧香入，玉虎③牵丝汲井回。贾氏窥帘韩掾少④，宓妃留枕魏王才⑤。春心莫共花争发，一寸相思一寸灰。

[注释]

①飒飒：风声。

②金蟾：蟾形铜香炉。啮锁，衔着鼻钮。

③玉虎：井栏上之玉石虎形的辘轳。

④贾氏窥帘韩掾少：《世说新语·惑溺》载："韩寿貌美，贾充用为僚属。"贾充女在帘内偷看到他便爱上了，于是与他私通，并赠给他奇异的香料。后来被贾充发觉，便把女儿嫁给韩寿。掾（yuàn），僚属。

⑤宓妃留枕魏王才：用甄后爱曹植之事。《文选洛神赋》李善注说：魏东阿王曹植曾求娶甄氏为妃，曹操却将她许给曹丕。甄氏被逸死，曹丕将她的遗物玉带金缕枕送给曹植。植归国经洛水时，梦见甄后对他说："我本托心君王，其心不遂，此枕今与君王。"曹植感其事而作《感甄赋》，后明帝改名为《洛神赋》。

[赏析]

此首写深锁幽闺的女子追求爱情生活而失望的痛苦。首联写景，景中有一定的象征色彩。"荷花"（芙蓉）是美好事物的象征，《离骚》中就有"制芰荷为衣兮，集芙蓉以为裳"的诗句。这两句把芙蓉置于风雨轻雷之中，暗示其爱情将要受到风雨的摧残，奠定悲剧的基调。纪昀评此二句说："起二句妙有远神，不可理解而可以理喻"（《玉溪生诗集》卷上）。

颈联由远及近，写室中院内之景。赋中有比，寓意深婉，但稍嫌晦涩。金蟾虽啮锁，但烧香仍可入，虽玉虎牵丝，但毕竟可汲水，而自己却没有任何机会去与恋人相会。正是在这种理解的基础上，何焯评此联诗云："三句言外之不能入，四句言内之不能出，防闲亦可谓密矣。"还应体会到，两句诗上句的香与下句的丝，合起来为"香丝"，谐音正为"相思"，恐非偶然之巧合，因李义山善用谐音双关的手法。

颈联用典抒情，表现对自由爱情的渴望和这种渴望无法满足的深深的痛苦，也足以表现女子对封建礼教的蔑视和敢于冲破束缚的可贵精神。贾氏偷情，甄后心有外遇，均不合礼教之要求，但女子却充分肯定，表现出她大胆追求幸福美满爱情的热情和无所顾忌的勇气，值得钦佩。

尾联陡转反接，抒发内心积郁的悲愤。想象奇妙，比喻更奇妙。"春心莫共花争发"，因花发是会开花结果的，而自己的"春心"却不会有结果，尚可体会出其意味。但"一寸相思"却如何能化成"一寸灰"呢？真是莫名其妙。但仔细推敲斟酌，便会悟出其妙而拍案叫绝：相思情普，望着香在一寸一寸的燃烧，一寸一寸地化成灰烬。而这一寸一寸燃去的香，不也正是一寸一寸的光阴吗？自己的相思毫无结果，这美好的情怀不正像香化为灰一样被毁掉了吗？相思的结果是痛感韶光的空逝，辜负了豆蔻年华，耽误了大好青春，怎不令人痛心？可见"一寸相思一寸灰"这句诗，不但化抽象为形象，而且用强烈对照的方式显示出美好事物被毁灭的悲剧，撼人心魄，催人泪下，不愧为奇思妙想的千古绝唱。

无题

相见时难别亦难，东风无力百花残。春蚕到死丝①方尽，蜡炬成灰泪②始干。晓镜但愁③云鬓改，夜吟应觉月光寒。蓬山④此去无多路，青鸟⑤殷勤为探看。

[注释]

①丝：与"思"谐音。

②泪：蜡烛燃烧时流溢的油脂。

③但愁：只愁。

④蓬山：蓬莱山之简称，传说中的海上三仙山之一。此处借指对方的住处。

⑤青鸟：《山海经·大荒西经》：西有王母之山，"有三青鸟，赤首黑目"。注曰："皆西王母所使也。"又《汉武故事》载：西王母会汉武帝，先有青鸟到殿前。后人遂以"青鸟"代指使者。

[赏析]

这是一首被广泛传诵的富有魅力的爱情诗，抒情缠绵悱恻，情感回环往复，感人至深。

首联写离别之苦。"相见时难"含蕴着诗人对外来阻力的深深不满和无穷的幽怨。正因见面十分困难，所以分手时更加难舍难分。两个难字，从客观写到主观，字面相同，含义有别。"东风无力百花残"用凋残的暮春景象委婉含蓄地倾吐出爱情生活不能美满的怅恨。骀荡的春风能催开满园遍野的鲜花，给人们带来姹紫嫣红，生机勃勃的春天，但在诗人爱情的园田中却没有春光，没有温馨，没有快乐，没有幸福，有的只能是东风无力，百花凋残的无穷伤感。

领联承前,用比兴手法表白对爱情的忠贞不渝。两句诗意义上看似重叠,实则各有侧重,上句情在缠绵,下句语归沉痛。极富形象性和感染力,深为后人所激赏。颈联转折,合写双方,在对对方的无限体贴和关怀中寄寓着极度孤独寂寞的愁苦之情,也包含着韶光空逝而又无可奈何的悲哀,体物细密,深情绵邈。尾联表达希望再度见面的美好愿望,又回到"相见时难"上来,与首句照应。全诗把相离和离别、失望和希望交织起来,情感丰富复杂而细腻。

筹笔驿①

猿鸟犹疑畏简书②,风云长为护储胥③。徒令上将④挥神笔,终见降王⑤走传⑥车。管乐⑦有才真不忝,关张⑧无命欲何如?他年锦里⑨经祠庙,梁父吟⑩成恨有馀。

[注释]

①筹笔驿:即今之朝天驿,在四川广元县与陕西阳平关之间。诸葛亮伐魏,曾驻此地筹划军事。

②简书:指军中文书命令。《诗经·小雅·出车》:"王事多难,不遑启居。岂不怀归,畏此简书。"

③储胥:指藩篱栅栏之类。

④上将:指诸葛亮。

⑤降王:指蜀汉后主刘禅。

⑥传:即传舍,驿站旅舍。

⑦管乐:指春秋战国时贤相名将管仲、乐毅。诸葛亮曾自比二人。不忝,无愧。

⑧关张:蜀汉大将关羽、张飞。

⑨锦里:里巷名,在成都城南,有诸葛武侯祠。

⑩梁父吟:也作"梁甫吟"。古代葬歌,古辞今已不传。宋郭茂倩《乐府诗集》收一首,相传为诸葛亮所作,似不确。但据《诸葛亮传》说:"亮躬耕陇亩,好为《梁父吟》。"可知诸葛亮好吟咏此诗。此处代指李商隐的这首诗。

[赏析]

这是一首怀古诗。与其他凭吊诸葛亮的诗一样,在颂扬其丰功伟绩的同时,又叹息其功业无成的千古遗恨,也寄寓着诗人自己的身世之慨。

本诗最成功之处在于用抑扬交错之法来表现诸葛亮的雄才与命运的矛盾,突出一个"恨"字。首联写时至今日,猿鸟尚疑畏其"简书",风云尚护卫着军营,盛赞其昔日执法如山的威严,表现出无比敬仰之情,这是一扬。颔联却说他徒有才智,但并未能挽救蜀汉灭亡之命运,徒见刘禅乘坐传车被押往洛阳,这是一抑。颈联出句称其才无愧于管仲、乐毅,又是一扬;对句则说关羽、张飞先死,而使其军中无大将,又是一抑。经过这两扬两抑,归结到"恨有馀"而终篇。表面看似矛盾,仔细体味,诗意上相反相成,文意连属。凭诸葛亮之威智,大业可成。但遇上后主刘禅这个昏庸之人,不堪辅弼,终致国灭身虏,这是一恨;凭其谋略,出师本该告捷,但因军中无可用之大将,结果"出师未捷身先死",又是一恨。末联所云:"梁父吟成恨有馀"有双关义,既扣合诸葛亮"好为梁父吟"的记载,写其生前的遗恨,也隐含着作者的"恨"。这种抑扬之法使情感的抒发宛转有致,颇耐品味。

春雨

怅卧新春白袷①衣,白门②寥落意多违。红楼隔雨相望冷,珠箔③飘灯独自归。远路应悲春晼④晚,残宵犹得梦依稀。玉珰缄札何由达?万里云罗一雁飞。

[注释]

①白袷:白夹衣,唐人以白衫为闲居便服。

②白门:当指男女欢会之所,非确指。南朝民歌《杨叛儿》:"暂出白门前,杨柳可藏乌。欢作沉水香,侬作博山炉。"

③珠箔:珠帘。

④晼(wǎn):太阳将落山的光景。多喻年老。《楚辞·哀时命》:"白日晼晚其将入兮,哀余寿之弗将。"陆机《叹逝赋》:"老晼晚其将及。"刘良注:"晼晚,日暮也,比人年老也。"

[赏析]

李商隐的诗多包藏细密,情感跳跃性大,意境朦胧,必须从整体来把握,方能悟出其表达的内容。

　　本诗采用叙忆结合的笔法，以情感为线索。首联叙事，用赋笔，清晨穿着便服独卧，暗示出彻夜未眠的凄苦。"意多违"为首联语意的重点。颔联在意脉上紧承首联，具体写"意多违"的原因。"隔雨相望"的"红楼"便是作者意中人所住的地方，因为人去楼空，故"冷"，此句为眼前之景。"珠箔飘灯独自归"则是追思昨日昏暮送别之景，正因情人离去，所以才楼空而"冷"。此"冷"主要是清冷，是主体心境之冷，而非客观气候之冷。颔联之上下句又是因果句，情意婉曲缠绵。

　　颈联转折，设想情人在途中的悲戚。作者是至情至性之人，以己推人，想象他人也和自己一样情痴，为别而悲，这正表现作者的多情。"残宵"句又回到现实，"梦依稀"表现对情人的极端眷恋，以梦境反衬现实的冷酷，引出尾联，呼应首联的"意多违"。"万里云罗"是封建礼教的象征。全诗赋予爱情以美丽动人的形象。飘洒迷人的春雨，融入主人公迷蒙的心境，依稀的梦境，更给人以扑朔迷离之感，这正是诗人追求幸福美满的爱情生活而不得，因不得而更加执着追求的情感的艺术表现。真挚感人的情感与优美生动的形象有机结合在一起构成了完整和谐的意境，使本诗具有迷人的艺术魅力。

陈陶

陈陶（约公元812—约885年），字嵩伯，自号三教布衣。《全唐诗》卷七百四十五"陈陶"传作"岭南"（一云鄱阳，一云剑浦）人。然而从其《闽川梦归》等诗题，以及称建水（在今福建南平市东南，即闽江上游）一带山水为"家山"（《投赠福建路罗中丞》）来看，当是剑浦（今福建南平）人，而岭南（今广东广西一带）或鄱阳（今江西波阳）只是他的祖籍。诗人早年游学长安，善天文历象，尤工诗。举进士不第，遂恣游名山。唐宣宗大中（公元847—860年）时，隐居洪州西山（在今江西新建县西），后不知所终。有诗十卷，已散佚，后人辑有《陈嵩伯诗集》一卷。其《陇西行》四首之二："誓扫匈奴不顾身，五千貂锦丧胡尘。可怜无定河边骨，犹是春闺梦里人。"把残酷现实与少妇美梦交替在一起，造成强烈的艺术效果，至今仍脍炙人口。然而，鲜为人知的是，他漫游浙江、福建、广东时，曾路过今闽东地区，并留下了《旅次铜山途中先寄温州韩使君》等诗。诗曰：乱山沧海曲，中有横阳道。

陇西行

誓扫匈奴不顾身，五千貂锦①丧胡尘。可怜无定河②边骨，犹是春闺③梦里人。

[注释]

①貂锦：汉代皇帝的羽林军都身穿貂裘锦衣，这里泛指将士。

②无定河：在陕西北部，因急流夹沙，深浅无定，故名。

③春闺：此指少妇。

[赏析]

这首诗深刻揭示了战争带来的社会苦难。前两句通过爱国将士在前方勇敢战斗、为国捐躯的感人形象的描写，表现了他们为国献身的精神；后两句表现对征人思妇的同情，控诉了战争的罪恶，结句尤为沉痛。

温庭筠

温庭筠（约公元812—约870年），本名岐，字飞卿，太原祁（今属山西）人。貌丑，才思敏捷，尤工律赋。每试押官韵，未尝起草，每赋一韵，一吟而已，故场中号"温八吟"；又谓八叉手而八韵成，故又称"温八叉"。性倨傲，放荡不羁，又好讥刺权贵，为时所忌，累举不第，仅做过随县尉、方城尉一类小官，官终国子助教，故世称"温助教"。大约死于唐文宗咸通末年。生平行迹可考者，以关中、金陵为多，江、淮、湘、鄂次之。庭筠工诗善赋，侧艳清丽，韵格清拔，与李商隐齐名，时号"温李"，又与李商隐、段成式号"三才"，三人皆以骈文绮丽著称，又都排行十六，故文号"三十六体"。庭筠为晚唐重要诗人，存诗三百余首，以曾益等编著《温飞卿诗集笺注》较为完备。温庭筠又是第一个着力为词的文人，存词七十余首，是唐代诗人中作词最多的，内容多为绮怀闺怨，风格浓艳绮丽，被奉为"花间鼻祖"。

利州南渡

澹然①空水②带斜晖，曲岛苍茫接翠微③。波上马嘶④看棹⑤去，柳边人歇待船归。数丛沙草群鸥散，万顷⑥江田一鹭飞。谁解乘舟寻范蠡⑦，五湖⑧烟水独忘机⑨。

[注释]

①澹然：水光闪动的样子。
②空水：空阔的水面，此处指嘉陵江。
③翠微：青绿的山色，泛指青山。
④嘶：马叫。
⑤棹（zhào）：船桨。
⑥顷：百亩为一顷。

⑦范蠡（lí）：春秋时越国大夫，助越王勾践灭吴后，辞官泛游五湖。
⑧五湖：太湖及其附近的湖泊。
⑨忘机：与世无争，心志淡泊。

[赏析]

在动荡的唐末，诗人潦倒一生，奔走四方，内心颇为愤激。这首诗是诗人在利州（今四川广元）渡嘉陵江时，触景生情，兴起逃避社会、浪迹江湖的遐想。语言朴实、清新，境界辽阔。

薛能

薛能（公元817—880年），字大拙，汾州（治所在今山西省汾阳县）人，唐武宗会昌六年（公元846年）进士。他曾做工部尚书、徐州节度使等官，唐僖宗广明元年因部将猜疑被杀。

他爱诗成癖，自视甚高，并以官居武职为耻。他的诗有的写得比较清新，较少当时追求雕饰的靡弱风气。他反对诗人写诗"千首如一首，卷初如卷终"。前人也曾称赞他的诗"尽废前观，另辟我境"。不过，全面衡量他的诗是不足以当此赞语的。其《题逃户》是一首较有现实意义的作品，可惜这类作品在他的诗中很少。《全唐诗》录存他的诗四卷。

题逃户

几界①事农桑，凶年②竟失乡③。朽关④生湿菌⑤，倾屋⑥照斜阳。雨水淹残臼⑦，葵花压倒墙⑧。明时⑨岂致此？应自负⑩苍苍⑪。

[注释]

①几界：几处。

②凶年：荒年。

③失乡：失去故乡，指逃荒在外。

④朽关：朽烂的门。

⑤湿菌：因木门受潮腐朽而生的菌类。

⑥倾屋：倾倒的房屋。

⑦残臼（jiù）：残破的石臼。

⑧倒墙：倾倒的屋墙。

⑨明时：政治清明之时。

⑩负：辜负。

⑪苍苍：上天。

[赏析]

　　唐代后期，政治腐败，统治者不断加重对农民的剥削，致使不少农户为逃避苛重的租税而四处逃亡。这首诗就是反映这种社会现实的，诗人在描写中融入了极大的愤慨。

曹松

曹松，生卒年不详，字梦徵，舒州（今安徽潜山附近）人。唐代诗人。早年曾避乱栖居洪都西山，后依建州刺史李频。李死后，流落江湖，无所遇合。光化四年（公元901年）中进士，年已七十余，特授校书郎而卒。

曹松为诗，学贾岛苦吟。"平生五字句，一夕满头丝"（《崇义里言怀》），是其自我写照。工五言律诗，炼字琢句，取境幽深，也有点接近贾岛，但尚未流于怪僻，而自有一种清苦澹宕的风味。"汲水疑山动，扬帆觉岸行"（《秋日送方干游上元》）、"废巢侵晓色，荒冢入锄声"（《送进士喻坦之游太原》），正代表他的这种诗风。题材狭窄，不外乎叹老嗟卑，旅思离情，很少接触社会问题，而《己亥岁二首》中的"凭君莫话封侯事，一将功成万骨枯"，却历来传诵不衰。

己亥岁

泽国①江山入战图②，生民何计乐樵苏③？凭④君莫话封侯事⑤，一将功成万骨枯。

[注释]

①泽国：多湖泊、河流的地方，此指江汉流域及江淮平原。
②战图：战事用的地图。
③乐樵苏：指安居。樵，打柴。苏，割草。
④凭：请，请求。
⑤封侯事：立战功而封为侯。

[赏析]

据《通鉴》载：乾符六年（己亥）黄巢起义军攻陷广州后，乘胜进逼江陵，江陵唐军"大掠江陵，焚荡殆尽，士民逃窜山谷，会大雪，僵尸满野"，起义军攻下江陵后，扬州大都督府长史高骈伙同部将张磷，对起义军及无辜百姓进行了大规模的围剿和血腥屠杀。这首诗即有感于当时的时事而发，诗人对战争给人民带来的深重灾难进行了严厉的谴责。

罗隐

罗隐（公元833—909年），原名横，字昭谏，号江东生。杭州新城（今浙江桐庐）人。唐代文学家。二十岁应进士举，十试不第。咸通十一年（公元870年）入湖南幕府。次年夏，受任衡阳主簿，旋乞假归。后游历大梁、淮、润等地，皆不得意。光启三年（公元887年）归江东，投靠杭州刺史钱镠，受爱重，任钱塘令，拜著作佐郎。钱镠充镇海军节度使后，征任为掌书记，迁节度判官、司勋郎中。天祐四年（公元907年）唐亡，罗隐曾劝说钱镠举兵讨梁，未能用。梁以谏议大夫征隐入朝，亦不行。后钱镠表授吴越国给事中而卒，世称罗给事。著有诗集《甲乙集》十卷、后集五卷（有律赋数篇），《甲乙集》有明汲古阁刻本及《四部丛刊》影印宋刻本；文集《谗书》五卷、《两同书》二卷、《淮海寓言》七卷、《湘南应用集》三卷、《吴越掌记集》三卷和《广陵妖乱志》（不分卷）。《淮海寓言》以下数种俱散佚。明万历中姚士麟辑成《罗昭谏江东集》五卷。清康熙间张瓒辑成《罗昭谏集》八卷，但都仍有所未收。嘉庆中吴骞《愚谷丛书》所收《谗书》刊本，即补得张本所未收者四十五篇。

雪

尽道丰年瑞①，丰年事若何②？长安有贫者③，为瑞④不宜多。

[注释]

①瑞：吉祥，好兆头。

②若何：如何，怎么样。

③贫者：贫苦的人。

④为瑞：以下雪作为丰收的好预兆。

[**赏析**]

"瑞雪兆丰年",这是人人皆知的谚语,但这首咏物诗却别出心裁,指出瑞雪虽好,但穷人却要挨饿受冻,表现了诗人对贫苦人民的同情与关心。构思奇警,使人耳目一新。

杜荀鹤

杜荀鹤(公元846—904年),字彦之,号九华山人。池州石埭(今安徽石台)人。唐代诗人。出身寒微。曾数次上长安应考,不第还山。当黄巢起义军席卷山东、河南一带时,他又从长安回家。从此"一入烟萝十五年"(《乱后出山逢高员外》),过着"文章甘世薄,耕种喜山肥"(《乱后山中作》)的生活。后游大梁(今河南开封),献《时世行》十首于朱温,希望他省徭役,薄赋敛,不合温意。他旅寄僧寺中,朱温部下敬翔,劝说他"稍削古风,即可进身",因此上颂德诗三十章取悦于温。温为他送名礼部,得中大顺二年(公元891年)第八名进士(《鉴诫录》)。得第后朱温表荐他,授翰林学士、主客员外郎,遘重疾,旬日而卒。《唐风集》通行有明汲古阁刊本。近人刘世珩辑《贵池先哲遗书》本,有补遗一卷。1959年中华书局上海编辑所即以刘刻本为底本,并据《全唐诗》加以补录、校勘,编成《杜荀鹤诗》,与《聂夷中诗》合刊印行。又有清初席刻《唐诗百名家全集》本,题为《杜荀鹤文集》,上海古籍出版社影印宋蜀刻本《杜荀鹤文集》三卷。事迹见孙光宪《北梦琐言》、何光远《鉴诫录》、《旧五代史·梁书》本传、《唐诗纪事》及《唐才子传》。

小松

自小刺头[①]深草里,而今渐觉出蓬蒿[②]。时人不识凌云[③]木,直待[④]凌云始道高。

[注释]

①刺头:指幼小的松树,梢头针叶尖锐如刺。
②蓬蒿:蓬草、青蒿,两种较高的野生杂草。
③凌云:直上云霄。

④直待：直到。

[赏析]

杜荀鹤出身寒微，虽有才华，却屡试不中，一生潦倒。因此，对于被埋没在深草中的小松，他有特殊的感情。诗写小松，意在歌颂被压抑环境中的奋斗精神，对于"时人"的眼光短浅亦不无嘲讽。描写与议论结合，诗情与哲理交融。

再经胡城县

去岁曾经此县城，县民无口不冤声。今来县宰①加朱绂②，便是生灵③血染成。

[注释]

①县宰：县令。

②朱绂（fú）：红色官服。一说系官印的红色绶带。

③生灵：百姓。

[赏析]

这首诗以两次经过胡城县的见闻，深刻地揭露了封建吏治的黑暗。越是人民痛恨的官吏，越会受到最高封建统治者的赏识。诗中将赏赐县令的朱绂同百姓的鲜血这两种颜色相似而性质相反的事物联系起来，形成强烈对比，揭露了封建官吏的残暴和凶狠。

郑谷

郑谷（公元851？—910年？），字守愚，袁州宜春（今属江西）人。广明初，避地西蜀。光启三年进士及第，释褐鄠县尉，摄京兆参军，历右拾遗、右补阙，迁都官郎中。乾宁末，从唐昭宗避难华州，寓居云台道舍，自编诗集曰《云台编》。天复中，归宜春，与诗僧齐己交游唱酬。入梁，卒。以《鹧鸪》诗得名，时号"郑鹧鸪"。其诗清婉明白，精刻洗练，而格调未高，浅而近俗。司空表圣以为"一代风骚主"，似言过其实。

菊

王孙①莫把比蓬蒿②，九日③枝枝近鬓毛。露湿秋香满池岸，由来不羡瓦松④高。

[注释]

①王孙：泛称富贵人家子弟。
②蓬蒿：蓬草与青蒿，两种较高的野生杂草。
③九日：农历九月九日，重阳节。
④瓦松：生于屋顶瓦上而形似松枝的草。

[赏析]

这首诗写菊，通篇不着一"菊"字，而句句不离开菊。由菊的平凡外貌，写到它傲霜开放、香满池岸，进而写其不求高位、不羡荣华的高尚品格。菊的神韵，正是诗人心志的形象表露。

王驾

王驾,字大用,自号守素先生。唐昭宗大顺元年(公元890年)进士。官至礼部员外郎,后弃官不仕,与郑谷、司空图为诗友,才名很大。

社日

鹅湖山①下稻粱肥,豚栅②鸡栖③半掩扉。桑柘④影斜春社⑤散,家家扶得醉人归。

[注释]

①鹅湖山:在今江西省铅山县北。

②豚栅(zhà):猪圈。

③鸡栖:一作"鸡坿",凿墙为鸡窝。

④桑柘(zhè):桑树和柘树,叶子可喂蚕。

⑤春社:古代在立春后第五个戊日祭祀土神(社神)。

[赏析]

这首诗写农家生活,摄取春社场面以展现。景物描写中暗寓风情,自然生动,充满乡土生活气息。沈德潜称它:"极村朴中,传出太平风景。"

郑遨

郑遨（公元 866—939 年），字云叟，滑州白马（今河南滑县东）人。唐昭宗时举进士落第，见天下已乱，遂离家入少室山为道士。后唐明宗召以左拾遗，后晋高祖召以右谏议大夫，均不应诏，遂赐号逍遥先生。其诗名重当世，多有避世倾向，但也不乏揭露统治者穷奢极侈的作品。

伤农

一粒红稻①饭，几滴牛颔②血。珊瑚③枝下人④，衔杯⑤吐不歇。

[注释]

①红稻：一种红色的精米，又称胭脂糯、红霞米。

②颔（hàn）：下巴。

③珊瑚枝下人：指达官贵人。晋代富豪石崇家有七尺珊瑚。

④衔杯：饮酒。

[赏析]

这首诗揭露剥削阶级聚敛财富，恣意享乐，奢侈浪费，完全不顾农民劳动的艰辛。对比鲜明，语言简练。